KB044221

역린

2

용龍의 분노

역린 逆鱗

용龍의 분노

최성현 장편소설

황금가지

목차

서장 1777년 정유년(丁酉年). 7월 28일.

아, 과인은 사도세자의 아들이다.

— 정조 이산, 조선 22대 임금 즉위 당일. 병신년(丙申年)[1] 3월 10일.

임금이 죽었다.

춘추 83세, 재위기간 52년. 조선의 어느 임금보다 오래 살았고 어느 임금보다 오래 권좌에 앉았던 왕, 영조(英祖) 이금(李昑).

영조는 대보(大寶)[2]를 왕세손에게 전하라는 말을 마지막으로 남기고 승하했다. 병신년 3월 5일이었다. 영조가 승하하고 5일 후에 세손이자 동궁인 이산이 보위에 올랐다. 즉위에 오른 이산은 할아버지의 영전에 통곡했다. 해가 질 때까지 이어지던 통곡이 끝난 후, 문무백관을 임금의 시신이 있는 빈전(殯殿) 앞에 도

---

1) 병신년(丙申年) : 1776년. 영조 52년.
2) 대보(大寶) : 국새.

7

열시켰다.

　노론의 조정에서, 오랜 세월 가슴속에 품었던 통한의 일성(一
聲)이 스물다섯 젊은 임금의 입에서 나왔다.

　"아, 과인은 사도세자의 아들이다."

　이것이 조선의 22대 임금 정조(正祖) 이산(李祘)이 보위에 오
른 후 내린 첫 윤음(綸音)[3]이었다.

　'逆賊之子 不爲君王'

　역적지자 불위군왕. 역적의 아들은 왕이 될 수 없다.

　아버지 사도세자가 죽은 후 이 여덟 글자가 전국을 쓸고 다
녔다. 노론은 이 여덟 글자로 세손을 위기로 몰아갔다. 팔자흉
언(八字凶言)의 파괴력은 엄청났다. 임금 영조는 세손을 보호하
기 위해, 사도세자의 삼년상이 끝나자 이산을 죽은 첫 자식 효
장세자의 아들로 입적했다. 갑신년(甲申年)[4] 2월 처분이었다.

　동궁이 된 이산은 대리청정을 거쳐 사도세자의 아들이 아니
라, 효장세자 이행(李緈)의 아들로 보위에 올랐다. 노론의 칼끝
에서 세손을 구한 영조의 궁여지책이었다. 허나 세손 이산은 보
위에 오른 첫날 첫 윤음에서 사도세자의 아들임을 천명했다. 역

----

3) 윤음(綸音) : 임금이 신하나 백성에게 내리는 말.
4) 갑신년(甲申年) : 1764년. 영조 40년.

8

적의 아들은 왕이 될 수 없다는 흉언이 전국에 횡행하고, 사도세자를 역적으로 간주하는 노론 대신들이 조정을 장악하고 있는 그 한가운데서 아버지 사도세자를 꺼내 들었다.

비록 영조의 유지를 따라, 사도세자를 추숭하자는 무리가 있으면 형률로 논죄하겠다는 말로 윤음을 맺었으나, 노론은 귀를 닫았다. 그런 말은 중요하지 않았다. 꿈에라도 나올까 두려워하던 사도세자 네 글자가 새 임금의 입에서 나왔다.

새 임금은 감히 역적이라 규정한 사도세자의 아들임을 만천하에 천명했다. 아버지 사도세자가 걸었던 그 고립무원의 전장을 아들이 그대로 이어받으려 하는 것인가. 역시 사도세자의 아들은 보위에 오르면 안 되었다. 그 피가 이어져서는 안 되었다. 사도세자 이선보다 더한 적수가 어좌에 올랐다는 불안감이 팽배해졌다.

세자빈 홍씨는 절망했다.

아들이 죽은 백부의 양아들이 되었다. 아들 이산이 보위에 올랐지만 세자빈은 대비의 반열에 오를 수 없었다. 이미 고인이 된 소론 가문 출신의 현빈 조씨가 이산의 법적인 어머니가 되었다. 갑신년 2월 처분은 지아비 사도세자의 죽음보다 더한 절망이었다.

세자빈 홍씨는 지아비가 죽고 난 뒤 혜빈(惠嬪)이 되었다가 아들이 보위에 오르자 혜경궁(惠慶宮)이 되었다. 대비가 될 수 없었다. 임금의 생모로 자궁(慈宮)[5]의 위치에 만족해야 했다. 두 외척의 싸움으로 필경 이 나라가 망할 것이라고 말한 영조의 한탄처럼, 계비 김씨 가문과 세자빈 홍씨 가문의 적대감은 양립할 수 없는 지경에 이르러 있었다. 그 와중에 계비 김씨가 왕대비에 오르자, 지아비가 죽었을 때보다 더 많은 눈물과 설움이 혜경궁의 침소를 적셨다.

계비 김씨는 왕대비가 되었다.

영조가 승하하고 세손이 보위에 오르자 계비였던 김씨는 왕대비가 되었다. 족보로는 대왕대비였으나 손자가 바로 할아비를 이어 보위에 올랐으니 왕대비로 만족해야 했다. 스스로 한낱 미망인이라 불렀으나 구중궁궐에서 가장 막강한 위치에 오르게 되었다. 훗날 정순왕후가 되는 왕대비 김씨는 노론의 지어미를 자처했다. 드디어, 그녀가 계비 간택에 나서며 꿈꾸던 조선 최고의 권력을 손에 쥐었다. 나이 서른둘이었다.

---

5) 자궁(慈宮) : 임금의 후궁이나 세자빈의 아들이 왕위에 오른 경우, 그 임금의 생모를 일컫는 말.

홍봉한이 무너졌다.

세손을 지지했던 홍봉한은 김한구의 아들이자 계비 김씨의 오라버니 김귀주와의 권력 쟁투에서 패했다. 사도세자 사후, 조정은 공홍파(攻洪派)와 부홍파(扶洪派)로 나누어졌다. 홍봉한을 공격하던 공홍파의 일선에 김한구 가문의 적자들인 김귀주와 김관주가 있었다. 계비 김씨의 가문이었다. 이 두 파는 그대로 벽파(僻派)와 시파(時派)가 되었다. 사도세자를 역적으로 규정하는 벽파에 김귀주가 있었고 사도세자의 죽음에 동정을 표했던 시파에 홍봉한이 있었다.

홍봉한은 사도세자가 죽고 나서 영조의 변화를 감지했다. 아들을 죽인 후회가 임금의 침전을 가득 메웠다. 만고의 충신이라고 남인인 채제공을 들먹였다. 게다가 딸 혜경궁은 세손의 즉위를 위해 목숨을 걸고 있었다. 사도세자를 가운데 두고 김한구 가문과의 공방전이 가열되었다. 홍봉한은 노론의 분열을 막기 위해 전력을 다했으나 계비 김씨의 김한구 가문은 상상 이상이었다. 홍봉한은 시파가 되어 벽파인 김한구 가문을 견제하고 세력을 유지했다.

하지만, 노론을 대표하던 이 두 파벌의 공방전에서 홍봉한이 무너졌다. 김귀주 일파의 끊임없는 상소와 공작이 주효했다. 홍봉한을 감싸고돌던 영조도 사도세자의 서자들인 은신군과 은

언군의 비리를 고발한 김귀주의 상소에는 그만 분노하고 말았다. 은신군과 은언군이 백성을 침탈하는 일이 벌어졌는데, 이 두 왕족의 배후를 홍봉한이 관리하고 있었다는 혐의였다. 홍봉한은 도성에서 내쫓기고 말았다. 문외출송(門外黜送)[6]되었다.

노구의 정객은 권력의 무상을 뼈저리게 느꼈다. 권불십년이었다. 내리막길은 가팔랐고 매정했다. 허나 이것은 시작에 불과했다. 홍씨 일가의 비극은 이제 막 시작되었다.

홍인한이 득세했다.

홍인한은 그의 이복형 홍봉한과 전혀 다른 길을 걸었다. 홍인한은 사도세자를 철저하게 역적으로 규정하는 노론 벽파의 선봉장이 되었다. 그의 옆에는 공홍파의 수장 계비 김씨의 오라버니 김귀주가 있었고, 영조의 후궁인 숙의 문씨의 오라버니 문성국이 있었고, 사도세자의 누이동생인 화완옹주의 양아들 정후겸이 있었다. 이 외척과 근척들은 모두가 사도세자라면 이를 갈았고, 그 아들인 세손 이산을 눈엣가시처럼 여기던 자들이었다.

홍인한의 노론에게 사도세자 이선의 피를 받은 세손 이산은 역적과 매한가지였다. 홍인한은 임금 앞에서 세손의 대리청정

----
6) 문외출송(門外黜送) : 죄지은 신하의 관작(官爵)을 빼앗고 도성(都城) 밖으로 추방하던 형벌.

을 막았다. 임금이 내리는 교지를 눈앞에서 찢었다. 홍인한의 서슬에 늙은 임금도 울었고 동궁 이산도 울었다. 이른바 홍인한의 삼불필지(三不必知)였다.

을미년(乙未年)[7] 11월 20일. 82세의 임금은 기력이 다했다. 자신의 생명이 곧 소멸하리란 걸 알았다. 노구의 임금은 집경당에 나아가 시임 원임 대신들을 모두 불러 경전을 진강하고 나서 세손의 대리청정이 가한가 물었다. 세손의 외종조부인 좌의정 홍인한이 답했다.

"동궁께서는 노론과 소론을 알 필요가 없으며, 이조 판서와 병조 판서를 알 필요가 없습니다. 조정의 일에 이르러서는 더욱이 알 필요가 없습니다."

세손에게 대리청정을 맡기겠다는 임금의 하교를 노론은 극렬히 반대했다. 결국 홍인한을 탄핵하는 서명선의 목숨 건 상소로 대의명분을 얻자 임금은 군부까지 동원해 노론의 반대를 물리쳤다. 허나 대리청정하는 세손의 상참(常參)에 노론 대신들은 모두 거부하고 나오지 않았다. 텅 빈 편전에서 세손은 이 조정이 임금과 백성의 조정이 아니라 노론의 조정임을 명확히 깨달았다. 어좌를 향한 길고 험난한 길이 눈앞에 아득히 펼쳐졌다.

----
7) 을미년(乙未年) : 1775년. 영조 51년.

김한구와 홍계희가 죽었다.

영조의 장인이었던 김한구는 기축년(己丑年)[8]에 죽었다. 그의 아들 김귀주와 조카 김관주는 누이동생인 계비 김씨를 등에 업고 홍봉한 가문을 무너뜨리기 위해 총력을 가했다.

사도세자 제거의 일등공신 홍계희는 신묘년(辛卯年)[9]에 죽었다. 그의 아들들은 탐관오리로 악명을 떨쳤다. 사형을 면하고 유배형에 처해진 것만도 다행이었다. 허나 홍계희의 아들 홍술해와 손자 홍상범은 흑산도 그 유배지에서 왕을 향한 역심을 품었다. 정유역변의 씨앗이 먼 남도에서 자라났다.

홍국영의 세상이 왔다.

이산은 보위에 오른 뒤, 세손 등극을 극렬하게 가로막았던 홍인한과 정후겸에게 사약을 내리고 문성국을 극형에 처한 뒤 김귀주를 유배 보냈다. 이미 죽은 김상로의 관작을 추탈하였다. 그 사정 정국 일선에 홍국영이 있었다. 세손시강원부터 이산을 보필하던 홍국영이 도승지 겸 금위대장이 되었다. 홍국영은 임진년(壬辰年)[10]에 정시문과에 급제하며 정계에 들어왔다. 종9품

----

8) 기축년(己丑年) : 1769년. 영조 45년.
9) 신묘년(辛卯年) : 1771년. 영조 47년.
10) 임진년(壬辰年) : 1772년. 영조 48년.

승문원 부정자를 거쳐 곧장 정7품 세손시강원 설서가 되어 세손을 만났다. 이때 그의 나이 스물넷. 스무 살 세손과는 네 살 차이였다. 홍국영은 세손 이산을 만나면서 그 야망에 돛을 달게 되었다.

영조 임금이 '내 손자로다'라고 부른 홍국영은 왕가와 먼 친척이기도 했다. 하지만 한미한 노론 일가였기에 멸시와 수모를 당했다. 입신양명을 위해 발이 닳도록 노론 권문세가들을 찾아다녔지만 야멸친 문전박대만 돌아왔다. 홍국영은 가슴 깊숙이 칼을 품었다. 자신을 박대하던 노론의 외척과 권문세가를 무너뜨리고 언젠가 자신의 노론을 만들 야망을 품었다. 그때 홍국영은 홍봉한을 꿈꾸었을지도 몰랐다.

세손의 대리청정을 막는 홍인한의 삼불필지설이 터져 나오자 홍국영은 서명선을 동원해 홍인한 정권을 탄핵하는 상소를 올리게 만들었다. 목숨을 내걸고 던진 한 수였다. 결국 이 일이 성공하면서 세손은 대리청정이 가능하게 되었고 보위까지 오를 수 있었다.

이 일이 실패했다면 세손 이산은 보위는 물론이고 목숨을 보장할 수 없었다. 따라서 사선을 함께 넘어온 홍국영은 이산의 일등공신이었다. 그리하여 보위에 오르자마자 동부승지에 임명하고 넉 달 후에 도승지로 임명했다.

그해 9월 규장각을 만들면서 규장각 직제학을 겸임하게 하고 11월에는 수어청 장관인 종2품 수어사로 임명했다. 즉위 1년인 다음해 5월이 되자 홍국영을 금위대장에 올렸다. 드디어 정3품의 도승지와 종2품의 금위대장 자리를 홍국영이 차지했다.

품계는 중요하지 않았다. 문무 양쪽의 실권을 홍국영이 쥐었다. 홍국영은 정승들도 눈치 보는 무소불위의 권력을 손에 넣었다. 왕좌를 놓고, 세손을 위해 목숨을 걸었던 대가는 달콤했다.

노론은 아직 거대하고 압도적인, 비교 불가의 대세였다.

세손 이산은 보위에 오르자마자 금기였던 생부 사도세자를 들고 나왔다. 사정의 회오리가 조정에 몰아칠 것이란 소문이 돌았다. 아버지 사도세자를 위한 임금의 복수가, 그 무자비한 피바람이 노론을 향해 불 것이란 소문이 도성을 가득 메웠다.

하지만 젊은 임금은 피와 불의 칼로 노론을 가르지 않았다. 대리청정을 저해하던 홍인한과 문성국, 정후겸과 김귀주 등 핵심인사만 탄핵한 뒤 노론을 향한 예봉을 거두었다. 격렬한 복수를 주장하는 소론 인사들을 처형했다. 필사적으로, 균형을 향해 달렸다. 피의 복수 대신, 사도세자의 묘소인 경모궁을 영건(營建)해 종묘에 들어가지 못한 아버지의 한을 달랠 뿐이었다.

이산은 현명했다. 피를 뿌리는 복수는 반드시 예기치 못한 균열을 가져온다는 것이 이산의 믿음이었다. 일거에 노론을 제거할 수도 없었고 제거할 생각도 없었다. 그들도 신하였고 그들도 백성이었다. 교화하고 선도하고 제어하고 품어야 할 대상이었다.

이산은 복수 대신 생산에 매진했다. 보위에 오르면서 창덕궁 후원에 규장각을 만들어 젊은 신하들을 양성하기 시작했다. 새로운 시대를 열어갈 동지들이 필요했다. 세손 시절부터 지내왔던 존현각(尊賢閣)에서, 붕당과 이해집산의 비극을 초월한 나라를 꿈꿨다. 백성의 나라를 열망했다. 아버지 사도세자 이선이 못내 이뤘던 그 꿈, 교룡의 나라를 소원했다.

하지만 노론은 생각이 달랐다.

순수한 이상 따위를 지닌 왕이란 불안하고 거추장스러운 존재일 뿐이었다. 사도세자 이선의 집념이 얼마나 위협적인지 목도했었다. 자신의 이득과 안위를 생각하지 않는 인간이 얼마나 파괴적인지 절감했었다. 노론에게는 치명적인 위기였다.

노론은 그들의 임금이 필요했다. 노론을 위한 탕평이어야 했고 노론을 향한 균형이어야 했다. 개혁과 변화를 기치로 내건 임금 따위는 불편하고 위험한 장애물에 지나지 않았다. 게다가 첫 윤음을 통해 사도세자의 아들임을 만천하에 공표한 임금은,

언제든 그들의 목을 내려칠 수 있는 잠재적인 흉수나 다름없었다.

이산이 모를 리 없었다. 세손 시절부터 단 하루도 노론의 위협에서 벗어나 본 적이 없었다. 죽음에 대한 공포가, 어디서 날아올지 알 수 없는 살기가 언제나 존현각을 휘감고 있었다. 임금이 되어서도, 달라진 건 없었다.

즉위 1년.

정유년(丁酉年)[11] 7월 28일.

단비 한 방울 내리지 않던 궁궐로, 검고 탁한 살기를 품은 먹구름이 몰려오고 있었다.

---

11) 정유년(丁酉年) : 1777년. 정조 1년.

I. 자시 이각(子時 二刻). 오후 11시 30분.

이때 흉도들이 심복을 널리 심어 놓아 밤낮으로 엿보고 살펴,

나의 동정 하나하나를 살피고

언행 하나하나를 모두 탐지해 위협할 거리로 삼았다.

—세손 이산, 을미년(乙未年)[12] 11월 27일.

비가, 내렸다.

애간장이 닳도록, 소원하던 비가 내렸다.

정유년 가뭄은 지독했다.

여름 내내 논바닥은 갈라지고 강물은 말랐다. 삼각산, 목멱산
에서 기우제를 지냈다. 남단과 우사단에서 기우제를 지냈다. 용
산강, 저자도에서 기우제를 지냈다. 북교와 사직에 기우제를 지
내고 종묘에 기우제를 지냈다.

---

12) 을미년(乙未年) : 1775년. 영조 51년.

행여 얕은 비가 내려도 큰비가 내리기 전에는 기우제를 중단하지 말라는 하교를 내렸다. 비가 오지 않는 이유를 들어 수시로 감선(減膳)[13]하라는 명을 내렸다. 임금은 밤새 엎드려 천지신명께 죄를 빌며 기우제를 지냈다. 그래도 오지 않던 비였다.

밤이 되어 갑자기 큰비가 내렸다. 낮 동안 비 소식은 어디에도 없었다. 태양이 이글거리고 하늘엔 구름 한 점 없었다. 인경(人定)[14]도 지난 깊은 밤이 되어 비가 쏟아지기 시작했다. 한번 쏟아지기 시작한 비는 천둥번개를 뿌리며 도성으로 덮쳐왔다. 그렇게도 기다렸던 비였지만, 비는 을씨년스럽고 수상하고 불행한 기운으로 가득했다.

밤이 되어 내리는 비는 검었다. 검은 비는 곧장 경희궁으로 왔다. 경희궁 정문인 흥화문을 지나 숭정문을 지나 정전인 숭정전으로 왔다. 그리고 흥경당을 지나 임금이 거처하고 있는, 존현각으로 왔다.

존현각은 임금의 침전이었다.

책장으로 가득한 존현각은 월대(月臺)[15]도 계단도 없는 초라

---

13) 감선(減膳) : 수라상의 음식 가짓수를 줄이는 일.
14) 인경(人定) : 저녁 2경(二更)에 종각의 종을 28번 쳐서 야간의 통행을 금지하는 일.
15) 월대(月臺) : 대궐의 주요 전각의 앞에 놓은 섬돌. 일종의 테라스.

한 전각이었다. 그 존현각을 침전으로 쓰면서 이산은 존현각을 떠나지 않았다. 임금이 되어서도 떠나지 않았다. 존현각은 임금의 침전으로 쓰기에는 너무나 볼품없고 건조한 보금자리였다. 하지만 이산은 온갖 서책으로 가득한 존현각에서 밤새워 책을 읽고 안식을 찾고 미래를 구상했다.

존현각은 아스라한 회한과 북받치는 슬픔의 공간이었다. 아버지 사도세자가 죽고 선왕 영조는 세손을 동궁으로 삼았다. 아버지의 피가 마르지도 않은 임오년(壬午年)[16] 그해 8월, 선왕 영조는 경현당에서 동궁이 된 세손을 시좌(侍坐)[17]하게 하고 중용을 강하였다. 열한 살 어린 세손은 임금의 어려운 질문에도 막힘이 없었다.

임금이 물었다.

"저는 작위로, 나는 내 뜻으로(彼以其爵 我以吾義)라는 말에서 내 뜻이란 무슨 말이냐?"

세손이 답했다.

"인의(仁義)가 내게 있지 다른 곳에 있지 않다는 말이므로 내 뜻이라 한 것입니다."

---

16) 임오년(壬午年) : 1762년. 영조 38년.
17) 시좌(侍坐) : 임금을 모시고 앉음.

임금이 기뻐하며 말했다.

"조선(朝鮮)은 이제 잘 될 희망이 있다."

그날 선왕 영조는 영의정 신만에게 말했다.

"존현각(尊賢閣)은 옛날 정유년(丁酉年) 대리(代理)[18] 때에 강습하던 곳이니, 이제 수리하여 동궁으로 하여금 그곳에서 강습하도록 하고 경은 모름지기 기문(記文)을 지어 벽에 걸도록 하라."[19]

그때부터 존현각은 세손 이산이 생존을 도모하는 보루이자 격전지가 되었다.

세손 시절부터 끊임없이 이산의 주변에 죽음의 그림자가 드리워 있었다. 존현각에서 나오는 조그만 종이쪼가리 하나마저도 유언비어의 씨앗이 되었다. 세손이 미행을 한다, 세손이 밀주를 마시고 기생을 탐한다, 세손이 저자에 유람하며 백성을 곤란하게 한다. 그 음해는 노론이 생부 사도세자를 제거할 때와 지독히도 닮아 있었다.

정후겸과 문성국은 동궁과 어전을 오가며 노골적으로 세손을 견제하고 비방하고 위협했다. 임금이 계신 조정에서 홍인한은 세손에게 대리청정을 명하는 교지를 찢었다. 세손 제거가 그

---

18) 정유년 대리(代理) : 1717년 숙종 43년. 왕세자였던 경종 이윤의 대리청정.
19) 조선왕조실록, 영조 38년 8월 27일 기사.

들의 당론이었고 그들의 임금을 택군하자는 게 술자리의 건배사였다. 홍계희와 김한구와 김상로는 이미 죽어 없지만 그 자리와 그 오만과 그 탐욕을 다음 세대가 그대로 이어받았다.

분주히 오가는 내관들과 나인들 속에 세손의 목숨을 위협하는 노론의 살기들이 가득했다. 왕세손 이산을 위협하는 죽음의 신호들은 도처에서 고개를 쳐들고 존현각으로 왔다. 살기 위해서, 왕이 되어야 했다. 그 두려움은 이루 말할 수 없었다. 밤새 불이 켜져 있었고, 옷을 입고 잠이 들었다.

아버지의 죽음이 항상 따라다녔다. 그 일물(一物)이, 그 뒤주가 항상 이산을 따라다녔다. 꿈자리마다 울고 있는 아버지를 보았다. 그리고 그 아버지를 보며 울고 있는 어린 이산 자신을 보았다.

임금이 되어서도 존현각의 불은 꺼지지 않았다. 깊은 밤에도 좌정하고 책을 읽었다. 살기 위해서 책을 읽고 고사를 살피고 경연을 준비했다. 살기 위해서 몸을 단련했다. 강건한 육체는 마음과 연동되어 불안을 씻고 안정을 가져다주었다.

존현각은 생존의 동반자였다. 이산이 깨어 있을 때 존현각도 깨어 있었다. 이산이 잠들면 존현각도 그제야 잠들었다. 사방이 책장으로 가득한 좁은 침전에서, 이산은 살아남기 위해, 맹렬히 자신을 깨우고 부수고 다듬었다.

검은 비가 존현각 지붕을 때렸다.

존현각의 기왓장 하나하나가 무수히 떨어지는 검은 비에 비명을 쏟았다.

순간 빗소리를 가르고, 그 기왓장 아래로 격렬하게 진동하는 파괴음이 들려왔다.

총소리였다.

현재 시각, 자시 이각(子時 二刻), 오후 11시 30분.

이 궁의 주인이 그곳에 있었다. 임금이 그 기왓장 아래 있었다.

2. 인시 정각(寅時 正刻). 오전 3시.

너는 대신의 말에 동요하지 말라.

할아비는 손자에게 의지하고 손자는 할아비에게 의지하는 때에

무슨 의례적인 사양이 필요하겠는가.

너는 단지 내 하교를 따르고 내 뜻을 따르기만 하면 될 것이니,

이것이 너의 효이다.

— 영조, 을미년(乙未年) 11월 20일.

20시간 30분 전.

인시 정각(寅時 正刻). 오전 3시.

사위는 마르고 건조한 어둠으로 가득했다.

천변은 말라 비틀어졌다. 강바닥은 메마른 등껍질을 드러낸
지 벌써 몇 달이 지났다. 굶주림과 기근으로 유랑하는 거지 떼
들이 도성으로, 천변으로 몰려들었다. 내쫓고 겁박해도 그들은
다시 몰려들었다. 갈 곳 없는 그들은 움막을 지어 천변에 자리
했다. 천변 다리 아래마다 거지 떼들의 움막이 진을 쳤다.

정체불명의 온갖 잡동사니 거적때기가 움막촌을 뒤덮었고

악취와 무분별한 고성이 천변의 주인이 되었다. 도성의 백성들은 거지떼들에게 곤욕을 치르기 일쑤였고 포청의 순검들도 그들을 피해 다녔다. 움막 사이사이 서 있는 횃불 기둥만이 그들의 혼란과 방만을 비추고 있었다.

어디서 모주 찌꺼기를 주워 먹은 거지 하나가 주사를 부렸다. 선왕이 죽고 금주령이 풀리자 팔도에 술이 돌았다. 막아 봤자 밀주만 성행했다. 마실 놈은 다 마시게 돼 있다는 것이 새로 보위에 오른 임금의 지론이었다.

술 취한 거지의 주사가 요란해졌다. 순검 도는 포졸이 그 꼴을 보고도 외면했다. 건드려 봐야 득이 될 게 없었다. 내일을 기약할 수 없는 것들이었다. 다시 거지의 주사가 들려왔다. 포졸들이 못 들은 척 그냥 다리를 지났다. 술기운에 용력을 떨친 거지가 낄낄대다가 움막 거적 하나를 잡아당겼다. 움막 주인이 뛰어나와 술 취한 거지를 때리기 시작했다.

거적때기가 떨어져 나가고 움막의 맨 살갗이 드러났다. 어디서 주어다 맞춘 천 쪼가리들의 합체 사이로, 수상하고 음험한 기운이 숨어 있었다. 무질서한 천변의 밤 어느 귀퉁이, 여덟 개의 글자가 낡은 천 쪼가리 위에 아로새겨져 웅크리고 있었다.

'逆賊之子 不爲君王'

역적의 아들은 왕이 될 수 없다는 팔자흉언은 아직도 죽지 않고 도성을 기웃거렸다. 그들의 왕을 향해, 수상하고 음험하게 나부끼고 있었다.

존현각은 간결과 실용의 공간이었다.

장식이라곤 없었다. 사치품은 어디에도 보이지 않았다. 병풍 하나 없었다. 그저 사방을 메운 책장과 그 책장을 채우고 있는 경전들과 승정원에서 올린 일기들과 지방관아에서 올라온 보고서들과 변방의 장수에게서 온 장계들과 사형을 선고받은 죄수들의 결옥안(決獄案)들로 가득했다.

금침과 호롱불과 서책을 보는 소반 하나가 있었다. 정무에 따라 바꿔 입을 상복과 면복과 예복들이 앙상하게 임금의 침전을 채우고 있었다. 흡사 과거를 준비하는 시골 유생의 사랑방 같아 보이기도 했다. 오로지 벽에 걸린 한 쌍의 운검과 각궁만이 임금의 존재감을 초라하고 기묘하게 증명하고 있었다.

한 시진이나 잠들었을까. 어제 저녁 수라가 끝나고 보기 시작한 결옥안을 밤새 읽은 듯했다. 사형수들의 사연과 사건경과 보고서는 침전으로 올라오는 그 어느 보고서보다 예민하게 검토하고 다루어야 했다. 억울한 누명이 허다했고 빠져나간 진범은 곳곳에 숨어 있었다.

겨우 한 시진. 오늘도 숙면에 실패하고 말았다. 소반 앞에 앉은 채 쪽잠에 들었던 것 같았다. 아비의 꿈을 꾸었다. 아비의 뒤주가 어두운 창고 안에 있었다. 한 걸음 옮길 때마다 무섭게 떨리던 감각이 잠에서 깨어난 뒤에도 생생하게 남아 있었다.

늘 뒤주 앞에서 불안에 떨다 잠이 깨곤 했다. 하지만 오늘 꿈은 달랐다. 오늘은 처음으로 용기 내어 뒤주 안을 들여다보았다. 그 속에 아비는 없었다. 어린 세손, 눈물 자국 가득한 얼굴로 올려다보는 바로 어린 이산 그 자신이 있었다.

임금은 주먹을 불끈 쥐고 잠에서 깼었다. 다시 잠이 오지 않았다. 이제 겨우 인시나 되었을까. 임금은 소반 위에 다른 책을 올려놓았다. 마음이 쩍쩍 갈라지면 읽곤 하던 경전, 중용이었다. 글만으로는 두렵고 떨린 마음이 진정되지 않았다. 호흡을 가다듬었다. 운동을 시작했다. 세손 시절부터 단 하루도 빼먹지 않은 기상 운동.

팔굽혀펴기가 쉬지 않고 계속되었다. 찢어질 듯 근육이 팽팽히 부풀어 오르면 그 세밀한 음영을 따라 땀방울이 등을 타고 흘렀다. 온몸이 흠뻑 젖어 올 때면, 잠자리를 괴롭히던 불안과 초조가 땀방울을 따라 씻겨 내려갔다.

임금은 운동 중간 휴식마다 소반으로 다가가 무릎 꿇고 책을 보았다. 외우고 또 외웠다. 세손 시절 임금은 책 속에서 삶을 모색했고 글 속에서 생존을 도모했다. 임금이 되어서도 바뀐 건 없었다. 알아야 할 세상은 무시로 넘쳐났고 해야 할 공부는 끝이 없었다.

노론의 대신들은 경연을 핑계로 그들의 당론을 임금에게 주입하려 했다. 젊은 임금은 신하들이 왕을 가르치는 경연을 거부했다. 궐 안에 임금보다 해박한 유학자는 보이지 않았다. 임금의 엄청난 학습량을 따라올 경연관도 없었다.

영민한 임금은 경연에 나가 신하들에게 학습받는 왕이 되고 싶지 않았다. 신하를 가르치는 왕이 되어야 했다. 노론의 조정에서, 그들의 억지와 강압을 용상의 권좌로만 누를 순 없었다. 알아야 했고 반박할 수 있어야 했고 가르쳐야 했다. 오로지, 공부밖에 없었다.

스물여섯, 보위 1년을 맞는 젊은 임금 이산의 암중모색은 존현각 책장과 책장 사이를 종횡으로 가로질렀다.

초롱 하나가 불을 밝히고 있었다.

존현각 뒤뜰이었다. 내관 하나가 모종삽으로 모래를 퍼 종기에 담았다. 내관은 모래 담은 종기를 분청 저울에 올려 예민하게 무게를 재고, 따로 준비한 모래주머니에 모래를 채우는 작업을 하고 있었다. 퇴궐하거나 휴무이던 날, 경강으로 가서 퍼왔던 경강의 강모래. 내관은 존현각 뒤뜰에 모아놓은 강모래로 보름마다 무게를 달리해 모래주머니를 만들었다.

모래주머니는 넓적하게 생긴 몸통에 끈이 달려 있었다. 다리와 복부에 차고 근력을 기르도록 고안된 것이었다. 저울에 달아 모래주머니를 만드는 내관의 손길에 어지러움이 가득했다. 이마를 타고 굵은 땀방울이 흘러내렸다. 음력 7월의 더위. 식지 않는 열대야. 가을이 코앞이지만 지치지 않는 가뭄처럼 더위는 물러갈 생각이 없었다. 하지만 날씨 때문은 아닌 듯했다. 분별하지 못할 어떤 상념이 찌푸려진 미간의 주름을 따라 흘러내렸다.

일이 다 끝나자 내관이 손을 놓고 깊은 한숨을 내쉬었다. 그 짙은 시선에 가늠할 수 없는 피로와 허무가 배어 나왔다. 열여섯 소내시로 궁중에 들어온 지 13년, 웃음내시로 세손궁에 들어와 세손과 함께 자랐다.

선왕 영조는 책에 파묻혀 공부만 하는 어린 세손을 염려했다. 세손은 지독히도 공부에만 매달렸다. 눈이 오나 비가 오나 존현각에서 글 읽는 소리가 그치지 않았다. 면학에 힘쓰지 않는다 질타받았던 아비는 뒤주 속에서 죽었다. 반면교사(反面教師)였을 것이다. 세손은 손에서 책을 놓지 않았다.

임금은 아들 사도세자가 죽고 난 뒤 세손이 웃는 모습을 본

적이 없었다. 웃음이 없으니 생기가 없었다. 생기가 없으니 밝음이 없었다. 총명하나 어두운 안색의 세손은 언제나 무표정한 시선으로 책을 읽었다. 늘 그 일을 고민하던 임금에게 대전승전색 안국래가 웃음내시를 바쳤다. 자신이 양자로 들인 아이였다.

세손궁으로 들어온 웃음내시는 불행히도 웃기는 재주가 없었다. 하지만 웃음내시는 영민했다. 까막눈 웃음내시는 세손에게 글을 배웠다. 글을 배우고 깨치는 속도가 신묘했다. 세 살 아래의 세손은 웃음내시의 스승이 되어 천자문을 가르치고 소학을 가르치고 사서와 오경을 가르쳤다.

가르치는 재미 배우는 재미로 세손과 웃음내시는 좋은 친구가 되었다. 웃음내시는 세손을 따라 책 읽기를 좋아했고 세손의 마음을 읽고 사려 깊게 세손을 배려했다. 세손의 고통과 세손의 외로움과 세손의 두려움을 깊이 헤아렸다.

책 읽기 좋아하는 세손을 위해 책동무가 되었고, 깊은 속을 이야기하는 마음동무가 되었다. 웃음내시는 은밀히 세손을 위협하는 동궁의 내관들과 나인들로부터 세손을 지키려 애썼다. 세손이 보위에 올라 동궁의 내관들과 나인들을 모두 내치고 정리할 때도 웃음내시는 살아남았다. 임금의 서책과 문서를 책임지는 내시부 대전섭리(大殿攝里) 종4품 상책(尙冊) 벼슬을 얻었다.

상책은 모래주머니와 집기 일체를 커다란 자루에 넣고 존현각 뒤뜰을 떠났다. 상념에 빠져 있느라 시간을 잡아먹었다. 바삐 걸음을 옮기는 상책의 발걸음이 어수선했다. 그 바짓단으로, 정체 모를 핏자국이 어수선했다.

상책은 어제 저녁 일을 마치고 급히 외출한 뒤 새벽녘에 궐로 돌아왔다. 궁궐 출입패인 표신(標信)을 내밀고 존현각으로 돌아와 모래주머니를 만들었다. 어디에서 묻은 피일까. 하지만 상책은 자신의 바짓단에 피가 묻은지도 모른 채 걸음을 재촉했다.

존현각 전각 모퉁이를 돌아 입구를 향해 나아가던 상책이 멈춰 섰다. 임금이 계신 존현각 내방으로 들어가는 입구의 지게문이 보였다. 한 번도 꺼지지 않은 존현각의 노란 불빛이 지게문을 뚫고 나오고 있었다. 깊게 숨을 마셨다 뱉었다.

스물아홉, 갑수의 어지러움이 초롱에 부서져 존현각 뜨락에 흩어졌다.

나룻배가 경강 위로 미끄러져 나아갔다.

경강 저편 마포나루는 이른 새벽인데도 불야성을 이루고 있었다. 마포나루는 3주로 유명했다. 상인의 객주(客主)와 술과 여색의 색주(色酒)와 뱃길의 무사 안녕을 기원하는 사당과 무당의 당주(堂主)가 그것이었다. 쌀을 파는 미전과 소금을 거래하는 염전, 젓갈 파는 염해전, 땔감 파는 시목전, 칠목전과 잡물전까지 마포나루의 불빛은 인시가 되기 전에 벌써 불을 밝히고 있었다. 경강 변에 빼곡히 들어선 색주가와 경강 여객의 불빛들이 장사진을 이루었다.

그 마포나루로 등불 하나 밝힌 나룻배가 강을 건너고 있었다. 마포나루에 닿으면 칠패시장을 지나 숭례문이었다. 그 숭례문으로 들어가면 운종가가 기다리고 있었다. 도성으로 들어가는 온갖 장사치들과 빌어먹을 궁리로 떠도는 유랑거지들과 제각각의 목적을 가진 정체불명의 인간들이 경강을 건너 마포나루로 왔다.

곰방대를 물고 삿갓을 쓴 사공이 느긋하니 배를 몰았다. 작은 평저선으로 만든 사선(私船)이었다. 사공은 경강에서 잔뼈가 굵은 뱃사람이었다. 광나루와 삼전도, 서빙고와 흑석진, 두뭇개와 용산에서 두루 뱃질을 하다 마포에 정착했다. 사공은 척하니 관상만 보아도 무슨 사연으로 새벽 나룻배를 타고 도성으로 들어가는 인간인지 알 수 있었다.

곰방대를 물고 속닥거리고 있는 장사치 두 명은 보나마나 뻔했다. 마포나루 여객에 터를 잡고 전국으로 떠도는 봇짐장수들이었다. 참외 바구니를 내려놓고 갓난아기 젖을 먹이고 있는 젊은 아낙은 참외를 팔아 입에 풀칠할 엽전을 찾아 나선 어느 외거노비 여편네일 터이고, 쥐 파먹은 산발에 역한 내가 진동하는 누더기로 누덕누덕 옷을 한 노파와 어린 여자아이는 먹을 걸 찾아 떠돌다 천변 거지 패에게 기숙하거나 여느 집 담벼락에서 굶어 죽을 하루살이 신세들이었다.

그중에 구분 안 되는 자가 하나 있었다. 나룻배 한 귀퉁이 깊은 흑립에 도포를 휘두르고 앉아 있는 사내. 도포 위에 술띠를 맨 걸로 보아 여느 양반네임이 틀림없어 보이던 선비. 그 선비는 기다란 사각의 목함을 하나 안고 있었다. 고개를 푹 숙이고 있어 자는지 어떤지 알 수 없지만, 뱃전에 오르던 선비 사내의 기묘한 첫인상은 잊을 수 없었다.

귀밑에서 목을 타고 저고리 옷깃 안까지 길게 그어져 있던 흉터. 그것은 분명 검상(劍傷)이었다. 북방의 변경에서 근무하다 집으로 돌아가는 군관이거나 칼밥을 먹고 사는 검계패의 일당일지도 몰랐다. 어찌 됐든 그 사내에게서 풍겨오는 섬뜩함의 정체는 서걱거리는 살기 같은 것이었다.

거지 노파의 손녀딸 아이가 가지고 놀던 지푸라기 공이 사내에게로 굴러갔다. 지푸라기로 꽁꽁 엮어 만든 공. 뱃전에서 내내 통통 튕기고 굴리고 놀던 공이었다. 얼마나 오래 품었으면 손때 기름이 반질반질했다. 여자아이는 흔들리는 배 위에서 일어나지 못하고 제 할미에게 공을 달라 칭얼거렸다. 나룻배에 탄 손님들 모두가 여자아이와 굴러간 공과 고개 숙이고 있는 선비 사내에게로 시선이 쏠렸다.

칭얼거리는 소리에도 꿈쩍 않던 사내가 한참이 지난 뒤에야 고개를 들었다. 급기야 여자아이가 울음을 터트린 후였다. 모두가 그 흑립의 사내를 보았다. 고개 든 사내의 목덜미에 뻗은 칼자국을 보았다. 그 섬뜩하고 메마른 검은 눈동자를 보았다. 거지 노파가 손녀딸을 슬그머니 당겨 안았다. 여자아이는 울음을 그치고 놀란 눈을 숨기지 못하다 딸꾹질을 하기 시작했다. 봇짐장수 둘은 사내의 시선을 피해 뜬금없는 달구경으로 변죽을 놓았다.

사내는 발 앞에 나뒹구는 지푸라기 공에는 관심도 없이 젖을 먹이고 있는 참외장수 아낙을 뚫어지게 쳐다보았다. 아낙의 젖 먹이는 꼴이 궁금한 것이 아닌 듯했다. 오랜 기억 속을 더듬는 눈길이었다. 황폐하고 쓸쓸한 시선이었다.

아낙은 사내의 뚫어져라 쳐다보는 시선을 피해 가슴을 가렸다. 하지만 사내는 젖 먹이는 아낙의 마른 가슴에는 관심이 없어 보였다. 아낙의 참외 바구니와 얼굴에서 시선을 떼지 않았다. 여자아이가 다시 지푸라기 공을 찾으며 보챘다. 사내가 살짝 손을 뻗기만 하면 공을 돌려줄 수 있었지만 목함을 끌어안은 사내의 손은 까닥할 기미도 보이지 않았다.

사내의 무심한 시선은 여자아이와 지푸라기 공을 외면했다. 참외장수 아낙에게만 머물던 사내의 눈길이 강변으로 향했다. 마포나루를 메우고 있는 경강 여객들과 시전들이 보였다. 그 빼곡한 불빛들이 사내의 깊게 팬 흉터를 더듬으며 다가왔다.

스물일곱, 을수의 무정한 살기가 나룻배 안에서 좌우로 흔들렸다.

궁중 나인 생활은 고달팠다.

궁중 나인들은 여섯 부서로 나눠 일을 분담했다. 생과와 차와 화채나 죽 따위 별식을 만드는 생과방(生果房), 궁중 예복을 만들거나 바느질을 전담하는 침방(針房), 궁중에서 소요되는 장식물에 수를 놓는 수방(繡房), 궁중 수라와 궁궐 예식의 음식을 만드는 소주방(燒酒房), 왕과 내전의 세숫물과 목욕물과 요강과 매화틀의 시중까지 책임지는 세수간(洗水間), 그리고 빨래와 다듬이질과 다리미질과 옷의 염색까지 책임지는 세답방(洗踏房)을 궁중 육처소(六處所)라 불렀다.

그 육처소 중에 세답방나인들의 고달픔이 제일 컸다. 한겨울에도 언 물에 빨래하는 것이 일이었고 소주방과 마찬가지로 치마를 걷어 올리고 일하는 것이 다반사였다. 궁중의 가장 깊고 깊은 침전에서 의식주 일체의 시중을 드는 지밀나인이나 침방이나 수방나인들은 외로 여며 입은 치마에 앞치마도 두르지 않고 멋을 내었다.

그래도 괜찮았다. 세답방나인들이 제일 서러워한 것은 찬물도 고된 일과도 외로 여며 입은 치마도 아니었다. 지밀방과 침방 수방의 어린 견습나인들은 생각시 새앙머리를 하고 아기항아님이라 불리며 대접받았다.

네 가닥 새앙머리 지밀방 생각시들이나 두 가닥 새앙머리 침방 수방 생각시들을 볼 때면 세답방 아기나인들의 가슴은 미어졌다. 같은 나인인데도 하품 취급을 받고 물일이라 천대받는 기분이 들어 억울하기만 했다. 그들의 새앙머리가 그렇게 부러울 수 없었다. 지밀나인들은 임금의 성은도 곧잘 받아 가장 상품 취급을 받았다. 세답방나인들은 언감생심 성은은 고사하고 임금의 용안도 보기 힘들었다.

아직 이른 새벽, 그 세답방에 다리미 연기가 올랐다. 세답방 안은 나인들의 다리미 연기로 자욱했다. 세답방 너른 마루에 다리미판 수십 개가 가지런히 자리해 있었다. 그 다리미판 위에는 다려야 할 예복들이 놓여 있었고 불을 담은 다리미와 물그릇이 옆자리를 차지하고 있었다. 이제 열 살이나 넘었을까. 십 대 초반의 어린 견습나인들이 발갛게 익은 볼과 모자란 잠으로 충혈

된 눈과 불퉁하게 나온 입으로 다리미판 앞에 앉아 있었다.

줄을 지어 앉은 아기나인들 맨 앞에는 스무 살이 넘은 정식 나인들이 자리해 시범을 보였다. 아기나인들이 항아님이라 부르는 정식나인들은 제법 고참 티를 내는 손길로 다리미를 놀리며 학습을 주도했다. 아기나인들의 작은 하품에도 여지없이 매서운 눈초리를 쏘아 보냈다. 그 다리미질 사이로 상궁 하나가 가로지르며 다녔다. 세답방 정 상궁이었다. 깐깐하고 매서운 광대뼈를 가진 여인.

"무명천과 베옷과 비단이 모두 그 온도가 달라야 한다. 침방에서 옷을 아무리 잘 만들어도 세답방 다리미질이 지극하지 못하면 옷은 생기를 잃고 한낱 천 조각이 되느니라. 우리 옷의 생명은 선이다. 선이 살아 있지 않으면 왕후의 옷도 천녀의 옷으로 둔갑하나니…… 정성을 다하고 궁량을 다하여 다듬고 다려야 하느니라."

다리미질을 배우는 견습나인들은 아직 어린 소녀들이었다. 물을 뿜으려다 사래가 걸려 캑캑대는 소리가 들리면 억지로 숨을 참는 웃음소리가 곳곳에서 터졌다. 그럴 때면 시범 보이는 정식나인들과 고참 상궁들의 날카로운 눈매가 무섭게 번뜩이곤 했다. 불 조절을 못해 그만 옷을 태우기라도 하면 구석 자리에 서서 종아리에 피멍이 나도록 혼이 났다. 홀쩍인다고 또 매를 맞았다. 아기나인들은 다리미 배우는 시간이 제일 무섭고 힘들었다. 한겨울을 빼고는 차라리 빨래하는 물일이 좋을 때가 많았다.

가장 상석에 자리해서 다리미 시범을 보이던 정식나인 하나가 다리미를 들었다. 웃음 터진 아기나인들이 모두 그 정식나인을 따라 다리미를 들었다. 더 길게 방만하다가는 상궁들이 회초리를 들고 나올 참이었다. 그 정식나인이 한바탕 회초리 타령이 터지려는 호흡을 끊고 나온 것이다. 세답방에서 가장 일 잘하는 나인이었다. 염색일도 다리미질도 최고라 세답방 아기나인들이 부러워 마지않는 항아님.

스물넷, 세답방나인 강월혜의 반듯하고 정갈한 손길이 나비가 앉듯 나붓하게 예복 위로 올랐다.

팽팽한 근육이 불빛에 번들거렸다.

이산은 정좌하고 눈을 감고 있었다. 무명봉디[20]만 입고 상체를 드러낸 이산의 몸은 아직도 열기를 뿜어내고 있었다. 방금 운동이 끝난 듯했다. 존현각 장지문 앞으로 그림자 하나가 다가섰다.

----
20) 봉디 : 왕과 왕비의 바지.

"신, 상책 갑수이옵니다."

"들라."

자루를 든 갑수가 안으로 들어섰다. 몸을 숙이고 앞으로 다가온 갑수가 모래주머니를 이산 앞에 놓고 절을 했다. 그리고 곧장 자루를 풀었다. 자루에서 모래주머니가 나왔다. 다리에 차는 것이 두 개, 복부에 차는 것이 하나. 이산은 익숙한 손길로 다리에 모래주머니를 찼다. 갑수가 임금의 복부에 차는 모래주머니를 시중들었다.

각기 15근(斤)[21]. 세 개의 모래주머니 무게는 총 45근. 모래주머니는 보기에도 꽤 묵직하게 보였다. 이산은 보름 단위로 무게를 줄이거나 늘렸다. 무게를 가늠해 보듯 이산이 풀쩍풀쩍 뛰거나 몸을 구부리고 펼쳤다. 갑수의 얼굴이 어두워 보였다. 이산이 그 얼굴을 읽었다.

"어찌 그러느냐?"

"무관들도 그 무게를 달고 움직이면 반나절을 버티질 못할 것이옵니다. 헌데 전하께선 파조(罷朝)[22]하실 때까지 달고 다니시니……."

"드러내놓고 몸을 다듬지 못할 처지니 어찌할 수 있겠느냐?"

---

21) 15근(斤) : 9kg.
22) 파조(罷朝) : 정무가 끝나 정사를 보지 않음.

이산이 상복으로 갈아입자 갑수가 무명천으로 감싼 익선관을 올렸다. 갑수가 거들고는 있지만, 왕은 스스로 옷을 갈아입고 스스로 침구를 개고 소반을 정리했다. 존현각의 서책 관리를 책임지는 상책 벼슬의 갑수와 금위영 호위무관들과 청소를 맡은 상궁과 나인들만이 존현각에서 왕을 도왔다. 임금의 궁색에 주변이 민망해질 때가 한두 번이 아니었다.

"전하. 이제 침소를 보존할 지밀나인을 들이실 때도……."

"아직 상중이다."

아직 상중이었다. 선왕 영조의 삼년상이 아직 끝나지 않았다. 이산이 이 존현각을 떠나지 않는 이유 중의 하나가 선왕 영조의 혼전인 태령전이 가까이 있기 때문이었다. 침전에는 지밀나인들과 지밀상궁들이 있기 마련이었다. 한둘도 아닌 여인들이 달라붙어 임금의 속고의[23] 하나까지 챙기고 입히는 게 침전의 풍경이었다. 하지만 이산의 침전은 달랐다.

존현각은 책으로 둘러싸인 전쟁터의 막사와 같았다. 군화도 벗지 않고 항시 대기 중인 장수의, 그 간결한 기능 위주의 막사. 좀처럼 내전을 찾지도 않았으며 잠자리에 후궁은 물론 나인들도 들이지 않았다. 흉수는 가장 먼저 지밀로 오게 마련이었다.

---

23) 속고의 : 속바지.

언제 어느 때고 임금은 방심하지 않았다. 게다가 이제 즉위 1년. 젊은 임금은 상중을 핑계로 검소하고 근신하는 일상을 각인시키고 있었다.

이산이 벗어놓은 침복을 옷걸이에 걸던 갑수가 침복 적삼과 봉디에서 눈을 떼지 못했다. 구멍이 나고 헤지고 수선한 자리가 터져 있었다. 임금의 버선 역시 마찬가지였다. 올이 나가고 뒤축이 닳아 살이 보였다. 임금은 쓸 만한 옷들을 버리지 못하게 하고 단지 수선하고 세답하여 다시 들이라 엄명했었다.

"그렇게 보기 싫으냐?"

갑수가 황망히 조아렸다.

"아니옵니다, 전하."

"궁중의 모든 허물이 사치할 '치(侈)'자 하나로 시작된다고 했다. 부왕께서 '비단과 무명 중에 어느 것이 나으냐' 하고 물었더니 '무명이 더 낫사옵니다' 하고 무명옷을 입었다. 다섯 살 때였다. 누구 얘긴 줄 아느냐?"

"전하께옵서……."

"아바마마다."

생부 사도세자의 일화였다. 이산은 끊임없이 아버지에게서 수신(修身)의 길을 찾으려 했다. 세상 모두가 버린 아버지를, 그 아버지의 실체를 임금이 된 이산은 일상의 시간에서 다시 살려

내고 증명하고 싶어 했다. 이산의 말이 끝나기도 전에 장지문 밖이 소란스러워졌다. 쿵쿵거리는 발걸음 소리가 존현각 복도를 울리며 다가왔다. 새벽 이 시간 임금이 계신 전각의 복도를 쿵쿵 소리내며 걸음을 내디딜 수 있는 자는 이 궁궐에서 단 한 명밖에 없었다. 장지문 밖에서 쩌렁쩌렁 소리가 났다.

"전하! 신 금위대장 홍국영이옵니다! 곧 파루이옵니다!"

"알았다. 대기하라."

이산이 장지문을 향해 걸음을 놓았다. 갑수가 문을 열기 위해 황급히 움직이다 소반을 건드렸다. 임금이 보던 서책이 바닥으로 떨어졌다. 갑수가 황망히 책을 주우려 했다. 이산이 문득 말했다.

"그대로 두라."

갑수가 감히 책을 잡지도 못하고 조아렸다.

"무슨 책이더냐?"

책의 표지가 바닥으로 향해 있었다. 갑수의 이마에 식은땀이 흘렀다.

"보지…… 못하였사옵니다."

이선이 조아린 갑수에게로 돌아섰다.

"하늘이 사람에게 준 것을 본성이라 하고 본성을 따르는 것을 도라 하고 도를 닦는 것을 가르침이라고 한다. 무슨 책이더냐?"

잠시 숨을 고르던 갑수가 조심스럽게 대답했다.

"예기의…… 중용이옵니다."

天命之謂性,	천명지위성,
率性之謂道,	솔성지위도,
修道之謂敎.	수도지위교.

중용의 첫 구절이었다.

공자의 손자 자사(子思)가 지은 중용(中庸)은 원래 예기의 일부였다. 예기에서 가려 뽑은 대학과 중용을 논어, 맹자와 함께 사서라 하고 시경, 서경, 역경의 삼경에 춘추와 예기를 포함해 오경이라 했다. 자사의 중용을 송나라의 주희가 모두 33장으로 정리해 내놓았고 그것이 조선의 경전으로, 임금의 소반 위에 놓여 있었다.

세상의 근원을 밝히는 학문, 그 경전 중용. 치우침이 없고 지나침이 없고 모자람이 없는 평상의 이치를 밝히는 학문이 중용이었다. 이산은 언제나 중용의 도를 실천하는 인간이 되고자 했다. 균형과 그 지극함의 실천철학을 중용에서 찾으려 했다.

"오직 세상에서 지극히 정성을 다하는 사람이어야만 자신의 본성을 다 발휘할 수 있다. 자기 본성을 다 발휘하면 사람의 본성을 다 발휘할 수 있게 되고, 사람의 본성을 다 발휘하면 만물의 본성을 다 발휘할 수 있게 되고, 만물의 본성을 다 발휘하면 하늘과 땅의 변화와 생육을 돕게 되고, 하늘과 땅의 생육을 돕게 되면 하늘과 땅에 대등해진다…… 몇 장이더냐?"

"스물두 번째 장이옵니다."

"그 뒷장…… 스물세 번째 장은 어찌 되느냐?"

장지문 밖에서 홍국영의 것이 틀림없는 헛기침 소리가 들렸다. 홍국영은 나오지 않는 임금을 보채고 있었다. 갑수가 장지문을 보고는 다시 조아렸다.

"전하…… 혼전으로 납실 시간이옵니다."

이산은 대답을 듣지 않고는 나갈 생각이 없어 보였다. 멈춰 선 자리에서 움직이지 않았다.

"어찌 되느냐?"

갑수가 망설였다. 몰라서 망설이는 눈치가 아니었다. 이산은 알고 있었다. 존현각의 서책과 문서를 관리하는 상책은 임금이 보는 모든 서책의 내용을 꿰차고 있었다. 경전과 장계와 결옥안을 가리지 않고 갑수는 임금의 소반 위에 오르는 모든 서책과 두루마리를 보고 파악하고 분류하고 대령했다.

이 궁중에서 누구보다 가장 책을 많이 보는 자가 임금이었다. 그 임금에 필적하는 유일한 인간이, 상책 갑수였다. 갑수가 나직이 중용 스물세 번째 장을 암송하기 시작했다. 목소리는 단정하면서 막힘이 없었다.

"작은 일도 무시하지 않고 최선을 다해야 한다. 작은 일에도 최선을 다하면 정성스럽게 된다. 정성스럽게 되면 이내 겉에 배어 나오고, 겉에 배어 나오면 이내 겉으로 드러나고, 겉으로 드러나면 이내 밝아지고, 밝아지면 이내 남을 감동시키고, 남을 감동시키면 이내 변하게 되고, 변하면 이내 생육된다. 그러니 오직 세상에서 지극히 정성을 다하는 사람만이 만물을 생육시킬 수 있는 것이다."[24]

중용 23장 기차치곡장(其次致曲章)이었다.

其次致曲.	기차치곡
曲能有誠, 誠則形	곡능유성, 성즉형
形則著, 著則明	형즉저, 저즉명
明則動, 動則變, 變則化.	명즉동, 동즉변, 변즉화.
唯天下至誠 爲能化.	유천하지성, 위능화.

---

24) 『정조 이산의 오경백편』 장개충, 김월성 역.

말을 마친 갑수가 조심히 서책을 집어 들어 소반에 올렸다.

갑수가 용안을 올려다보았다. 장지문 밖을 바라보는 이산의 얼굴이 짐작되지 않았다. 좋고 싫은 표정이 좀처럼 떠오르지 않는 얼굴이었다. 오래된 상궁들과 내관들은 그런 임금의 얼굴도 성정도 생부 사도세자를 빼닮았다고 수군거렸다. 장지문이 열렸다. 복도에서 기다리던 홍국영과 금위영의 조장들이 황급히 조아렸다. 밖으로 나가려다 말고 이산이 갑수를 돌아보았다.

"무엇이든, 네가 원하는 것이 있다면…… 이처럼 최선을 다하라. 그리하면 이루어진다."

갑수가 다시 조아렸다. 그 조아린 얼굴에는 헤아리기 힘든 당혹감이 어려 있었다. 한없이 무거운 눈빛으로 갑수는 임금을 배웅했다. 이산이 존현각 뜨락으로 내려섰다. 횃불을 밝힌 채 양쪽으로 갈라서서 시립하고 있던 이십여 명의 금위영 정예 무관들이 조아렸다. 그 일렁이는 횃불 속으로 이산이 빨려 들어갔다.

나인들이 양쪽으로 갈라섰다.

세답방 대청마루는 깨끗이 치워져 있었다. 그 많던 다리미판은 구석 자리에 포개져 있었고 세답방 안의 나인들과 상궁들 모두 양쪽으로 나눠 서서 중앙의 길을 만들어 놓고 있었다. 모두가 진중하고 경건한 표정과 몸짓으로 세답방 입구의 장지문을 향해 있었다. 이윽고 그 문이 열리자 상궁 하나가 들어섰다. 제조상궁(提調尙宮) 고수애였다.

내명부 나인들 중 가장 웃어른이자 수백 명 나인들을 통솔하는 총책임자였다. 큰방마마님이라 불리는 제조상궁의 품계는 정5품에 불과했지만 그 영향력은 엄청났다. 내전의 명을 받들어 구중궁궐 그 밀실 정치에 가장 깊숙이 개입하곤 했다. 내시부의 상선과 더불어 내명부의 제조상궁은 조정대신들도 함부로 대하지 못하는 위엄과 힘이 있었다.

고수애는 왕대비 김씨의 사람이었다. 왕대비 김씨의 추천으로 선왕의 대전(大殿)에서 시위하던 지밀상궁이 되었고 선왕이 숙자 왕대비의 힘으로 제조상궁이 되었다. 웃음기라고는 찾아볼 수 없는 얼굴에 검고 어두운 관상으로 궁중의 아기나인들은 저희들끼리 저승마마라 불렀다.

제조상궁 고수애가 세답방 안으로 들어서자 세답방 안에 있던 모든 상궁과 나인들이 깍듯이 고개 숙여 인사했다. 고수애 뒤로 침방상궁 넷이 예복 하나를 받쳐 들고 들어왔다. 그 뒤로 침방나인들 십여 명이 예복의 길을 조심히 따랐다. 임금의 곤룡포(袞龍袍)였다. 붉은색 비단에 금실로 수놓은 오조룡(五爪龍)이 가슴과 등과 양어깨의 보(補)에 누워 있었다. 여름에 입는 대홍

사(大紅紗) 곤룡포였다.

마침내 곤룡포가 세답방 안으로 들어서자 세답방나인들이 모두 엎드려 조아렸다. 중앙의 다리미판 위에 곤룡포가 놓이고 세답방 안의 모든 이들이 네 번 절하는 사배례(四拜禮)를 행했다. 임금을 배알하는 의식 그대로였다.

모두가 엎드려 있는 그 사이로 세답방나인 하나가 걸어 나왔다. 월혜였다. 월혜는 곤룡포 앞에 이르러 다시 절을 올렸다. 꽃잎이 담긴 물뿌리개를 든 나인들과 다리미를 올린 나무판을 맡은 나인들이 월혜의 좌우로 나왔다. 그들 모두 곤룡포를 향해 다시 절을 올렸다.

절을 마치자 매화 향이 가득한 물이 곤룡포 위에 안개비처럼 내렸다. 세답방 안이 무서울 만치 조용해졌다. 어떤 소리도 흘러나오지 않았다. 모두가 월혜를 지켜보았다. 아기나인들은 부러운 시선으로 월혜를 바라보았다. 임금의 곤룡포를 다릴 수 있는 나인은 세답방상궁이 될 수 있는 일등 후보였다.

나인 둘이 시뻘겋게 달구어진 돌을 다리미에 담아 월혜에게로 조심조심 내밀었다. 월혜가 다리미에 다시 절을 하고 다리미를 집어 들었다.

멀리서 닭 우는 소리가 들려왔다.

3. 인시 반각(寅時 半刻), 오건 4시.

세손은 노론과 소론을 알 필요가 없고, 이조와 병조를 알 필요가 없고,
국사에 이르러서는 더더욱 알 필요가 없습니다.
— 홍인한, 을미년(乙未年) 11월 20일.

구름 한 점 없는 밤하늘에 파루(罷漏)의 종소리가 서른 세 번
울렸다.

오경삼점(五更三點)[25]이 되자 종각의 대종이 울리기 시작했
다. 도성의 여덟 문이 모두 열리자 밤새 통행금지가 풀리기를
기다리던 사람들이 성문으로 몰려들었다.

파루의 종소리에 맞춰 이산은 선왕 영조의 혼전(魂殿)이 있는
태령전으로 향했다. 한 해 전, 선왕이 승하하고 이제껏 단 하루
도 거르지 않던 일이었다. 할아버지 영조의 신위는 삼년상이 끝
나면 종묘로 모시게 된다. 그동안 신위를 모시는 곳이 혼전이었

----
25) 오경삼점(五更三點) : 새벽 4시경.

50

다. 혼전은 서암이 바로 뒤에 자리한 태령전으로 했다. 태령전
은 선왕이 생존 시에도 가장 각별하게 여기던 전각이었다.

　무명 익선관을 쓰고 무명 상복을 입은 이산의 걸음에 감히
나란히 보폭을 맞추는 자가 있었다. 금위대장으로, 공작 깃털
홍전립에 환도를 차고 융복을 갖춰 입은 홍국영이었다.

　홍국영은 지신사(知申事)[26]의 관복보다 금위대장의 융복을
더 좋아했다. 환도를 차고 승정원에 드나드는 것이 다반사였다.
홍국영은 날카로운 인상의 미남자였다. 옥인(玉人)의 선비라 소
문날 만큼 인물이 좋았다. 장안의 기방에 홍국영이 뜨면 난다
긴다 하는 기생들이 앞다투어 홍국영을 모시려고 싸웠다. 거기
에다 도승지 겸 금위대장으로 무소불위의 권력을 휘둘렀다.

　그런 홍국영의 콧대는 하늘 높은 줄 몰랐다. 집으로 정승들
이 찾아오면 사랑채 협탁에 맨발을 올리고 인사를 받았다. 정자
관도 쓰지 않은 망건 차림에 심의(深衣)[27]도 다 풀어 놓고 사방
침에 비스듬히 기대 장죽을 물고 인사를 받았다.

　임금 아래 영의정이 아니라, 도승지 홍국영이 있었다. 나이
서른에 최고의 권력을 거머쥔 자. 이산을 보위에 올린 책략가이
자 일등공신. 이산도 홍국영의 말이라면, 쉽게 넘길 수 없었다.

----
26) 지신사(知申事) : 도승지의 별칭.
27) 심의(深衣) : 신분이 높은 선비들이 입던 웃옷.

하지만 조율이 필요한 자, 홍국영.

"이번에 어영대장 구선복을 제거해야 합니다. 천변 준천 사업을 그리 망쳐놓았으니 타당합니다."

홍국영이 가장 불편해하고 있는 자는 어영청 대장 구선복이었다. 구선복은 성격이 포악하고 말이 거칠었다. 술에 취하면 조정 신료들도 된통 당하곤 했다. 구선복의 주먹질에 맞아 이가 부러진 대신도 있었다. 홍국영만 보면 똥강아지 취급하며 조롱하는 유일한 인간이 구선복이었다.

"구선복은 노론이 잡고 있는 군권의 핵심입니다. 하루속히⋯⋯."

이산을 따라붙은 홍국영은 조급한 기색을 감추지 않았다.

"구신복은 임오년의 원흉입니다! 김귀주는 물론이요 어찌 보면 홍인한이나 정후겸보다 더한⋯⋯."

이선이 걸음을 멈췄다. 임오년은 이산의 생부 사도세자가 뒤주에 갇혀 죽은 해였다. 조정에서 임오년 세 글자는 금언이나 마찬가지였다. 게다가 임금의 면전에서 감히 임오년 세 글자를 입에 올릴 수 있는 자도 홍국영밖에 없었다. 이산은 태령전을 코앞에 두고 분분해지는 홍국영의 말을 막아야 했다.

"금위대장."

"네, 전하."

"지금 구선복을 건드리면 오군영이 다 일어선다. 무리하면 역풍을 맞는다."

이산이 걸음을 놓았다. 그 걸음 앞으로 홍국영이 막아서듯 나섰다.

"전하! 우리가 먼저 쳐야 합니다."

걸음을 멈추고 이산이 다시 섰다. 짐작되지 않은 얼굴로 뚫어지듯 홍국영을 보았다. 이산이 나직이 말했다.

"혼전으로 가는 길이다. 놓아주겠나?"

이산의 목소리는 조용했지만 단호했다. 홍국영은 알았다. 이산의 목소리가 잠길 듯 낮아질 때는 조심해야 했다. 홍국영이 이내 체념하고 뒤로 물러섰다.

경강변을 따라 횃불의 파도가 밤을 낮처럼 밝히고 있었다.

어영청 경강 군영의 야간 훈련이 펼쳐지고 있었다. 어영청은 금위영, 훈련도감과 함께 임금과 수도를 호위하는 핵심 부대였다. 거기에다 수도 외곽을 담당하는 총용청과 수어청을 모두 합해 오군영(五軍營)이라 불렀다.

그중에서도 어영청은 금위영과 쌍벽을 이루는 정예부대였다. 그 어영청의 수장이 어영대장 구선복이었다. 나이 육십의 노장군 구선복은 노론이 배출한 최고의 숙장(宿將)[28]이자 사령관이었다. 구선복의 가문은 대대로 명문 무관 가문이었다. 아버지 구성필은 병마절도사를 지낸 무관이었고 종형인 구선행은 병조판서와 훈련대장과 금위대장을 역임했다. 아들 구현겸은 통제사였고 구이겸은 충청도 병마절도사였다. 조카 구명겸은 황해도 병마절도사였다. 무관으로 입신하려는 자는 구선복 가문을 통하지 않고는 꿈을 이루기 힘들었다.

구선복의 곳간은 뇌물과 아득바득 긁어모은 재물로 넘쳐 났다. 구선복은 긁어모으는 것만큼 씀씀이도 시원시원했다. 충복이 되면 보상도 컸다. 될성부른 재원들은 혼사로 엮었다. 오군영 어딜 가나 구선복의 부하들이 자리 잡고 있었다. 노론이 기대고 있는 최고의 군사력이었다. 임금도 그런 구선복을 함부로 대할 수 없었다. 명분 없이 구선복을 치면 노론이 군권을 부추길 게 틀림없었다. 이산은 그 부분을 염려하고 조심스럽게 다루고 있었다.

구선복은 골칫덩이였다. 스물여섯 먹은 어린 임금은 자신의 임금이 아니었다. 이산도 알았다. 노골적인 구선복의 파행을, 보란 듯이 임금에게 도발하는 무뢰한을 이산은 능숙하게 다루

---

28) 숙장(宿將) : 노련한 장수, 경험이 많은 장수.

었다. 이산이 보위에 오르고 나서 구선복은 툭하면 사고를 쳤다. 한 달이 멀다고 파직당하고 체직당했다.

추국청 뜰의 수막군 관리를 허술하게 한 명목으로 훈련대장 직에서 파직됐다. 두 달 후 다시 한성부 판윤으로 삼았다가 병조판서로 제수했다. 활쏘기에서 다섯 발 모두 맞춘 오중(五中)을 했다 하여 보국숭록대부(輔國崇祿大夫)로 승진시켰다. 그 이후 병조판서에서 다시 한성부 판윤으로, 어영대장으로, 한성부 판윤으로, 어영대장으로, 영중추부사 이은과 싸움을 벌이다 파직당하고 얼마 후 다시 어영대장으로, 입시하라는 명을 거부해 파직, 또다시 어영대장으로, 종국에는 천변 준천 사업을 맡겨 준천사 당상직을 주었다.

이 모두가 일 년 남짓 사이에 벌어진 구선복의 숨가쁜 보직 변경이었다. 적은 내 눈에 보이는 곳에 둔다. 이산은 이 논리로 구선복을 다뤘다.

나무로 기단을 쌓고 그 위에 관람석을 만든 장막 아래, 화려한 융복을 입은 늙은 장수 하나가 의자에 비스듬히 앉아 잔뜩 불만인 표정이다. 어영대장 구선복이었다. 훈련 모습을 못마땅한 듯 뚱하니 바라보던 구선복이 벌떡 일어나 고함질렀다.

"병신새끼들아! 원앙진이잖아! 원앙진! 장창이 왜 낭선 뒤에 나와 설치고 지랄이냐고!"

구선복의 호통에 훈련을 지휘하던 교련관(敎鍊官)들이 바짝 얼어붙었다. 천여 명에 가까운 어영청 병졸들이 모두 동작을 멈추고 제자리에 멈춰 섰다. 구선복의 말에 군관들이 서로 눈치만 보았다.

명나라에서 들어온 살수대 원앙진은 진의 정면에 방패를 든 군사 2명을 세우고 군사 10명이 2열 종대로 대오를 이룬 진형이었다. 명나라 척계광이 남방의 왜구를 토벌하기 위해 만든 근접전 대응 진형이었다. 대장이 선두를 서고, 그 뒤를 등패수 2명이 서고, 낭선 2명, 장창 4명, 당파 2명이 그 뒤를 줄지어 서서 격투를 벌이는 진법이었다.

당연히 장창은 낭선 뒤에 나오는 것이었다. 군무를 관장하는 종사관 낭청(郎廳) 하나가 소심하게 눈치를 보다 용기를 냈다.

"저기…… 절강병법 살수대 원앙진은 장창이 낭선 뒤에 있는 게 맞습니다."

구선복이 낭청을 쏘아 보았다. 낭청의 안색이 파래졌다. 군영 마당에 침 넘어가는 소리 하나 들리지 않았다. 구선복이 자리에 털썩 앉았다. 과유불급의 인간, 구선복.

"잘났다…… 시캬."

태령전 뜨락에 이산이 섰다.

금위영 호위무관들이 벽을 따라 양쪽으로 갈라져 시립했다. 혼전 뜨락에 거적을 깔고 이산이 맨발로 서 있었다. 홍국영이 그 뒤에 시립했다. 임금이 자리하자 태령전 혼전에 상주하는 두 명의 참봉과 네 명의 충의들이 혼전문 앞에 도열했다.

홍국영이 고갯짓을 보내자 태령전 혼전문을 지키는 두 명의 내관이 혼전의 지게문을 열었다. 이산이 숨을 삼켰다. 이산의 할아버지, 영조의 어진이 모습을 드러냈다. 완고하고 마른 성정을 여지없이 드러내는 어진. 이산은 할아버지의 어진을 볼 때마다 가슴이 미어졌다. 한 해가 넘도록 혼전에 절을 했지만 고통은 익숙해지지 않았다.

자신의 아버지를 죽인 할아버지, 자신을 노론의 흉수로부터 지켜내 보위에 오르게 한 할아버지가 저기 있었다.

어느 방향으로도 선왕 영조는 이산에게 온전한 의리가 될 수 없었다. 아버지를 생각하면 할아버지가 울고, 할아버지를 생각하면 아버지가 울었다. 해서 선왕의 혼전인 태령전에 오르는 새벽 시간, 그 한 걸음 한 걸음마다 쇠말뚝이 하나씩 이산의 심장에 박혔다.

이산이 영조의 어진을 바라보았다. 영조의 어진을 따라 창경궁 휘령전 마당에 놓인 뒤주가 이산에게 왔다. 이산이 이마를 땅에 찧으며 어진에 절을 했다. 휘령전 월대에 서서 운검을 들고 고함지르던 임오년 그 날, 그 할아버지가 이산에게 왔다.

존현각의 차비문이 열렸다.

차비문 개폐를 담당한 호위청 군관 하나가 임금이라도 본 듯 조아렸다. 존현각 뜨락을 지키던 금위영 호위무관들이 차비문을 향해 조아렸다. 차비문 안으로 제조상궁 고수애가 모습을 드러냈다. 임금의 침전을 호위하는 금위영 호위무관들이 제조상궁에게 조아릴 리 없었다. 제조상궁 뒤로 네 명의 침방상궁들이 펼쳐 들고 들어오는 것, 곤룡포였다.

임금의 곤룡포가 지나는 길을 향해 모두가 조아렸다. 월혜가 그 뒤로 익선관을 들고 따랐다. 나인들이 옥대(玉帶)[29]와 목화(木靴)[30]를 들고 따랐다. 존현각 복도로 들어가는 지게문의 호위도 조아렸다. 말이 없는 절의 행렬을 따라 임금의 곤룡포가 존현각 안으로 빨려 들어갔다.

존현각 열 십(十)자 옷걸이에 곤룡포가 걸렸다. 임금이 혼전으로 절을 올리러 간 동안 제조상궁과 세답방나인들은 매일 새벽 임금의 예복을 준비하고 세답할 옷과 이부자리 등을 수거해 갔다. 곤룡포를 들고 온 상궁들과 나인들이 일을 마치고 물러갔

29) 옥대(玉帶) : 임금이나 관리의 공복(公服)에 두르던 옥으로 장식한 띠.
30) 목화(木靴) : 사모관대를 할 때 신던 신.

다. 고수애와 월혜만 방 안에 남았다. 월혜가 익선관을 십자 옷걸이에 걸고 옥대와 목화를 가지런히 두었다.

고수애는 침전의 청결 상태를 살폈다. 지밀상궁을 두었다면 지밀상궁이 할 일이었지만 임금은 지밀을 두지 않았다. 상궁 하나 들이지 않으려 했지만 대신들의 간곡한 주청과 왕대비전에서 언문교지까지 내리는 통에 겨우 허락한 것이었다. 그런 절차를 거쳐 왕대비전에서 제조상궁 고수애를 내려보냈다.

고수애가 임금의 침복 적삼 냄새를 맡았다. 시큼한 땀 냄새가 풍겨왔다. 하루가 멀다 하고 새 침복을 두고 가지만 침복은 매일 땀에 절어 있었다. 고수애가 침복 적삼과 봉디를 가리키며 월혜에게 말했다.

"수거해서, 세답하거라."

고수애가 금침과 무명수건 등을 살폈다.

"이것도."

월혜가 침복과 이부자리를 개어 챙겼다. 고수애는 책장 위의 먼지와 거미줄을 살폈다. 책장 위는 깨끗했다. 누군가 관리하고 있었다. 상책일 것이다. 월혜가 빨랫감을 챙겨 자리에서 일어났다. 부단히 무언가를 냄새 맡고 있는 고수애를 지나가며 월혜가 인사처럼 말을 흘렸다.

"아비가 오늘 차비문의 직숙(直宿)[31] 사관입니다."

고수애가 굳었다. 월혜의 아비는 존현각 차비문 호위청 군관
이었다.

"오늘입니다."

"……."

월혜가 굳어 버린 자세로 존현각 방 한가운데 서 있는 고수
애에게 깊이 인사하고 밖으로 나갔다. 월혜가 나가고도 고수애
는 움직일 줄 몰랐다. 준비한 날이 오늘로 정해졌다. 고수애가
곤룡포를 돌아보았다. 임금의 곤룡포가 우뚝하니 거기 있었다.
고수애의 손이 가늘게 떨려 왔다.

기방의 장지문이 소리도 없이 열렸다.

가죽신 위에 털미투리를 덧대 신은 사내의 발이 문턱을 조심
스럽게 넘어왔다. 불 꺼진 방 안으로 미끄러지듯 들어온 사내가
문을 닫았다. 열어 놓은 창으로 들어온 달빛이 기방 안의 윤곽
을 더듬었다.

기방 안에는 요란한 코골이 소리가 진동했다. 창을 넘어오는
귀뚜라미 소리와 코골이 소리가 요란하게 뒤섞였다. 거대한 몸

---

31) 직숙(直宿) : 숙직.

집의 덩치 하나가 기생을 둘이나 끼고 잠들어 있었다. 코를 골 때마다 덩치의 거대한 배가 폭력적으로 오르내렸다.

검은 갓에 도포를 입은 사내가 목함을 든 채 그 흐릿한 어둠 속에 서서 코골이 덩치를 내려다보았다. 을수였다. 을수가 잠들어 있는 덩치의 머리맡에 소리 없이 앉자마자, 코를 골던 덩치가 기생 하나를 껴안으며 돌아누웠다. 잠결에도 기생이 덩치를 밀어내며 싫은 티를 냈다. 욕지기를 뱉으며 기생이 눈을 떴다. 기생은 소스라치게 놀랐다. 검은 인영 하나가 머리맡에 앉아 있었다.

비명이 터지려는 기생의 입을 을수의 손이 막았다. 을수는 다른 손으로 자신의 입에 대고 조용하라는 시늉을 보냈다. 을수의 인광이 야차처럼 번뜩였다. 기생의 입을 막은 손은 얼음장처럼 차가웠다. 머리끝이 쭈뼛 서는 살기가 그 손을 타고 기생에게로 전해졌다. 기생이 알아들었다는 신호로 고개를 세차게 끄덕였다.

인기척을 느낀 다른 기생도 선잠에서 깼다. 을수의 손이 두 번째 기생의 입을 막았다. 양손으로 기생들의 입을 막은 을수가 번뜩이는 인광을 쏘아 보냈다. 기생 둘이 눈짓을 주고받으며 벌벌 떨었다. 을수가 눈짓으로 경고를 보내고 손을 떼자 기생들은 자신들의 입을 제 손으로 막았다. 을수가 품에서 두루마리 하나를 꺼내 펼치자 코를 골며 자고 있는 덩치의 얼굴이 드러났다. 덩치의 용모파기화였다.

덩치는 경강 색주가에 터 잡은 살략계(殺掠契) 두목이었다. 자신들이 빚은 싸구려 술을 강매해 이문을 챙기던 협잡꾼들이 고용한 왈패였다. 잔인하고 난폭하고 무정한 일 처리가 많아 원한이 쌓이던 차에 누군가 살인 청부를 놓은 것이다.

을수가 덩치의 머리맡에 두루마리를 놓고 그 옆으로 목함을 내려놓았다. 목함으로 향하던 을수가 손길을 거두었다. 자고 있는 덩치를 보았다. 욕심과 태만으로 늘어진 그 빈한한 턱살이 코골이 소리와 함께 출렁이고 있었다.

을수는 굳이 목함을 열려 하지 않았다. 목함은 버려 두고 품에서 가죽 지갑을 꺼냈다. 가죽 지갑을 펼치자 크고 작은 대나무 침들이 들어 있었다. 뭔가를 짐작한 기생들이 넘어오는 비명을 죽어라 제 손으로 막았다. 입을 막은 손바닥을 넘어 끅끅거리는 소리가 손가락 사이로 삐져나왔다. 그 기척에 덩치가 눈을 떴다. 비몽사몽간에 옆자리 기생들을 더듬던 덩치가 빈손으로 일어나 앉았다. 하품을 하며 머리를 긁어 대던 덩치는 주변을 돌아보았다.

덩치의 시선에 입을 막고 벌벌 떨고 있는 기생들이 보였다. 무슨 일인가 방 안을 휘젓던 덩치의 눈이 대침을 들고 가만히 앉은 을수에게 멈췄다. 덩치가 잡히지 않는 초점으로 을수를 보았다. 을수의 손이 파공음을 일으키며 선 하나를 긋더니 어느새 덩치의 목에 닿았다. 대침이 덩치의 목을 뚫고 뒤통수로 빠져나왔다. 덩치가 여전히 얼떨떨한 시선으로 을수를 보고 있었다. 덩치의 동공이 서서히 빛을 잃었다. 을수가 천천히 손을 빼자 사내의 목에서 대침이 빠져나왔다.

을수는 대침에 묻은 피를 덩치의 옷에 깨끗이 닦았다. 그러고는 가죽 지갑에 대침을 넣어 챙기고, 목함을 들고 일어났다. 을수의 모든 동작은 간결하고 사무적이고 요란하지 않았다. 시간과 힘을 낭비하는 불필요한 과정이 없었다.

기생 하나가 오줌을 지렸다. 여전히 제 입을 막은 채 우는 소리를 냈다. 신음이 새어 나가면 언제 목이 날아갈지 모르는 두려움 때문에 기생들은 죽어라 자신의 입을 막고 있었다. 장지문을 열고 나가려던 을수가 기생들을 보았다. 기생들이 눈물을 뚝뚝 흘리며 울었다. 을수가 장지문 밖과 기생들을 번갈아 보았다. 충성스러웠던, 두 명의 목격자.

을수가 없는 방 안에는 세 구의 주검이 누워 있었다.

덩치와 두 기생의 시신이었다. 창을 넘는 귀뚜라미 소리는 여전했고, 기방 안에는 피 한 방울 보이지 않았다.

4. 묘시 정각(卯時 正刻). 오전 5시.

아아! 장차 내 사업을 내 손자에게 전할 수 없단 말인가.

— 영조, 을미년(乙未年) 11월 20일.

동녘 지평선이 뿌옇게 드러났다.

혼전에서 선왕 영조에게 향을 올린 이산이 상복 차림 그대로 어디론가 바쁜 걸음을 옮겼다. 새벽마다 하는 왕대비전 문안 인사를 하러 가는 길이었다. 그 뒤로 홍국영과 금위영 호위들이 따랐다.

왕대비전 대문을 지키는 상문(尚門)[32] 내관들이 임금이 등장하자 부복하며 절했다. 홍국영과 금위영 호위들이 대문 바깥에 시립하고 인사를 마치자 이산 혼자 왕대비전 뜨락으로 들어갔다.

----
32) 상문(尚門) : 궁궐 내 문을 지키는 종8품 환관.

홍국영과 금위영 호위들은 대문 바깥에서 대기한 채 안으로 들어가지 않았다. 그들이 임금을 따라 왕대비전 안으로 들어왔던 이유로 왕대비전 대문을 지키던 상문 둘의 목이 날아간 일이 있었다. 왕대비의 처사는 잔혹했다. 그 이후로 이산은 호위들을 밖에 대기시키고 홀로 왕대비전으로 들었다.

홍국영이 안으로 들어서는 이산의 뒤를 향해 깊이 조아렸다. 그가 고개도 들기 전에 상문들이 대문을 닫았다. 상문 내관들은 모두다 왕대비전에서 가려 뽑은 환관들이었다. 대놓고 홍국영을 무시하라 왕대비전에서 밀명이 있었을 터였다. 고개를 드는 홍국영의 얼굴에 불쾌한 기색이 역력했다.

"인사가…… 끝나기도 전에…… 문을 처닫아?"

왕대비전 상문 하나가 콧방귀를 뀌듯 대꾸했다.

"다시…… 열깝쇼?"

홍국영이 호위무사들 앞으로 다가와 섰다.

"됐어."

금위영 호위들이 주인의 의중을 따라 상문을 노려보았다. 상문들도 지지 않고 금위영 호위들을 무시했다. 불꽃이 튀었다.

이산이 절을 하고 무릎을 꿇었다.

왕대비가 금침 위에 앉아 있었다. 여름이라 속이 보일 듯 말

듯한 얇은 모시 속적삼을 입고, 왕의 인사를 받는 자리에서도 시중드는 나인들을 물리지 않았다. 손톱과 머리 손질을 맡기고, 어깨와 다리를 주무르게 하고 있었다.

서른셋의 왕대비 김씨. 원래 뛰어난 미모인데다 산통을 겪지 않은 몸이라 서른셋이라고는 믿기지 않는 젊음을 유지하고 있었다. 게다가 이 궁중에서 제일 어른이라 무서울 것도 없는 몸이었다. 노론 대신들은 왕대비를 여왕처럼 모셨다. 국가의 여주(女主)라는 의식이 왕대비 김씨의 몸속에 똬리 틀고 있었다. 스물여섯 임금과 서른셋 왕대비. 손자와 일곱 살 차이의 할머니. 피 한 방울 섞이지 않았지만 영조의 계비였던 김씨는 엄연히 이산의 할마마마였다.

왕대비 김씨에게 세손 이산은 만만하기 이를 데 없는 존재였다. 왕대비 김씨 가문에서 그렇게 반대하던 세손이 결국 보위에 올랐지만 왕대비의 눈치만 볼 인물이라 여겼다. 세손은 공부만 하던 샌님이었다. 제 아비 사도세자 이선은 무인 기질에다 거칠고 외곬인 성정이라 벅찬 상대였지만 왕세손 이산은 하루 종일 무릎 꿇고 책만 읽는 서생 같은 인물이라 걱정할 것도 없었다.

하지만 착각이었다. 세손은 보위에 오르자마자 노론으로 가득한 조정에서 자신이 사도세자의 아들이라고 천명했다. 가슴이 철렁했다. 자신의 외가인 혜경궁 집안의 외종조부 홍인한을 사사시켰다. 두려움이 일었다. 왕가의 근척 문성국과 정후겸을 사형에 처하더니 왕대비의 오라버니 김귀주를 흑산도로 유배 보냈다.

혜경궁이 환후가 있어 약방제조들을 모두 입직하라 하고 조정 대신들도 문안하라는 하교를 내렸는데 한성부 좌윤이었던 김귀주가 빠졌다는 이유였다. 명목일 뿐이었다. 왕대비 김씨 가문의 날개를 꺾어 버린 것이다. 유배 이후에, 사약을 내리라는 상소가 삼사(三司)[33]에서 올라왔다. 이산의 충복 홍국영이 그 배후에 있음이 틀림없었다.

이산은 외척의 파행을 용납하지 않으려 했다. 이산은 아버지 사도세자의 죽음에 손을 담근 외가를 용서하지 않았다. 어머니의 숙부인 홍인한을 사형시켰다. 외할아버지 홍봉한을 죽여야 한다는 유생들의 상소가 조정에 올라오는 정국이 형성되었다. 양사(兩司)[34]에서 어머니의 오라버니 홍낙임을 국문하라는 합계를 올리고 있었다. 이산은 자신의 외가에 가차 없었다. 이제 그다음이 왕대비 김씨 가문이 될 터였다. 왕대비에겐 무슨 수가 필요한 때였다.

오늘따라 왕대비전의 공기는 유난히 교만하고 탁했다. 이산

----

33) 삼사(三司) : 언론을 담당한 사헌부, 사간원, 홍문관을 가리키는 말.
34) 양사(兩司) : 사헌부와 사간원.

은 미동도 없이 무릎을 꿇고 왕대비와 나인들을 보았다. 왕대비
전의 지밀나인들은 임금을 보아도 어려워하거나 가리는 기색
이 없었다. 낯선 손님인 양 대했다. 교육받고 훈련받은 대로 생
각하고 움직였다. 대여섯 살 나이에 왕대비전 지밀방의 아기나
인이 되었으니 가능한 일이었다.

무서운 일들이 많았다. 계비 김씨가 왕대비가 되고 난 뒤, 임
금의 문안에 당황한 나인 하나가 왕대비보다 임금에게 먼저 조
아렸단 이유로 매질을 당해 죽었다는 소문이 대비전에 돌았다.
그 뒤로 나인들은 임금 앞에서도 고개를 쳐들었다. 그 나인들
사이, 열일곱 견습나인 복빙(福氷)이 있었다.

"할마마마. 밤새 강녕하셨사옵니까?"

이산은 개의치 않았다. 왕대비의 오만도 왕대비전 나인들의
교만도 개의치 않았다. 그저 묵묵히 그 자리에 앉아 문안 인사
를 했다. 함부로 반응하지 않는 것. 이산이 매일매일 수신하는
덕목이었다. 왕대비 김씨가 꿀 바른 손톱으로 허공에다 팔자를
그었다.

"강녕할 리가 있나요."

"편찮으신 데가 있사옵니까?"

왕대비가 나인들에게 손가락을 내밀자 나인들이 달려들어

입바람을 불었다.

"요즘 밤새 존현각의 불이 꺼지지 않는다고 들었습니다."

이산이 대답하지 않았다. 존현각의 불은 세손 때부터 꺼진 적이 없었다. 새삼스러운 일이 아니었다. 흉수들을 경계하는 임금의 뜻은 이미 공공연한 일이었다. 왕대비가 모를 리 없었다.

"무리하면…… 다쳐요. 주상이 다치면…… 내가 강녕하지 않습니다."

임금의 옥체를 가지고 능욕한다. 궁중에서 감히 나올 수 없는 말들이 왕대비전에서는 여사로 나돌았다. 이산은 개의치 않았다.

"명심하겠사옵니다."

"요즘 유달리 소론과 남인 들의 상소와 차자(箚子)[35]가 많다고 합니다. 자기네 세상이 왔다고 노론을 다 죽이자면서요?"

이산이 가볍게 조아렸다.

"탕평은 할바마마의 추상 같은 유지입니다. 좌시하지 않을 것입니다."

"그래요?"

왕대비가 무심히 이산의 말을 받았다. 왕대비가 갑자기 치마

----

35) 차자(箚子) : 정식 상소보다 간단한 형식으로, 관료가 국왕에게 올리는 상소문.

를 걷어 복빙에게 맨발을 내밀었다. 임금 앞에 여인네의 발을 내미는 것은 있을 수 없는 일이었다. 고개를 들던 이산의 얼굴에 당혹감이 스쳤다.

이산이 다시 시선을 바닥으로 떨어뜨렸다. 복빙이 왕대비 김씨의 발톱에 꿀을 바르기 시작했다. 왕대비가 나인들이 올리는 장죽을 들었다. 긴 담배 연기가 이산에게 흘러왔다. 그 긴 담배 연기를 따라 왕대비 김씨의 도발적인 시선이 따라왔다.

"홍국영이 구선복을 그렇게 죽이고 싶어 어쩝니까?"

"……."

"젊어서 권세를 얻어 그런가…… 아주 살기가 등등하다고 합니다. 홍인한이도 죽이고 정후겸이도 죽이고 내 오라비도 귀양보내고……."

"……."

"노론벽파들이 주상의 생부를 죽였다……. 그래서 그 원수들을 모두 잡아 죽이자는 게 그자의 소원이라면서요? 조정의 모든 대소신료들이 도승지 홍국영이가 떴다 하면 오금을 저린다고 합니다."

"……."

"게다가 요즘은 금위대장 자리까지 겸직해서 궁중에 칼을 차고 다니니…… 나도 그자를 마주칠까 겁이 납니다."

"……."

왕대비의 말이 차곡차곡 쌓이는 동안 이산은 대꾸도, 미동도 없이 무릎 꿇고 있었다. 왕대비는 사사건건 부딪치는 홍국영과 구선복의 불화를 잘 알고 있었다. 기실 왕대비만 알고 있는 것이 아니었다. 궁중의 무수리들도 알고 있던 일이었다.

"주상은 내 귀한 손자니까 하는 말이에요. 구선복을 치면 오군영만 들고 일어나는 게 아닙니다. 산림의 유자들…… 이 나라 사대부들도 가만있질 않아요. 하나는 알고 둘을 모르면…… 정치…… 어려워요."

"명심…… 하겠사옵니다."

"이리 와 보세요."

왕대비 김씨가 두 손을 내밀고 오라는 시늉을 했다. 임금의 옥체에 손을 댄다는 것은 있을 수 없는 일이었다. 그런데 지금 왕대비는 어린아이 대하듯 이산을 부르고 있었다. 이산이 머뭇거리자 오라고 고개를 끄덕였다. 이산이 왕대비에게로 다가갔다. 왕대비가 이산의 손을 잡고 얼굴을 들이밀었다. 이산이 경계하듯 물러났지만 왕대비는 잡은 손을 놓지 않았다. 왕대비가 이산의 귀에 속삭였다.

"행여라도…… 행여라도 하는 말입니다. 주상에게 변고가 생기면 내가 힘들어져요. 국왕책봉권이다 뭐다 해서 조정의 인물들이 이 왕대비를 가만 놔두겠어요?"

임금 앞에 변고라는 말이 나왔다. 국왕책봉권이란 말이 나왔다. 이산은 꿈틀거리며 치솟는 격정을, 사력을 다해 붙잡았다. 다행히 그 얼굴에 아무것도 떠오르지 않았다.

"존현각이요. 밤새 책 보신다면서요. 사람이…… 잠은 자야지요."

이산이 다시 머리 숙였다.

"명심…… 하겠사옵니다, 할마마마."

이산이 왕대비전 뜨락으로 나왔다.

동녘 하늘이 밝아왔다. 구름 한 점 없었다. 이산의 얼굴이 붉은 기운으로 물들었다. 긴 한숨이 절로 나왔다. 마당으로 내려와 왕대비전 대문으로 향했다. 대문에서 아는 얼굴이 들어왔다. 제조상궁 고수애였다. 고수애가 몇몇 상궁들을 이끌고 들어오다 임금을 발견하고 길을 물리며 조아렸다. 왕대비전 대문이 열렸다. 금위영 호위들이 횃불을 밝힌 채 임금을 기다리고 있었다. 홍국영이 달려왔다.

"별고 없으셨사옵니까?"

대답할 말이 없었다. 별고가 없었던가. 오라버니 김귀주가 유배 간 뒤로 왕대비는 극악하게 임금의 길을 가로막았다. 단식 투쟁도 불사했다. 문안 인사마다 능욕하는 말이 왕대비의 입에서 나왔다. 말은 하루가 다르게 발전하고 화려해져 갔다. 급기야 국왕책봉권이란 말이 임금의 면전에서 나왔다.

이 조정에서 왕대비는 탄핵의 대상이 될 수 없었다. 이산과 선왕 영조 임금을 잇는 정통성은 왕대비에게서 나왔다. 이산도 왕대비도 잘 알고 있었다. 왕대비는 둘 중에 하나는 죽어야 끝나는 전장으로 이산을 끌어들이고 있었다. 기다리던 횃불 속으로 들어가며 이산이 중얼거리듯 말했다.

"별고가…… 있겠나."

고수애가 조아렸다.

"오늘 밤…… 실행할 듯하옵니다."

세답방나인 강월혜가 신호를 보내왔다. 호위청 군관인 월혜의 아비가 존현각 차비문의 직숙사관인 날로 기일을 잡은 듯했다. 그날이 오늘이었다. 앞서 이미 여러 논의가 있었던 후였다. 그들은 왕대비의 재가를 원하고 있었다. 왕대비가 실팍한 웃음을 흘렸다.

"내가, 엎어라 하면…… 엎어지는 것이냐?"

고수애가 다시 조아렸다.

"여부가 있겠사옵니까."

왕대비가 손가락을 까닥이며 생각에 잠겼다. 시중들던 나인들을 쭉 훑어보던 왕대비가 느닷없이 나인 하나를 가리켰다. 복빙이었다.

"네가 결정할 테냐?"

복빙이 화들짝 놀라며 겁먹은 얼굴이 되었다. 나인들이 경박한 웃음소리를 냈다. 왕대비도 웃었다. 눈물까지 맺혔던 복빙도 웃었다. 고수애는 웃지 않았다. 왕대비가 꿀 먹은 손톱을 하늘거리며 장침에 몸을 기댔다.

"봐서…… 여름날이란 게 꽤 길지 않느냐?"

5. 묘시 이각(卯時 二刻). 오전 5시 30분.

두렵고 불안하여 차라리 살고 싶지 않았다.
— 세손 이산, 을미년(乙未年) 2월 5일.

평명(平明)[36]이 되었다.

동녘 지평선에 해가 떠오르기 시작했다. 존현각 처마마다 새 벽이슬이 알알이 붉게 물들었다. 왕대비전에서 돌아온 이산은 아침 조강(朝講)을 준비하기 위해 상복(上服)[37]인 곤룡포로 갈아 입었다. 갑수가 시중을 들었다. 승정원 주서가 시립해 임금에게 하루 일정을 보고하고 있었다.

홍국영이 옷을 갈아입고 존현각으로 왔다. 금위대장 융복을 벗고 관복을 입고 존현각으로 왔다. 당상관 협각사모(挾角紗帽)

---

36) 평명(平明) : 해가 뜨는 시각.
37) 상복(上服) : 임금이 입는 집무복.

를 쓰고 흉배를 두르고 정3품 삽은대(鈒銀帶)를 차고 승정원을 지휘하는 도승지로 왔다. 주서가 일정 보고를 했다.

"조강이 끝나면 초조반을 드시옵고, 상참이 끝나면 조반을 드시옵고, 오정(午正)[38]에 중강이 끝나면 신임관료들의 사은 숙배가 있사옵고…… 오늘 미정(未正)[39]에는 석강 대신 창경궁 춘당대에서 식년무과 급제자 격려연이 있사옵니다. 그 후엔 임지로 나아가는 수령들의 하직숙배가 예정돼 있사옵니다."

매일 있는 일정 보고였다. 아침 경연인 조강이 끝나면 새벽 참인 초조반을 먹었다. 그 뒤 편전에서 약식 조회인 상참이 있고 그 상참이 끝나면 늦은 아침을 먹었다. 한낮 오정에 다시 낮 경연인 중강을 하고 관작에 오른 신임관료들이 임금께 인사하는 사은숙배가 예정되어 있었다. 미정에 하는 경연인 석강을 폐하고 식년무과 급제자를 위한 격려연이 있고, 지방 관아로 배정받은 수령들의 발령 인사가 예정돼 있었다. 헌데, 주서의 보고 서류 일부를 들여다보고 있던 홍국영의 미간이 갈라졌다.

"시강관에 홍문관부수찬 심환지…… 시독관 김세중, 검토관 윤기호, 장명식, 박상복, 이춘수…… 이자들 모두 노론벽파 아니냐?"

---

38) 오정(午正) : 정오. 낮 12시.
39) 미정(未正) : 미시(未時)의 한가운데. 오후 2시.

76

주서가 홍국영의 서슬 퍼런 모습에 움츠러들었다.

"그렇습니다. 오늘 조강은 공교롭게도…… 노론당에서도 벽파의 신하들로……."

홍국영이 버럭 고함을 질렀다.

"알고도 네놈이 이제야 보고를 올린단 말이냐?"

주서가 존현각 방바닥에 납작 조아렸다. 주서가 임금의 침전에서, 도승지를 보며 벌벌 기었다.

"죽여…… 주시옵소서!"

홍국영이 주서를 노려보다 이산에게 조아렸다.

"전하! 오늘 조강을 폐하소서. 노론벽파 일당으로 경연을 채워 어전을 농락하려는 심보이옵니다!"

이산의 시선이 분기탱천한 홍국영과 엎드린 주서를 지나 장지문 밖으로 나갔다.

"내가 이 궐 안에서…… 물러날 곳이…… 또 어디 있는가."

엎드려 벌벌 떨고 있는 주서의 떨림이 바닥을 타고 이산에게로 왔다. 이산이 장지문으로 향했다.

"대전섭리가 길을 트라."

갑수가 황급히 앞으로 달려가 장지문을 열었다. 이산은 갑수가 연 길로 나갔다. 엎드린 채 떨고 있는 주서의 등을 노려보던 홍국영이 바람 소리를 일으키며 이산을 따라 나갔다,

편전인 자정전(資政殿) 뜨락으로 경연관의 목소리가 새어 나왔다.

"전하. 예로부터 경연은 제왕의 학습을 위해 대소신료들이 경연관이 되어 마련하는 자리이옵니다."

말은 공손한 듯하나 그 목소리는 날이 서고 거칠었다. 홍문관 부수찬 심환지였다. 마흔일곱이 된 심환지는 노론당에서도 골수 벽파에 속하는 인물이었다. 정언과 교리 등 삼사의 직책을 거치면서 격렬한 언론으로 유명한 자였다. 가세가 기울어 지독히 가난했지만 부를 탐하지 않고 청빈하여 따르는 자들이 많았다. 사치를 경계하고 검소를 주장하는 논의가 공명정대해서, 비단 노론벽파이지만 이산도 심환지에게 귀를 기울이곤 했다.

그런 심환지가 오늘의 경연관이 되어 조강을 맡았다. 뭔가 각오하고 작정한 듯 얼굴이 상기되어 있었고, 경연에 참가한 동료들과 수시로 눈을 맞췄다. 시독관이고 검토관이고 특진관이고 간에 모두 심환지와 똑같은 얼굴을 하고 편전 안에 자리하고 있었다.

춘방 시절부터 세손의 공부는 유명했었다. 당대의 식자들이 세손과 문답을 나누고는 혀를 내두르고 물러나곤 했다. 그런 세손이 임금이 되고부터는 경연에서 신료들을 가르치려 들었다. 노론에서 그런 임금이 달가울 리 없었다. 오늘 조강에 참석

78

한 관리는 모두 노론벽파들이었다. 심환지는 작정한 듯했다.

"허나, 전하께서 보위에 오르시고부터는 신하들이 경연을 듣는 자리가 되었으며 동궐에 규장각을 짓고 어린 문신들에게만 매진하시니, 전통이 가벼이 될까 염려되옵니다."

어좌의 이산은 묵묵히 앉아 별말이 없었다. 갑수는 어좌 아래 책 보따리를 펼쳐 놓고 꿇어앉아 있었다. 오늘 조강에서 강할 경전은 논어였다. 검소와 공경심과 신독이 주제라고, 승정원 주서의 보고서에 나와 있었다. 하지만 첫 장을 펼치기도 전에 경연관들이 작정하고 덤볐다. 팽팽히 시위가 당겨진 사냥개처럼 임금을 향해 으르렁댔다.

갑수가 경연에 나온 관리들을 조심스레 살폈다. 노론 내에서도 똑똑하기로 유명한 당하관 관리들이 모두 모여 있었다. 관자놀이가 뻐근해져 왔다. 삼사에서 난다 긴다 하는 젊은 노론 사대부를 동원해 임금을 잡자고 작정하고 모인 날임이 틀림없었다. 일이, 터질 것만 같았다.

"군주는 통치자이면서 또한!"

이산의 흔들림 없는 목소리가 편전 안을 울렸다.

"학문의 스승 역할을 하여 군사(君師)[40]가 되어라 가르친 건

---

40) 군사(君師) : 군주가 하늘을 대신하여 백성을 기르고 가르치는 존재.

그대들 노론의 당수요, 나의 세손궁 스승이었던 몽오 김종수가 아니오? 어찌 문제가 된단 말이오?"

김종수는 심환지의 친우였다. 하지만 심환지는 물러날 생각이 없었다.

"낮은 것들을 상대하시매 궂은 말은 듣지 않으시고 귀에 좋은 말만 들으신다면…… 제왕의 도리가 아니옵니다."

규장각을 겨냥한 것이었다. 송나라 제도를 따라 선왕들의 어필과 어제를 봉안하기 위한 전각을 세우고 규장각(奎章閣)이라 불렀다. 규장각은 왕실도서관이란 명목으로 세워졌지만 이산에게는 원대한 목표가 있었다. 규장각에서 새로운 시대를 이끌어 갈 정치적 동지들을 양성하려는 계획을 세우고 있었던 것이다.

당파에 물들지 않은 신진사대부들, 군왕과 백성을 일심으로 이끌 충신들, 이산이 세운 개혁의 기치에 주저 없이 몸과 마음을 던질 전사들이 필요했다. 십 년, 이십 년 안배로 그들을 육성하고 장려하기 위해 세운 것이 규장각이었다. 하지만 노론의 예민한 더듬이는 이미 이산의 목표를 감지하고 있었다.

제왕의 도리가 아니다? 편전 안의 노론들이 바짝 긴장했다. 심환지의 말은 분명히 임금을 모욕하는 것이었다. 이산이 어좌에서 벌떡 일어났다. 그 기세에 시좌하고 있던 관리들이 바짝 움츠러들며 조아렸다. 심환지가 눈알을 부라리고 돌아보며 겁먹은 동료들을 힐책했다. 이산이 어좌에서 내려와 편전 안을 걷기 시작했다. 이산의 발걸음이 묵직했다.

갑수가 임금의 걸음을 읽었다. 임금은 화가 난 것이 아니었다. 임금은 운동을 하고 있었다. 어좌에 앉아서도 허리를 세우고 몸을 데우고 있었다. 걸음을 옮길 때마다 이산의 다리와 배에 찬 모래주머니가 묵직하게 흔들렸다.

"앎이 통찰이 되고 통찰이 실천이 되어야 학문의 완성이오. 과인이 노둔하고 부덕하여 아직 학문의 완성을 논할 단계는 아니지만…… 제왕의 경연, 그 요체는 실천으로 이어지는 학문이 되어야 하지 않겠소?"

"그러기 위해서는…… 먼저 배우셔야 하옵니다."

"배워야지요…… 헌데…… 가르치는 경연관들이 나태하다면 문제가 되지 않겠소?"

관리들이 웅성거렸다. 심환지의 눈이 임금의 걷는 길을 황망히 쫓았다.

"무슨 연유로…… 저희가 나태하다 하십니까?"

"조강중강석강 삼시강 경연 때마다 앵무새처럼 사서와 오경만을 고집하고 있소. 실천과 실용으로 이어지는 실제는 경연에 올라오질 않잖소?"

심환지의 목소리가 갈라졌다. 격앙된 목소리가 편전 안을 울렸다.

"우선은 기본입니다. 옛 말씀은 듣고 또 듣고 깨우치고 또 깨우쳐도 모자랍니다."

이산이 우뚝 멈춰 섰다. 심환지를 정면으로 응시했다.

"그 기본…… 얼마나 알고 있소?"

심환지가 멍해지더니 딱딱하게 굳었다. 불끈 움켜쥔 주먹이 떨렸다. 이산이 다시 걸음을 놓았다.

"나는 하도 들어서 사서오경을 다 외웠소. 그렇다면 그대들은 그 기본…… 머리에 얼마나 담고 있소?"

이산이 편전 안을 휘적휘적 돌기 시작했다.

"여기! 사서오경을 다 외우고 있는 자는 손을 드시오."

전혀 예상하지 못한 말이었다. 심환지와 노론 관리들은 임금의 말에 머리에 망치를 맞은 듯 멍해졌다.

"그대들이 그리 중히 여기는 옛 말씀을 그대들은 얼마나 듣고 또 듣고 깨우치고 또 깨우쳤는지! 다 외우고 있는 자는 손을 드시오."

이산이 심환지를 돌아보았다.

"경은 다 외우고 있소?"

심환지는 아무 말도 못했다. 이루 말할 수 없는 굴욕감으로 심환지가 떨었다. 울컥 솟아오르는 비분(悲憤)을 내리 눌러야 했다. 어찌할 수 없었다. 사서오경을 다 외우는 당인이 지금, 편전 안에 있던가.

"중용 스물세 번째 장을 아는 이는 손을 드시오."

중용 스물세 번째 장이란 말에 갑수가 놀라 고개를 들었다. 오늘 새벽 존현각의 그 중용. 자사의 중용이자 노론 성리학자라면 하늘신처럼 떠받드는 그 주희의 중용. 노론 관리들의 입은 약속한 듯 일자가 되어 버렸다. 그들 모두 오늘 강연 서책인 논어만 들고 있었다. 아무도 입을 열지 않았다. 이산이 그 정적 속을 가르며 지났다.

"단 한 명이라도 책을 보지 않고 그 구절을 말할 수 있다면 내일 조강부턴 그대들의 경연을 듣겠소. 아무도 없소?"

침통함으로 심환지가 떨었다. 아무도 나서는 자가 없었다. 유학하는 사대부에게 사서오경은 기본 중의 기본이었다. 하지만 과거를 준비하며 경전을 달달 외던 시절은 까마득했고, 경연을 위해 어느 정도는 암송한다지만 완벽할 순 없었다. 심환지의 얼굴이 낭패감으로 벌게졌다. 이런 상황을 예상하진 못했다. 시독관 하나가 입으로 연신 중얼거리다 손을 들려 했다. 모두가 구원자를 바라보듯 했지만 이내 고개를 내젓고는 포기했다. 탄식이 사방에서 터져 나왔다.

"정녕 없소?"

임금이 다시 물었다. 오늘 경연에 참가한 관리들은 들은 적이 있었다. 그들의 임금이 사서오경 구만구천사백팔십 글자를 모두 암송하고 있다는 소문. 함부로 나설 수가 없었다. 한 글자라도 틀릴 시에는 오늘의 경연은 악몽이 될 것이 뻔했다. 눈물이 나올 만큼 치욕적인 시간이 흐르자 임금이 환관 상책에게로 돌아섰다.

"상책은? 혹시 상책은 아는가?"

갑수는 심장이 얼어붙는 것 같았다. 오늘 새벽 존현각에서의 그 스물세 번째 장. 노론 관리들의 따가운 시선이 한꺼번에 갑수에게로 향했다. 경연장에서 환관이 감히 경전을 암송한 적이 있던가. 한참을 주춤거리던 갑수가 일어섰다. 갑수의 입에서 중용의 절구가 흘러나오기 시작했다.

"작은 일도 무시하지 않고 최선을 다해야 한다. 작은 일에도 최선을 다하면 정성스럽게 된다. 정성스럽게 되면 이내 겉에 배어 나오고, 겉에 배어 나오면 이내 겉으로 드러나고, 겉으로 드러나면 이내 밝아지고, 밝아지면 이내 남을 감동시키고, 남을 감동시키면 이내 변하게 되고, 변하면 이내 생육된다. 그러니 오직 세상에서 지극히 정성을 다하는 사람만이 만물을 생육시킬 수 있는 것이다."

갑수의 암송이 진행될수록 노론 관리들은 무력감으로 고개를 떨어뜨렸다. 심환지만이 갑수를 잡아먹을 듯 노려보았다. 암송이 끝나고 갑수가 소리 없이 다시 조아렸다.

"이것이 예기 중용 스물세 번째 장이옵니다."

갑수가 조용히 물러나 책 보따리 앞에 무릎 꿇고 앉았다. 편전 안은 쥐 죽은 듯이 조용해졌다. 탄성도 탄식도 없었다. 걸음을 옮기는 이산의 옷깃 스치는 소리만이 정적을 깨뜨렸다. 그소리에 모래알의 바스락거림이 실려왔다.

"문자를 넘어 실제를 논하고 그 근거와 대안을 논해야 진정한 경연이고 학습이오. 그래야 그대들의 높은 학식을 배울 수 있지 않겠소?"

"어느 실제를 논하실 생각이십니까?"

"지금부터 사흘간 경연을 폐하겠소. 오늘 이 자리에 참석한 인원들은 단 한 명도 빼놓지 않고 사흘 안으로! 서얼 허통과 노비 면천에 관한 실제와 근거를 준비해 오시오."

심환지와 침울하게 굳어 있던 관리들이 모두 고개를 쳐들었다. 마침내 그들에게 역습의 기회가 왔다. 관리 하나가 목청을 높였다.

"전하! 어찌 서얼과 노비를 신성한 국왕의 경연장에 올린단 말씀입니까? 천하가 경천동지할 일입니다!"

노론 관리들이 자지러지듯 엎드려 눈물을 쏟아냈다.

"통촉하여 주시옵소서! 통촉하여 주시옵소서!"

이산이 편전 문을 열어젖혔다. 지평선 너머에서 솟아난 해가 대지에 빛을 뿌렸다. 편전 안이 그 붉은빛에 물들었다. 이산이 편전 안을 돌아보았다. 동녘 빛에 임금의 얼굴이 환하게 부서졌다. 임금의 얼굴에도 갑수의 얼굴에도 그 붉은빛이 물들었다. 하지만 조아린 관리들의 얼굴은 한없이 어둡고 검었다.

그들이 바라는 임금의 통촉은 저희들의 세상에서만 유효했다. 그들의 눈물은 저희들끼리 애달팠다. 들릴 듯 말 듯 임금의 탄식이 흘렀다.

"그대들의 답은…… 빈하다."

목멱산(木覓山)[41] 안개가 짙었다.

목멱산은 도성을 껴안은 내사산(內四山) 중 하나였다. 북쪽의 백악산, 서쪽의 인왕산, 동쪽의 타락산, 그리고 남쪽의 산이 목멱산이었다. 태조 이성계가 한양으로 천도해 하늘에 제사 지내는 목멱대왕(木覓大王)의 사당(祠堂)을 만들면서 목멱산이라 부르기 시작했다.

장안의 사람들은 목멱산을 신령들이 많이 사는 곳이라 여겼

---

41) 목멱산(木覓山) : 지금의 남산.

다. 도처에 사당이었고 무당이었다. 길 어귀마다 오색 비단 헝겊이 휘날리는 서낭당이 있었다. 산비탈 저만치 비단 헝겊이 치렁치렁 달린 서낭나무 하나가 보였다. 그 서낭나무 아래, 낡고 음습한 서낭당 하나가 자리하고 있었다.

목멱산의 안개를 뚫고 그 서낭당 앞길로 말 하나가 모습을 드러냈다. 을수였다. 을수는 경강 기방에서 일을 끝내고 여객에서 말을 빌려 목멱산으로 왔다. 약속 장소인 서낭당 앞에는 창포검(菖蒲劍)[42]을 쥔 왈패 두 명이 입구를 지키고 있었다. 서낭당 주변에도 보이지 않는 살기들이 곳곳에 은신하고 있는 것이 분명했다. 을수가 서낭당 앞에서 멈췄다. 을수의 목함은 말 잔등에 묶여 있었다. 빈손으로 말에서 내린 을수가 서낭당 입구로 다가갔다.

입구를 지키던 왈패들의 거친 시선이 을수에게 박혔다. 왈패 하나가 창포검을 늘어뜨린 채 건들거리며 을수에게 다가왔다. 을수가 무색무취의 시선으로 그 왈패를 바라보았다. 그저 투명한 시선이었지만, 왈패는 을수의 눈에서 종잡을 수 없는 살기를 보았다. 왈패가 을수의 길 앞에서 우물쭈물하고 있을 때 서낭당의 문이 열리며 초립을 쓰고 철릭을 입은 단단한 인상의 중인

---

42) 창포검(菖蒲劍) : 칼의 몸체가 창포잎처럼 일직선으로 생긴 칼. 휴대하기 편하고 비밀스럽게 가지고 다니기 좋아 흉악한 무리들이 주로 사용했다.

하나가 을수를 보고 아는 체를 했다. 홍계희의 아들 홍술해 집안의 청지기로 먹고사는 최세복이었다.

"아! 오셨소?"

최세복이 을수를 서낭당 안으로 이끌었다. 서낭당 안에는 최세복의 사람들이 자리하고 있었다. 왈패 둘이 서낭당 안 입구를 지키고 있었고 가운데 놓인 탁자와 통나무 의자에 융복을 입은 무관 하나가 앉아 있었다. 전립을 쓰고 붉은색 철릭에 환도를 차고 있었다. 덥수룩한 수염에 거만하고 뚱한 인상을 가진 자. 궁궐 호위청 무관 강용휘였다.

무관 특유의 떠세로 강용휘가 처음 보는 을수를 이유도 없이 적대시했다. 최세복이 긴장하며 강용휘를 눈빛으로 말렸으나 강용휘는 콧방귀만 뀌었다. 을수는 그런 강용휘에게 별반 반응을 보이지 않았지만 최세복은 살얼음판을 걷는 기분이었다. 을수가 밤을 누비는 조선 최고의 살수, 조선 제일의 검이라고 들었다. 을수의 정체를 알고 있는 최세복이 얼른 자리를 만들었다.

"변변치 않지만…… 앉으시겠소?"

을수가 대꾸 없이 문가에 자리잡았다. 벽에 기댄 채 팔짱을 끼고 입을 다물었다. 을수의 무심한 시선이 서낭당 안을 훑어나가다 거적으로 발을 쳐 놓은 서낭당 구석 자리에 머물렀다. 옅은 신음이 그 거적 너머에서 흘러나왔다. 강용휘가 고갯짓을 하자 최세복이 거적을 들추었다.

피비린내가 훅 하니 풍겨 왔다. 거적 너머에는 만신창이로 두들겨 맞은 덩치 큰 왈패 하나가 피투성이로 의자에 묶여 있었다. 그 옆에는 창포검을 든 똘마니 하나가 덩치를 지키듯 서 있었다. 을수는 그 피투성이 왈패를 알아보았다. 전유기란 자였다.

보름 전이었다. 을수는 살막의 막주에게 급서를 받았다. 두 해가 넘도록 얼굴도 보지 못한 막주였다. 을수는 살막에서 내려오는 청부일도 했지만 독자적으로 여리꾼을 두고 개인적인 청부 사업을 벌이고 있었다. 하지만 완전히 독립한 상태가 아니었기 때문에 막주의 명령을 거부할 수 없었다.

막주의 급서에 쓰여 있던 장소로 나온 건 최세복이었다. 자신을 홍 대감네 겸인(傔人)[43]이라 소개한 최세복은 큰일을 준비 중이라며 사람을 하나 가르쳐 달라고 했다. 그렇게 만난 자가 스무 살을 갓 넘긴 전유기였다. 힘깨나 쓰게 생긴 덩치에 겁이 없고 어려서부터 주먹질로 이골 난 왈패. 최세복이 말한 큰일에 칼질을 맡은 이가 전유기였다.

최세복의 소개로 피맛골 식당에서 처음 만난 날, 껄렁거리

---

43) 겸인(傔人) : 양반가에서 잡일을 보거나 시중을 들던 청지기.

는 왈패 특유의 허세로 전유기가 막걸리를 비우고 걸걸하게
말했다.

"나 임동에서 놀던 전유기요. 잘 좀 부탁합시다."

을수의 눈에 전유기는 물건이 아니었다. 전유기는 엽전 천오
백 푼, 즉 열다섯 냥을 일의 대가로 받기로 돼 있었다. 거기에
다 최세복이 전유기를 끌어들이면서 홍 대감네 노비 계집 하나
를 아내로 주기로 했다. 전유기가 평소에 탐을 내던 비녀라 일
은 쉽게 진행됐다. 돈에 눈이 멀고 여자에 눈이 멀어 덥석 자객
일을 맡은 게 전유기였다. 문제는 껄렁거리는 왈패 담력에 너무
큰 기대를 한 최세복 패거리였다.

그들이 을수에게 원한 건 사람을 찌르는 속성 교육이었다.
살행 전에 호흡을 정리하는 법, 목표물에 다가서는 법, 일거에
내지르는 법 등을 을수가 가르쳤다. 퇴로를 확보하는 교육 따위
는 하지 않았다. 최세복에게 그런 부탁은 없었다.

교육생 전유기는 거칠기만 했지 예리한 맛이라곤 없었다. 자
주 싫증 내고 술병을 찾아 돌아다녔다. 낮부터 취해 있었다. 을
수는 그렇게 약속한 사흘을 채우고 떠났었다. 그리고 오늘 최세
복을 만나 잔금을 받기로 돼 있었다. 피투성이로 잡혀 있는 전
유기를 보니 일이 엉망이 된 듯했다. 잔금은 고사하고 일을 소
개한 살막의 막주에게 싫은 소리가 잔뜩 날아갔을 것이다. 을수

가 무심히 말했다.

"돈은…… 돌려주겠소."

듣고 있던 강용휘가 버럭 고함부터 질렀다.

"지금 돈이 문제가 아냐!"

을수의 날카로운 시선이 강용휘에게 박혔다. 강용휘가 지지 않고 을수를 노려보자 최세복은 아연실색했다. 살인을 업으로 살아가는 자. 금방이라도 을수의 비도가 강용휘의 목을 뚫을 것만 같았다. 최세복이 우는 얼굴로 을수와 강용휘 사이를 가로막듯 앉았다.

"자자…… 이러지들 마시고…… 이 자는 광 막주가 소개한 사람입니다. 아시지 않습니까?"

최세복이 강용휘에게 읍소했다. 그때였다. 서낭당 문의 낡은 경첩이 삐거덕대는 소리가 길게 들리고 문이 천천히 열렸다. 절룩거리는 지팡이 소리가 입구에 나타났다. 익숙한 그 소리. 서낭당 안으로 들어서는 지팡이를 향해 을수가 고개를 돌렸다.

서낭당 안으로, 지저분하고 늙고 흉포한 괴물 하나가 들어섰다. 을수가 몸담은 살막의 막주, 광백이었다. 쉰 살이 넘은 광백의 깊은 주름과 소름 끼치는 흉터와 그 번들거리는 눈빛이 서낭당 안을 얼어붙게 만들었다. 최세복이 긴장한 채 꾸벅 인사를 하자 광백이 최세복을 알아보고 지팡이를 흔들었다.

"어…… 최세복이……."

을수의 눈동자가 미약하게 흔들렸다. 깊이를 알 수 없는 심연의 검은 그림자가 을수의 눈동자에 떠올랐다. 월악산, 그 지옥의 산채를 떠난 지 칠 년이 가까워 오지만 광백의 괴이한 웃음소리는 한 번도 을수의 곁을 떠난 적이 없었다. 구덩이를 졸업한 광백의 충성스러운 사냥개들이 언제나 을수의 주변을 배회했고 을수의 잠을 깨웠다. 을수는 산채를 떠나면서 가슴 속의 그 구덩이를 채우고 막았었다. 하지만 광백을 볼 때면 그 구덩이는 여전히 천 길 낭떠러지로 아가리를 벌린 채 다시 나타났다.

광백이 을수를 알아보았다. 대나무 지팡이로 을수의 머리통을 딱 소리 나게 때렸다. 최세복의 어깨가 그 소리에 들썩거렸다. 을수가 반응하지 않자 광백이 눈을 흘겼다.

"인사…… 안 하네?"

"평안하셨습니까…… 막주님."

광백이 누런 이를 드러냈다.

"밥은 잘 묵고 댕기는 모양이디? 허애댔구나야!"

똥개 다루듯 을수를 을러대던 광백이 절룩거리며 강용휘에게 다가갔다. 최세복이 긴장하며 광백을 강용휘에게 소개시켰다.

"이분이 안 상선이 말씀하신 광백 막주십니다."

광백이 강용휘를 아래위로 훑었다. 광백의 코가 벌름거렸다.

"일면식이 있디 않아?"

강용휘가 뚱하니 대답했다.

"상선(尙膳) 안국래 사람이면 뭐…… 봤음…… 봤겠지."

강용휘의 입에서 내시부 상선 안국래가 나왔다. 안국래는 내시부 환관 최고의 직책인 종2품 상선에 올라 있었다. 광백은 안국래의 하청업자나 마찬가지였다. 강용휘에게 광백은, 안국래의 명령을 받는 충복이라는 인식이 강했다. 안국래의 일을 도우는 처지는 비슷해도 자기는 엄연히 궁중에서 일하며 녹을 먹는 무관. 사람 목숨을 게딱지처럼 취급하는 천박한 살막의 막주따위에게 굽실거릴 수는 없었다. 게다가 오늘 밤이 지나면 무관 강용휘에게 어떤 날개가 달릴지 모르는 일이었다. 병조판서? 관찰사? 병마절도사?

광백이 강용휘에게 다가왔다. 강용휘는 얼굴을 찌푸렸다. 광백에게서 불쾌한 쇠 비린내 같은 것이 풍겼다. 언제인지 모를 핏자국이 겹쳐진 옷에서 나는 냄새거나 아니면 그 희번덕거리는 인광에서 뿜어 나오는 냄새일지도 몰랐다. 오랜 살기의 냄새.

광백이 대나무 지팡이로 강용휘의 자리를 툭툭 쳤다. 그 느물한 표정과 행동에 ·오싹 소름이 끼쳤다. 빈자리가 널렸음에도 광백은 강용휘의 자리를 탐냈다. 강용휘가 마지못한 듯 자리를 비켜주고 옆자리로 물러났다. 광백이 그 꼴을 보고 괴소를 흘렸다.

"으흐흐흐흐흐."

광백이 호박잎에 싼 주먹밥을 꺼냈다. 혼자 꾸역꾸역 주먹밥을 먹어 대던 광백이 그제야 거적 너머에 있는 피투성이 전유기를 보았다. 소맷자락으로 입을 훔치고 밥알을 튕겨 가며 광백이 말했다.

"아야…… 저리 쥐 패게지구 사람 구실 하간?"

광백에게 자리를 뺏기고 심드렁하던 강용휘가 누구에게랄 것도 없이 한마디 했다.

"오늘이 거사날 아닌가 말이야! 돈 주고 돈 받고 했음 뭐가 착착 돌아가는 맛이 있어야지."

광백은 그런 강용휘에게는 관심도 두지 않고 최세복을 보았다.

"어더렇게 하간?"

"한번 겁먹고 내뺀 놈은 다신 못합니다. 보통 일입니까? 이런 일은 전문가시니까 잘 아시잖습니까?"

"기케서 내래 뭐라 했간? 첨부터 모가지 딸 놈은 맡기라…… 하지 않았간?"

최세복은 입맛이 썼다. 광백 같은 외부인은 절대 안 된다고 아득바득하던 강용휘는 이런 상황에서 한마디도 거들지 않았다. 자신이 믿을 수 있는 자들로 운영해야 한다고 고집부리던 강용휘를 최세복은 꺾을 수 없었다. 궁궐 안은 강용휘의 사랑채나 마찬가지였다.

"동네 왈패 새끼들 데리구…… 뭔 판을 벌이겠다구…… 사람 모가지 따는 일에 열닷 냥이 뭐이가? 보통 모가지간?"

광백이 일어나자 강용휘가 움찔 물러났다. 찬바람이 서낭당 안을 돌았다. 광백이 절뚝절뚝 걸어 전유기에게 다가갔다. 창포검을 들고 전유기를 지키고 있던 똘마니가 바짝 움츠러들었다. 불알이 콩알만 하게 쪼그라들었다. 광백이 다가와 창포검을 내놓으라는 듯 똘마니에게 손을 내밀었다. 똘마니가 최세복과 강용휘의 눈치만 보자 광백이 대나무 지팡이로 똘마니 머리를 때렸다. 똘마니가 그 서슬에 얼른 창포검을 내주고 도망치듯 비켜섰다.

광백이 창포검을 들고 전유기 앞에 섰다. 전유기는 이미 심하게 맞아 비몽사몽으로 끙끙거리고 있었다. 전유기를 툭툭 건드려 보던 광백이 혀를 끌끌 찼다.

"으이그…… 꼬락서니래……."

광백이 코를 핑 풀고 전유기를 뚱하니 쳐다보는 듯하더니 냅다 전유기를 찌르기 시작했다. 이미 기력을 잃은 전유기는 미약하게 숨넘어가는 소리만 흘렸다. 창포검을 들어보며 광백이 투덜거렸다.

"칼 좀 갈디 않구."

고깃덩이를 찌르는 둔탁하고 기계적인 칼질 소리가 서낭당 안에 다시 울렸다. 최세복이 결국 고개를 돌렸다. 강용휘는 얼어붙은 채 한마디도 하지 못했다. 입구를 지키고 있던 왈패 하나가 밖으로 뛰어 나가 토했다.

전유기가 완전히 절명하고 나자 광백이 칼을 아무 데나 버리고 자리로 돌아왔다. 잔뜩 겁먹고 서 있는 똘마니의 불알을 광백이 툭 치며 히죽 웃었다.

"으ㅎㅎㅎㅎ……."

똘마니가 자지러지듯 떨었다. 광백이 손에 묻은 피를 바지에 아무렇게나 닦으며 자리에 앉았다. 내내 지켜보던 을수는 아무런 표정도 없었다. 광백이 먹다 만 주먹밥을 다시 들었다. 얼굴에 튄 핏물은 아랑곳없이 주먹밥을 한입 물고, 광백이 을수를 보았다.

"이카믄…… 수가 없디. 니가 하라."

존현각 앞뜰로 바쁜 걸음이 왔다.

갑수가 앞장서고 그 뒤로 수라간나인 하나가 소반을 들고 따랐다. 소반 위에는 호박죽 한 그릇과 건새우 한 종지가 놓여 있었다. 아침 식사 전에 올리는 초조반이었다.

임금의 하루 식사는 모두 다섯 번이었다. 죽이나 동치미 같은 것으로 새벽녘에 새벽 수라인 초조반을 들었다. 그리고 아침 수라인 조수라를 들었다. 점심으로 낮것상을 들고 저녁 수라로 석수라를 들었다. 그리고 밤에 야참을 들었다. 초조반과 야참은 간단한 후식 같은 것들이었다. 유밀과나 인삼정과 같은 것을 먹었다. 영조 임금은 삶은 밤을 좋아했고 수시로 초조반과 야참을

97

없애 3식으로 하루 수라를 정하곤 했다. 검소와 절약으로는 강박증이 있을 정도로 철두철미했던 임금. 그 선왕의 손자인 이산도 할아비의 근검을 몸에 익히며 자랐다.

반찬 가짓수를 줄이는 감선도 수시로 했고 초조반이나 야참도 지극히 검소한 것들로 올리게 했다. 일반 백성들이 먹던 건새우나 볶은 콩, 도토리묵과 볶은 메뚜기 등을 찾았다. 더욱이 기우제라도 지내는 날에는 거의 굶다시피 했다. 비가 오지 않을 때 임금은 하늘 아래, 부덕한 죄인이 되었다.

갑수와 초조반 소반상이 존현각 지게문에 이르렀을 때였다. 존현각 차비문이 요란해졌다. 차비문을 지키는 호위무관의 목청이 쩌렁쩌렁 울렸다.

"자궁저하 행차십니다!"

치맛자락을 휘날리며 근심이 가득한 표정의 여인이 들어섰다. 마흔셋의 혜경궁이었다. 나이로만 보자면 지금 이 궁중의 가장 어른은 혜경궁이었다. 왕대비 김씨도 혜경궁보다 열 살이나 어렸다. 하지만 지아비가 죽고 아들마저 백부의 후사로 입적되자 그저 임금의 생모인 자궁으로 남게 되었다. 대비의 꿈을 버려야 했다. 그래도 상관없었다. 혜경궁은 아들의 안위와 영광을 위해서 자신의 모든 것을 희생할 수 있었다. 아들이 왕이 될 수만 있다면, 무슨 짓이든 할 수 있었다.

이산에게 어머니 혜경궁은 양날의 검이었다. 이산은 아들을 위하는 어머니의 지극함을 알고 있었다. 그리고 가문을 위해 아버지를 버린 어머니의 비정함도 알고 있었다. 이산은 어머니의 눈물과 아버지의 통한 사이에서, 울음을 삼키고 중심을 잡고 흔들리지 않아야 했다.

혜경궁이 존현각 앞뜰로 성큼성큼 들어섰다. 그 혜경궁의 뒤로 자궁전의 상궁들과 나인들이 따랐다. 혜경궁은 여인의 나붓한 걸음을 하지 않았다. 혜경궁은 굳세고 강인한 철의 여인으로 소문나 있었다.

존현각 앞뜰에 시립하고 있던 금위영 호위들이 느닷없는 혜경궁의 등장에 바짝 긴장한 채 조아렸다. 갑수와 수라간나인도 황급히 존현각 일각으로 물러나 조아렸다. 존현각 지게문 호위가 차비문 호위의 인사를 이어받았다.

"자궁저하 행차십니다!"

문밖 소란에 지게문이 황급히 열리며 이산이 모습을 드러냈다. 호위가 대령하던 신발도 신는 둥 마는 둥 버선발로 뛰어 나왔다. 혜경궁이 존현각에 온 것은 처음이었다. 예상하지 못한 행차에 이산이 분주했다.

"어마마마."

혜경궁은 심기가 좋지 않아 보였다. 임금의 인사도 받지 않고 존현각 안으로 성큼성큼 들어가 버렸다.

이산이 혜경궁에게 절을 올렸다.

이산은 느닷없는 어미의 방문에 적잖이 놀란 표정이었다.

"중관을 통해 문안 인사를 보내었는데 어찌……."

왕대비와 자궁에 대한 문안 인사는 매일 아침 임금의 일과였다. 부득이 시간에 쫓기거나 일이 있을 때는 내시인 중관을 보내 글로 문안 인사를 대신하게 했다. 오늘은 아침 경연인 조강 준비를 하느라 어머니 혜경궁에게는 중관을 보내 문안 인사를 대신했었다. 무엇이 마뜩잖은 것이었을까. 중관을 보내 문안 인사를 하는 것이 처음도 아니었다.

혜경궁이 방 안을 둘러보았다. 소반 위에 놓인 두루마리들과 방 안에 가득한 책장들, 장식품 하나 없는 방이 눈에 들어왔다. 이것은 소박하고 검소한 것이 아니었다. 혜경궁의 눈에는 앙상하고 초라한 것이었다. 신독(愼獨)을 앞세워 조정의 대신들에게 한 치의 빈틈도 보이지 않으려는 애절한 노심초사라지만, 이 정도일 줄은 몰랐다.

"이것이…… 왕의 침전입니까?"

"어마마마……."

"민가의 종복들 행랑채도 이것보단 낫겠어요."

"상중입니다. 소자가 원한 겁니다. 아시잖습니까?"

이러려고 왕이 되었나. 이 궁상을 보려고 그 눈물의 세월을 보냈던가.

"오첩반상도 모자라 삼첩으로 줄였다면서요?"

임금의 수라상은 열두 가지 반찬의 십이첩반상이 기본이었다. 수라상 시중을 드는 수라상궁도 셋이나 되었다. 하지만 임금은 상중이라는 핑계로 구첩으로 내린 뒤 다시 칠첩으로 내렸다. 비가 오지 않자 기우제를 지낸다는 이유로 오첩으로 내렸다. 가뭄이 길어지자 급기야 삼첩반상으로 수라상을 올리게 했다. 수라상궁도 한 명으로 줄였다.

"가뭄입니다. 게다가 상중입니다. 이럴 때 감선은 선왕들께서도 늘 하셨던 일입니다."

혜경궁이 종잡을 수 없는 불안으로, 아들을 보았다.

"오늘 하루 어식은 두 번 세 번 살피세요."

"어찌…… 그러십니까?"

혜경궁 스스로도 제 말에 떨었다.

"꿈이…… 꿈자리가…… 흉했습니다."

이산이 엷게 웃었다.

"알겠습니다."

혜경궁은 아들의 그 착한 미소를 보았다. 가슴을 저며 오는 저 미소. 혜경궁이 이산의 손을 잡았다. 어떻게 키운 자식인데,

어떻게 지켜 온 등불인데…….

"살아남아야 합니다. 어떻게든…… 무슨 수를 쓰든……."

편전이 텅 비어 있었다.

어좌에 앉은 이산의 얼굴이 굳어 있었다. 편전에 나와 있는 몇몇 대신들은 민망한 얼굴로 고개를 들지도 못했다. 갑수도 책보따리를 들고 구석에 무릎 꿇고 앉아 안절부절못했다. 사관도 눈치만 보았다. 그 가운데 홍국영만이 발끈 성을 내고 있었다.

"이 인간들 진짜…… 이게…… 말이 됩니까, 이게!"

임금도 대신들도 홍국영의 말에 아무런 대꾸를 하지 않았다.

"상참이 아무리 약식 조회라지만 엄연히 예궐의 법도가 있는데…… 모조리 빠져요?"

노론 대신들이 아침 조회인 상참을 모두 거부하고 나오지 않

103

왔다. 대신들의 상참 거부는 일종의 침묵시위였다. 상참에 빠진 신하들을 모조리 파직해도 무방하다는 시위였다.

조정의 정례 집회는 조회(朝會)와 조참(朝參)과 상참(常參)이 있었다. 조회는 가장 큰 행사였다. 문무백관들이 모두 정전에 모여 하례를 올리는 집회였다. 정월 초하루와 동지와 임금의 탄일에 하는 것을 삼대조회라 했다. 그 아래로 조참이 있었다. 조참은 매월 5일, 11일, 21일, 25일 정전에서 임금에게 문안하고 정사를 아뢰는 것이었다. 마지막 상참은 매일 편전에서 정사를 보고하는 것이었다. 세종 임금은 매일 하는 상참이 늙은 대신들에게 무리라 여겨 5일마다 출석하게끔 배려하기도 했다. 후대로 내려오면서 이런 규칙은 느슨해졌다.

이산이 보위에 오르고는 상참보다 차대(次對)를 주로 행하였다. 매달 여섯 차례씩 삼정승인 의정(議政)과 삼사의 대간들과 옥당인 홍문관원들이 임금에게 정무를 보고하던 것이 차대였다. 임금은 실용적인 필요에 따라 차대를 중히 여기고 상참을 가볍게 여겼다. 하지만 상참을 중히 여겨야 한다는 의견이 사헌부에서 올라와 오랜만에 상참을 명했었다.

그런데 노론 대신들이 모두 빠진 것이다. 대리청정이 시작되던 을미년에도 노론 대신들은 세손의 대리청정 상참을 모두 거부하고 나오지 않았다. 아버지 사도세자가 동궁이던 시절에도 노론 대신들은 상참을 명하는 패초를 무시하고 상참이 열리는 편전에 나타나지 않았다.

대신 하나가 어좌를 향해 조아렸다. 비변사 부제조 정민시였다.

"아무래도 오늘 동덕회 모임 때문인 것 같습니다."

동덕회(同德會)는 세손이었던 이산을 위해 목숨 걸었던 홍국영, 서명선, 김종수, 정민시와 임금 이산의 사적인 모임이었다. 을미년 세손 대리청정을 두고 홍인한의 삼불필지설이 터져나오자 이손은 위기에 몰렸다. 그때 서명선의 상소가 영조 임금을 움직여 홍인한을 탄핵하고 세손의 생명을 구한 계기가 되었다. 을미년 그해 조정은 노론의 조정이었고 홍인한의 조정이었다. 평소 위약한 인물이라 제대로 탄핵 상소 한번 올리지 못했던 서명선이 목숨을 걸고 홍인한을 탄핵했던 것이다.

일이 풀리지 않았다면 서명선은 목이 날아갔을 것이다. 서명선의 상소가 성공하면서 세손 대리청정의 길이 열리고 보위의 길이 열렸다. 해서, 서명선이 홍인한을 탄핵하는 상소를 올린 12월 3일을 기념하여 만든 것이 동덕회였다. 그날에는 임금 이산이 그 일을 추진했던 홍국영과 서명선, 김종수와 정민시 등을 불러 연회를 열고 노고를 치하했다. 오늘은 그 동덕회의 정례 모임이 아니라 기우제로 지친 임금을 대접하기 위해 동덕회

신하들이 마련한 자리였다. 그 자리를 노론 관료들이 기를 쓰고 반대하고 있는 것이었다.

오늘 상참에 나온 신하들은 동덕회 회원과 몇몇 시종관들뿐이었다. 노론 대신들의 상참 거부가 동덕회 모임 때문이라는 정민시의 말에 홍국영이 발끈했다.

"자기들은 별의별 모임을 만들어 파벌싸움에 난리법석을 떨면서! 성상의 노고를 풀어 드리고자 만든 자리를…… 결사 반대한다?"

이에 다른 대신이 말을 받았다. 동덕회의 가장 중요한 인물이자 우의정인 서명선이었다.

"전하. 이자들이 이런 작은 자리로 전하의 어심을 어지러이 한다면…… 신들은 겨울 정례모임 때 회동하여도 무방하옵니다."

나이 오십의 서명선은 세손 즉위의 일등공신임에도 홍국영과는 달리 자중하는 바가 컸다. 이산이 임금이 되면서 이조판서와 수어사, 총융사와 약방제조를 거쳐 단숨에 우의정까지 오르면서도 세도를 부리지 않았다. 홍국영이 편전 안 대신들을 향해 벌컥 화를 냈다.

"우상께선 벌써 다 잊으셨습니까? 동덕회가 어떻게 만들어진 겁니까? 우리가 목숨 걸고 만든 자립니다! 왜! 왜 우리가 밀립니까? 저 인간들이 전하의 세손 시절 어떻게 했는지 벌써 잊으셨습니까?"

홍국영이 눈을 부라리며 역정을 냈다. 임금이 있는 어전에서, 그의 목소리가 갈라졌다.

"밀리면! 죽어요!"

대신들이 아무 소리도 하지 못하고 조용했다. 민망한 일이었다. 이산의 세손궁 사부였던 경기 관찰사 김종수도, 비변사 부제조 정민시도, 우의정 서명선도 아무 말 하지 못했다. 임금이 이 일로 분노를 일으켜 탄핵 정국으로 들어간다면 노론과의 정면 대치가 불가피해질 것이 뻔했다. 단순한 모임 하나를 이유로 대치하는 노론도 문제지만, 임금이 모임 하나 자중하지 못한다는 비난도 면하기 어려웠다.

분기탱천해 씩씩대고 있는 홍국영을 보던 이산이 어좌의 팔걸이를 탁 소리 나게 잡았다. 대신들이 모두 조아렸다. 홍국영도 조아렸다.

"상책."

호명된 갑수가 잠에서 깨듯 놀라며 대답했다.

"하명하시옵소서."

"오늘 저녁 수라는 회식으로 대신한다."

"분부대로 거행하겠나이다."

"상참을…… 마치겠소."

이산이 바람 소리를 내며 자리에서 일어났다. 이산이 편전을 가로질러 밖으로 나갔다. 갑수와 대신들도 임금을 따라 나갔다. 상참을 거부한 노론 대신들에 대한 어떤 파직도 없을 듯했다. 노론에 대한 탄핵을 하지 않는 대신 이산은 모임을 포기하지도 않았다. 동덕회 모임에 대해 노론의 눈치를 보지 않겠다는 뜻을 명확히 한 것이다.

사관이 몇 글자 쓰고 나서 종이를 이리저리 넘겼다. 적은 게 없었다. 오랜만에 열린 상참 기록은 저녁 석수라를 바깥 회식으로 대신한다는 내용이 전부였다. 그 꼴을 보던 홍국영의 긴 한숨이 편전 안에 터져 나왔다.

"다시…… 말해 보거라."

찻잔을 든 혜경궁의 손이 부들부들 떨렸다. 혜경궁 앞에 납작 엎드린 견습나인 하나가 우는소리를 냈다.

"변고가 생기면 자신이 힘들어진다고……."

엎드려 부복한 견습나인은 혜경궁의 퍼런 서슬에 말도 맺지 못하고 떨기만 했다. 왕대비전의 지밀방 생각시 복빙이었다. 복빙은 혜경궁이 심어 놓은 왕대비전의 간자(間者)[44]였다. 복빙은

---

44) 간자(間者) : 간첩.

오늘 새벽 왕대비전에 문안 왔던 임금과 왕대비의 대화 내용을
혜경궁에게 보고하고 있었다.

임금의 손을 잡고 왕대비가 했던 그 말.

"행여라도…… 행여라도 하는 말입니다. 주상에게 변고가 생
기면 내가 힘들어져요. 국왕책봉권이다 뭐다 해서 조정의 인물
들이 나를 가만 놔두겠어요?"

혜경궁이 결국 찻잔을 떨어뜨렸다. 뜨거운 차가 치마를 적시
고 발목을 적셔도 느끼지 못했다. 복빙이 허겁지겁 무명천으로
혜경궁의 젖은 치마를 닦았다.

"임금의 면전에서…… 할미가 손자 앞에서…… 네가 죽으면
내가 힘들어진다고…… 했단 말이냐?"

"저는 그저 그렇게만……."

왕대비전의 비틀린 심사는 이미 알고 있는 일이었다. 하지만
변고와 국왕책봉권이란 말은 위태로웠다. 극악한 적의가 그 속
에 있었다. 오라비 김귀주의 유배가 풀리지 않자 왕대비는 급기
야 미쳐 날뛰었다. 아들 이산이 임금이 되고 풍비박산이 난 집
안이 어디 저뿐이었단 말인가. 단식 투쟁을 저 혼자만 했었나.
외가를 향한 아들의 단호함에 얼마나 울었던가.

"이…… 새파랗게 어린 년이…… 기어코 내 아들을……."

한동안 먹먹한 눈길만 보내던 혜경궁이 크게 숨을 내쉬었다.

막연히 비통에만 젖어 있을 순 없었다. 어젯밤 잠자리에 들지 못하고 뒤척거리게 했던 그 꿈, 그 흉몽이 오고 있었다. 어질러진 찻물을 닦다 말고 제 잘못인 양 엎드려 떨고 있는 복빙을 보았다.

"복빙아."

"네, 마마……."

"지아비를 제물로 바치고 살린 아들이다…… 아느냐?"

"소녀가…… 어찌 모르겠사옵니까?"

"네가 나를 위해 언젠가 한 번 죽겠다고 했던 말…… 기억하고 있느냐?"

고개를 든 복빙이 눈물을 뿌렸다.

"자궁마마께옵선 소녀의 아비를 살리셨고 어미를 살리셨습니다. 소녀 열 번 죽어도 어찌……."

복빙은 개울이 낳은 아이였다.

점순이의 온양 주막에서 개울은 제 배를 갈라 황율의 아이를 낳고 죽었다. 그날 황율은 평양에서 광백의 칼을 맞고 죽었다. 개울과 황율은 같은 날 같은 시간에 생을 마감했다. 신사년(辛巳年)[45]

4월 보름이었다.

참혹한 현장을 목격한 관노비 부부는 아이를 데려다 얼음이라 이름 짓고 키웠다. 어미를 잡아먹고 태어난 년이라고 걸음마도 못 뗀 아이에게 모진 말들이 쏟아졌다. 박복하고 기구한 운명이 얼음이를 기다리고 있었다.

얼음이는 자라면서 깜찍한 외모와 영민한 머리, 범상치 않은 손재주로 이목을 끌었다. 밭일이고 부엌일이고 바느질이고 간에 야무지고 똘똘했다. 관아 아전들이 놀이 삼아 가르친 언문 실력도 보통이 아니었다. 관비들과 아전들 사이에서 얼음이가 귀여움을 독차지하자 온양 현령이 눈여겨보았다.

현령은 귀성길에 얼음이를 데려가 영의정 홍봉한에게 뇌물로 바쳤다. 홍봉한의 종복들 사이에서도 귀여움을 독차지하던 얼음이를 친정에 놀러 왔던 혜경궁이 발견했다. 야무지게 손발을 주무르고 똑소리 나게 시중을 드는 얼음이가 열두 살이라고는 믿겨지지 않았다.

그즈음 온양 관아의 쌀 창고에 도둑이 들었다. 얼음이의 아비가 도둑과 내통했다 하여 몽땅 뒤집어쓰고 죽을 날만 기다리게 되었다. 소식을 알게 된 얼음이는 혜경궁을 만날 기회만 노렸다. 마침내 친정으로 온 혜경궁을 얼음이가 모시게 되었다. 지극정성으로 마음을 얻자 얼음이가 조아렸다.

"억울하옵니다."

"네 부모를 구해 달란 말이로구나."

"비록 친부모는 아니지만 버려진 갓난아이에게 새 생명을 주신 분들입니다. 살려만 주신다면 소녀, 마마를 위해 열 번 목숨을 던지더라도……."

이 똑똑하고 당돌한 아이가 혜경궁은 궁금했다. 궁에 데리고 가면 어떤 일이든 쓰임새가 있을 듯했다. 혜경궁은 몸종인 복례와 얼음이를 자매 맺어 주고 얼음이에게 복빙이라는 이름을 주었다. 그때 아이는 얼음이라는 아명을 버리고 복빙이라는 이름을 가지게 되었다.

혜경궁은 영민한 복빙을 왕대비전 탄일에 맞춰 지밀방 아기나인으로 선물했다. 복빙은 왕대비전에서도 금세 귀여움을 받았다. 복빙이 왕대비전의 지밀방으로 간 날, 몸종 복례가 섭섭해했다.

"왜 좋은 것을 거기에다 버리십니까?"

"더 좋은 것이 되어서 올 게다."

그때부터 복빙은 혜경궁의 간자가 되었다.

혜경궁이 품에서 작은 복주머니를 하나 꺼내 복빙 앞에 놓았다.

복빙이 무엇을 예감하고 긴장하기 시작했다. 혜경궁이 단호한 얼굴로 복주머니와 복빙을 보았다.

"하시라도…… 내 말을 기다려라."

"마마……."

"검험에도 나오지 않는다 들었다."

복빙이 사색이 되었다.

"차에 넣어도 탕에 넣어도…… 티가 나지 않는다."

사시나무 떨듯 떨고만 있는 복빙을 혜경궁이 다그쳤다.

"뭐하느냐? 어서!"

복빙이 화들짝 놀라며 복주머니를 주워 들었다.

"이것의 임자가…… 누군지 알렸다!"

복주머니가 쓰일 곳은 뻔했다. 복빙이 멍한 눈길로 대답했다.

"네……."

"가 보거라."

복주머니를 품고 복빙이 비틀거리며 일어섰다. 복주머니 안에는 독이 들어 있었다. 그 독은 왕대비를 죽이고 자신을 죽이는 데 쓰일 것이었다. 살아날 일이 아니었다. 각오하고 또 각오했던 일이지만, 복빙은 비틀거리고 있었다. 그 비틀거리는 발걸음을 혜경궁이 다시 잡았다.

"혹여…… 다른 말은 없었더냐?"

고수애가 왕대비에게 했던 밀담. 오늘 밤에 변고가 있으리라는 그 밀담. 왕대비가 복빙에게 그러지 않았나. 네가 결정할 테냐? 머뭇거리고 선 복빙에게 혜경궁이 재촉하듯 물었다.

"없었더냐?"

왕대비를 독살하라는 말은 곧 복빙 자신도 죽으라는 말과 같았다. 겨우 열일곱. 먹먹한 두려움과 아찔한 공포가 밀려왔다. 혜경궁에 대한 섭섭함과 억울함 같은 것이 마구 뒤섞여 왔다. 복빙은 이 궁궐에 대한 혐오로 몸서리쳤다. 변고 따위…… 이제 관심 없었다.

"없었사옵니다."

"알았다. 가 보거라."

복빙이 깊게 인사하고 혜경궁의 방을 나왔다. 장지문을 열고 나가는 복빙의 눈이 망연자실했다. 복빙은 술에 취한 사람처럼 제 몸을 가누지 못하며 자궁전을 빠져나갔다. 마침 자궁전 앞을 지나던 고수애와 왕대비전 지밀상궁인 김 상궁이 복빙을 보았다. 왕대비전 지밀나인이 혜경궁의 자궁전에서 나왔다.

복빙의 그 불안한 표정과 위태로운 걸음. 고수애가 김 상궁을 돌아보았다. 김 상궁이 끄덕였다.

8. 진시 육각(辰時 六刻). 오전 8시 30분.

운종가는 아침부터 분주했다.

하루를 준비하는 온갖 행인들이 골목을 메우고 이리저리 몰려오고 쓸려갔다. 피맛골 초입부터 즐비한 개장국집들은 아침 나절부터 개 삶는 연기로 지나가는 행인들을 유혹했다. 그 개장 국집 중 하나에만 유독 손님이 없었다. 황구찜과 흑구탕으로 유명한 집이었다.

개장국 한 그릇을 찾아왔던 행인들이 발길을 돌려야 했다. 입구에 서 있는 왈패 두 명이 손님들을 쫓아내고 있었다. 아직 새파랗고 앳된 얼굴의 왈패들이었지만 그 서슬이 제법 사나워 손님들은 두말 않고 발길을 돌렸다. 하나같이 말이 없고 귀신

같은 눈빛으로 사람을 쏘아 보았다. 월악산 산채 구덩이에서 살아남은 소년 살수들, 광백이 키운 최고의 사냥개들이었다.

가게 안은 텅텅 비어 있었다. 매일 아침이면 빈자리 하나 없는 가게였지만 오늘은 아무도 들어오지 않았다. 광백과 을수 단둘이 자리를 하고 개장국을 시켜 놓고 있었다. 소년 살수들 대여섯이 입구와 창 쪽에서 시퍼렇게 날 선 기운을 풍기며 눈을 부라리고 있었다.

광백이 요란하게 개장국을 먹었다. 흑구탕이었다. 흑구는 남자의 신경통에 효험이 좋다고 소문난 요리였다. 광백이 도성으로 오면 한 번도 빠지지 않고 들르는 개장국집이었고 요리였다. 개고기를 뜯는 광백의 손이 개기름으로 번들거렸다.

을수는 흑구탕에 손도 대지 않고 있었다. 광백이 연신 을수의 그릇에 눈길을 주었다.

"안 먹네? 이 집 흑구탕이 말이디, 국물에 뜬 기름을 걷어내고 마늘, 들깨, 생강에다 죽순이랑 차조기잎을 넣어 게지구 냄새가 나디 않아. 기카고……."

을수가 광백의 말을 끊고 나왔다.

"할 생각이 없습니다."

끄덕끄덕하던 광백이 을수의 그릇을 당겨갔다.

"하고 안 하고는 니 상관이 아이지비."

"독립…… 하겠습니다."

광백이 을수의 그릇에서 개뼈다귀 하나를 건져 올렸다.

"그거이 약속한 거이 아이갔어? 언젠가는 해야디. 긴데 지금
은 아이야."

광백이 게걸스럽게 을수의 몫까지 먹어 치웠다. 을수는 광백
의 호위를 맡아 가게 안에 산개해 있는 소년 살수들을 훑었다.
월악산 산채의 아이들. 모두 상급반 훈련을 통과한 녀석들임이
틀림없었다. 언제라도 살수로 활용 가능한 광백의 사냥개들.

광백은 아직도 끊임없이 아이들을 잡아다 구덩이를 채우고
있는 듯했다. 소년 살수들을 보는 을수의 눈빛을 광백이 읽었다.

"니만 한 놈들은 아이래두 작정하고 뎀비믄 니도 땀 좀 흘리
지 않간?"

소년 살수들이 을수를 싸늘하게 바라보았다. 각자 창포검을
쥔 손에 힘이 들어갔다. 을수가 일어서서 광백을 향해 가볍게
머릴 숙였다.

"담에 또 뵙겠습니다."

광백이 이를 쩝쩝대며 돌아서는 을수의 뒤를 잡았다.

"에미나이…… 하나 만나고 있디?"

을수가 우뚝 멈춰 섰다. 천천히 몸을 돌려 광백을 보았다. 그
눈이 투명해지기 시작했다. 광백이 을수의 자리를 개뼈다귀로

가리켰다.

"가라 기래야 가는 거이 모르네? 앉으라."

을수가 순순히 자리에 앉았다. 광백이 뼈다귀를 빨았다.

"세답방 궁녀 아이간?"

순간 을수의 눈에서 섬뜩한 살기가 날카롭게 명멸했다. 광백이 놓치지 않았다. 광백이 히죽 웃으며 개고기 비린내를 풍겼다.

"고 에미나이 간뎅이가 크지 않간? 궁궐 에미나이가 외간남자를 만난다…… 사지가 찢겨 죽을 일 아이갔어?"

채 말이 끝나기도 전이었다. 을수가 앞에 놓인 젓가락을 잡으며 식탁 위로 떠올랐다. 한 손으로 광백의 머리칼을 움켜잡고 식탁에 찍어 눌렀다. 다른 손에 들린 젓가락이 광백의 목을 겨냥했다. 을수의 젓가락이 광백의 목을 관통할 기세였다. 모든 동작이 전광석화처럼 이어졌다.

소년 살수들의 창포검이 요란한 소리를 내며 종심을 향해 날아들더니 을수를 빽빽이 에워쌌다. 을수는 그런 주위에는 눈길한 번 주지 않고 광백의 목만 노리고 있었다. 광백의 목은 지나치게 무력해 보였다. 을수의 젓가락은 날카로운 맹수의 이빨처럼 광백의 목을 물고 있었다. 살짝 힘을 주면, 죽는 것이다. 광백은 그 와중에도 게걸스런 웃음소리를 냈다.

"아야야…… 길케 세게 잡지 말라우. 머리털 다 빠지갔어."

소년 살수들의 창포검과 을수의 젓가락이 팽팽히 대치했다. 미세한 균열만 생겨도 개장국집 안은 피바다가 될 기세였다. 가장 느긋한 건 오히려 광백이었다.

"야. 니래 그 에미나이 데리고 멀리 가서 잘 살아야 되지 않간? 이거 놓고 이바구 하자우."

"……."

"이번 일 성공하믄 독립도 하구 고 에미나이도 챙기구…… 다 좋지 않갔어?"

을수의 동공이 미세하게 흔들렸다. 새어 나가는 한숨을 삼켰다. 이윽고 을수의 손이 허공을 갈랐다. 나무젓가락이 광백의 머리통을 지나 식탁을 반이나 뚫고 박혀 버렸다. 광백이 소년 살수들을 보며 능청을 떨었다.

"길티! 이보라!"

광백이 손을 내젓자 소년 살수들이 창포검을 거두고 제자리로 돌아갔다.

"으ㅎㅎㅎ. 내래 물건 하난 잘 만들었어."

을수가 다시 자리에 앉아 한없이 투명한 눈으로 광백을 보았다.

"여자는…… 건들지 마세요. 여자가 다치면 막주님은…… 죽습니다."

"길티, 길티! 내래 아직 죽으믄 안 돼."

광백이 을수를 보며 웃었다. 그 웃음에 여전히 개비린내가
잔뜩 묻어 있었다.

"긴데…… 종간나 니 다 들켰어."

광백이 다시 사래 걸린 웃음소리를 뱉어내기 시작했다.

"내래 그 에미나이만 물고 늘어지믄…… 니는 좆된 거이 아
이갔어? 으흐흐흐……."

2년 전 을미년 겨울은 유독 눈이 많았다.

홍염장(紅染匠) 염색공방 마당에도 눈이 내렸다. 궁중에서 사
용하는 홍색 염료를 생산하는 경공장이었다. 궁중의 왕복은 자
색과 홍색이 주종이었다. 그 홍색을 책임지는, 제용감(濟用監)에
속한 홍염장이었다. 홍염장 마당에는 기다란 대나무 기둥이 촘
촘히 박혀 있었다. 그 기둥마다 빨랫줄이 거미줄처럼 늘어져 있
었고 그 줄마다 붉은 염색천이 바람에 한들거렸다.

밤의 공방마당으로, 그 염색천 사이로 검은 인영이 모습을
드러냈다. 흑립에 도포 자락을 휘날리며 목함을 든 사내 을수.
눈은 아직도 마당으로 내렸다. 을수는 노란 불빛이 새어 나오고
있는 염색공방으로 향했다.

깊은 밤이었다. 공방 안엔 아무도 없었다. 일꾼들은 행랑채에

서 모두 잠자리에 든 모양이었다. 초롱 하나만이 공방 탁자 위에서 불을 밝히고 있었다. 소리도 없이 공방 안에 들어선 을수는 사무적으로 목함을 탁자 위에 올려놓고 초롱불 온기에 손을 녹였다. 찬 기운에 얼었던 손이 풀리고 피가 돌자 목함을 열었다. 목함 안에서 서늘하고 묵직한 기운이 잠을 깼다.

목함 안에는 무딘 쇳덩이 같은 장검이 들어 있었다. 혈검이었다. 헤아릴 수 없이 무수한 사람의 피를 먹은 검이었다. 을수가 장검을 들자 소름 돋는 소리로 장검이 울었다. 장검 손잡이의 붉은 끈에는 술이 아니라 송곳니가 달려 있었다. 15년 전, 광백의 산채 구덩이에 떨어진 첫날 갑수가 주었던 그 들개의 송곳니. 을수의 장검과 송곳니는 그 무수한 혈투 속에서 살아남았다. 행운의 징표로 송곳니를 선물로 내밀며 죽지 말라던 갑수의 바람은 끈덕지게 을수를 지켜 주었다.

을수가 장검 손잡이에 감긴 무명천을 풀었다. 무명천으로 장검의 손잡이와 오른손을 둘둘 말아 묶었다. 무명천으로 검과 손을 묶는 것은 을수에게 여러 의미가 있었다. 장검은 꽤 무게가 나갔다. 결투의 시간이 길어지면 장검은 말을 듣지 않았다. 거기에다 피와 땀까지 범벅되면 악력을 벗어나 제 멋대로 놀았다.

장검과 손을 천으로 묶으면 밀착감이 강해져 막고 베고 찌르는 힘이 좋아졌다. 게다가 흰 무명천으로 감는 동작은 을수에게 하나의 의례와도 같았다. 검과 하나가 되어 다시 검을 놓을 때까지 떨어질 수 없는 운명공동체. 첫 암행에서 을수는 긴장감을 떨쳐내려 흰 무명천으로 검과 자신의 손을 감았었다. 그 이후로 을수의 검에는 언제나 흰 무명천이 감겨 있었다.

왼손으로 품에서 두루마리 하나를 꺼내자 용모파기화가 드러났다. 홍염장 경공장을 책임지고 있는 제용감 주부의 얼굴이었다. 염료와 모시, 마포 등을 제용감에 납품하는 이들로부터 고혈을 빨아내던 자였다. 결국 그중에 누군가 청부를 넣었다. 을수가 광백을 통하지 않고 단독으로 사업을 시작해 청부받은 첫 번째 일감이었다.

열다섯 냥 오십 푼. 첫 시작치고는 나쁘지 않았다. 광백이 던져 주는 일감의 수고비는 다섯 냥을 넘기지 않았었다. 상대가 누구든 똑같았다. 저자의 이름 모를 왈패의 목이나 포도청 종사관의 목이나 목숨을 열 개라도 걸어야 하는 거대 살막 막주의 목이나 항시 똑같은 수당을 받았다. 쌀 한 가마니에 계집 한 번 품으면 끝나는 돈이었다.

공방 안채의 지게문 안으로 을수의 모습이 드러났다. 주인으로 보이는 자가 벌떡 일어나 을수에게 방 안의 기물을 던졌다. 곧이어 그 사내가 단도를 빼어들고 휘둘렀다. 을수의 장검이 단 한 번 눈부신 검광을 뿌렸다. 사내가 둘로 갈라지며 지게문에 피를 뿌렸다.

일이 끝난 뒤 피 묻은 검을 들고 나오던 을수가 툇마루에 그대로 멈춰 섰다. 여인 하나가 공방 안에 망연자실 서 있었다. 예기치 않은 방문객이었다. 공방 안에서 찾아낸 듯한 염색된 실꾸리들과 염색 종지를 들고 있는 여인은 궁녀로 보였다. 궁녀가 쓰고 있던 너울이 떨어졌다. 월혜였다. 월혜는 급히 주문한 염료가 기한이 다하도록 오지 않자 표신을 받아 부리나케 궁에서 나와 공방으로 달려왔던 차였다.

월혜는 안채의 지게문 안에서 벌어지던 참극을 목격했다. 숨을 쉴 수가 없었고 발은 굳어 버렸다. 을수가 움직이지도 못하고 질겁하고 있는 월혜를 보았다. 을수는 툇마루에서 내려와 월혜에게 다가왔다. 월혜는 아직도 피가 뚝뚝 떨어지는 을수의 장검을 보았다. 월혜의 손에서 염색 종지가 떨어져 깨졌다.

반쯤 열려 있는 공방의 문으로 돌개바람이 휘몰아쳐 들어왔다. 을수의 장검에 달린 짐승의 송곳니가 흔들렸다. 월혜는 그 송곳니를 보았다. 흉악하기 그지없는 장식물과 선혈이 가득한 장검과 야차처럼 서 있는 을수를 보던 월혜가 휘청했다. 터져 나오려는 신음이 악다문 입안에서 맴돌았다.

궁녀는 글썽거리는 눈물을 부여잡고 있었다. 느닷없이 맞닥뜨린 두려움으로 궁녀가 떨었다. 하지만 당혹스러운 건 을수였다. 궁녀는 을수가 세상에 태어나 처음으로 보는 곱고 아름다운 얼굴이었다. 피 묻은 칼을 들고 을수가 살인의 현장에 나타난 목격자에 취했다. 심지어 궁녀가 눈물을 떨어뜨릴 때, 을수의 심장이 덜컥거렸다.

을수는 이내 월혜를 외면하고 탁자 위로 굴러다니는 마포 염색천 하나를 주워들어 무심히 장검의 피를 닦았다. 그러고는 건조하고 사무적인 손길로 두루마리를 말아 품에 넣은 뒤 손잡이 끈을 풀고 목함에 장검을 마무리했다. 그동안 월혜는 그 자리에 박힌 듯 서서 피 묻은 칼을 정리하는 살인귀의 흉측한 모습을 지켜보고만 있었다.

을수가 목함을 들었다. 월혜의 심장이 터질 것처럼 뛰었다. 물끄러미 월혜의 눈을 보던 을수는 월혜를 스쳐 지나 공방 입구로 나갔다. 을수가 염색공방 마당에 섰다. 하늘을 올려다보았다. 눈이 그치고 달이 구름 사이로 나오고 있었다.

을수가 나가고 난 뒤 월혜는 정신을 잃고 그대로 혼절했다. 쓰러지면서 탁자 위 초롱을 건드려 넘어뜨렸다. 바닥에 떨어진 초롱에서 불꽃이 일었다. 공방 안에 불길이 번지기 시작했다. 을수가 걸음을 멈췄다.

어느 결에 월혜가 눈을 떴다.

잠결에 자신의 몸을 덮은 털 담요를 껴안다 화들짝 놀라 일어났다. 모닥불 불티가 얼굴로 날아들었다. 인적 드문 야산이었다. 모닥불 너머에서 시커먼 인영 하나가 자신을 쳐다보고 있었다. 염색공방에서 만났던 살인귀였다. 그 살인귀는 모닥불에 구운 감자 하나를 우적대며 먹고 있었다. 월혜가 부리나케 은장도를 꺼내 들고 자기 목을 겨눴다.

"나…… 나는 세답방 궁녀다…… 날 건드리면……."

말이 끝나기도 전에 월혜 앞으로 구운 감자 하나가 던져졌다. 월혜가 어리둥절 감자와 살인귀를 번갈아 보았다.

"날 건드리면……."

을수가 월혜를 보며 감자를 씹다가 시큰둥하게 말했다.

"너…… 못생겼어."

월혜가 할 말을 잃었다. 을수는 다른 감자를 모닥불에서 꺼내기 시작했다.

"너보다 이쁜 기생들…… 수도 없이 봤다."

한참 뾰루퉁하니 을수를 노려보던 월혜가 을수 앞으로 감자를 휙 던져 버렸다.

"궁중의 나인은…… 그런 거 안 먹는다."

월혜가 던진 감자를 태연하게 까먹던 을수가 길게 트림을 뱉어 내고는 자리에서 일어났다.

"내 얼굴…… 기억하겠지?"

살인귀는 잔뜩 무서운 티를 냈다.

"기억하지 마."

월혜가 고개를 끄덕였다.

"기억하면…… 넌…… 죽는다."

엉덩이를 털며 옷을 정리하던 을수가 월혜에게로 다가왔다. 월혜가 눈을 질끈 감았다. 사내의 냄새가 코앞까지 다가왔다. 사내의 몸에서는 나무 타는 냄새가 났다. 을수는 심술 난 아이처럼 담요를 요란하게 뺏어 들었다. 담요를 깔고 앉아 있던 월혜가 그 바람에 옆으로 굴러 엉덩방아를 찧었다.

을수가 담요를 말아들고 말에 묶었다. 월혜를 빤히 보던 을수가 보따리 하나를 던지고 말을 몰고 가 버렸다. 을수가 한참 멀어진 뒤에야 월혜가 보따리를 열어 보았다. 홍염장에서 찾던 염색 실꾸리와 염료 종지들이 들어 있었다.

월혜와 을수가 다시 만난 건 1년이 지난 후였다.

경강변 청염장(靑染匠)을 찾았을 때였다. 상의원(尙衣院)에서 관리하는 청염장이었다. 강변을 따라 쪽빛으로 물든 모시와 무명천들이 물결쳤다. 그 청염장 끝자락 언덕에는 느티나무 하나가 멋스럽게 서 있었다. 그 느티나무에서는 청염장이 시원하게 보였다. 청염장을 찾은 나인 하나가 공방 장인들과 인사하는 것이 보였다. 너울을 쓴 궁녀, 월혜였다. 월혜는 궁중 예복에 쓰일 염료를 찾아다녔고, 일을 핑계로 이렇게 한 번씩 궁 밖으로 나오면 살 것 같았다.

공방을 떠나려 할 때 강변 느티나무에서 무언가를 보았다. 흔들리는 쪽빛의 물결 너머 느티나무 아래에서 누군가 이쪽을 보고 있었다. 그자는 월혜와 시선이 마주치자 황급히 나무 뒤로 숨었다. 월혜는 그 수상한 자가 누구인지 단박에 알았다. 깊은 흑립에 도포. 그리고 목함.

느티나무 아래로 월혜가 보따리 하나를 들고 다가왔다. 느티나무 아래 을수가 기대앉아 하염없이 강을 보고 있었다. 분명히 월혜의 인기척을 느꼈음에도 모른 척하고 있었다. 월혜가 헛기침을 하자 을수가 돌아보았다. 을수가 짐짓 놀란 티를 냈다.

"앗…… 자네……?"

그 엉성한 수작에 월혜가 눈을 흘겼다.

"기억하면…… 죽인다면서요?"

을수가 고개를 휙 돌려 외면했다. 월혜가 한 걸음 다가왔다.

"뭐하는 사람이요? 화적 떼? 검계? 그냥…… 강도?"

월혜가 을수 옆에 털썩 앉았다. 을수가 놀란 듯 움찔 물러났다.

"살수?"

을수가 바짝 굳어 버렸다. 월혜에게서 좋은 냄새가 났다.

"청부…… 살수? 돈 받고…… 사람 죽이는 거…… 그런 거요……?"

"……."

을수는 굳은 얼굴로 강물만 바라보았다.

"못 생겼다면서요? 근데 왜 따라다녀요?"

을수가 눈을 동그랗게 뜨고 콧구멍을 벌름거리며, 발끈했다.

"내가 언제?"

"보름 전 광통교 지날 때…… 그저께 시전에서도……"

을수가 대답 못 하고 고개 돌렸다. 강을 보며 중얼거리는 욕지기가 퉁명하게 튀어나왔다. 월혜가 웃음 하나를 입가에 물고 있다가 을수의 시선을 따라 경강에 부서지는 반짝임을 보았다.

"세답방 염료 경공장이 여기예요. 매달 초닷새랑 그믐날…… 와요."

무슨 뜻일까. 여기서, 만나자는 이야긴가. 쿵쿵 심장 뛰는 소리가 을수의 저고리 밖으로 새어 나왔다. 월혜가 자리에서 일어났다.

"갈게요."

을수는 고개도 돌리지 않았다. 잠시 머물렀던 월혜의 빈자리가 공허하게 을수의 옆에서 맴돌았다. 돌아서 가던 월혜가 다시 돌아와 보따리에서 뭔가 꺼내려 했다. 을수는 본능적으로 품 안에 손을 넣어 비도를 잡았다. 월혜가 보따리에서 꺼낸 건 호박엿 두 개였다. 을수는 헛기침을 하고 품에서 손을 뺐다.

월혜가 호박엿을 내밀고 을수의 코앞에서 흔들어 댔다. 환하게 미소 짓고 있는 월혜를 보던 을수의 얼굴이 빨개지기 시작했다. 을수는 월혜가 내민 엿을 냅다 뺏어 들고 휘적휘적 걸어갔다. 월혜가 시원하게 웃기 시작했다. 맑고 깨끗한 웃음소리가 을수를 따라왔다.

"하겠습니다."

을수가 담담히 말했다. 광백이 마지막 개뼈다귀를 쪽쪽 핥으며 고개를 끄덕였다.

"길티. 기케야 서로가 좋은 거이다."

흑구탕이 이제야 바닥을 드러냈다. 을수는 전유기가 하려던 일을 맡기로 했다. 광백과의 악연을 끝낼 수 있는 길, 월혜를 살릴 수 있는 길은 이 길밖에 없었다. 최세복 일당이 준비하던 거사의 목표가 궁금했다. 을수의 장검이 베어야 할 목표.

"누구 모가집니까?"

개기름 묻은 손을 빡빡 닦던 광백이 품에서 두루마리 하나를 꺼냈다. 을수의 눈앞에서 두루마리가 펼쳐졌다. 반듯하고 기품

있는 얼굴 하나가 그려져 있는 용모파기화였다. 젊은 얼굴이었
다. 어느 권문세가의 자제이거나 젊어서 입신한 사대부의 얼굴.
광백이 뼈다귀 부스러기를 퉤퉤 뱉어내며 말했다.

　"왕 모가지."

9. 사시 오각(巳時 五刻). 오전 10시 15분.

아침 수라가 밖으로 나왔다.

깨끗이 비운 삼첩 조반상이었다. 존현각 복도로 갑수가 수라상의 길을 열었다. 수라간상궁 하나와 나인들이 뒤를 따랐다. 그 존현각 복도로 세답방 정 상궁과 나인들이 마주 오고 있었다. 세답방나인들의 손에는 기우제 예복이 들려 있었다. 월혜가 정 상궁의 뒤를 따라왔다.

갑수와 정 상궁이 누가 먼저랄 것도 없이 인사를 했다. 세답방나인들이 길을 비키자 수라상이 지나갔다. 좁은 복도라 갑수는 나인들과 부딪치는 것이 미안해 가볍게 인사하며 양해를 구했다. 나인 하나가 부주의하게 다가오다 갑수와 부딪쳤다. 갑수

의 미간이 찌푸려졌다. 미안했던지 부딪혔던 월혜가 깊이 인사
했다.

몇 번이나 주의를 줬지만 출입을 책임지는 지게문 호위들은
아직 어설펐다. 수라상이 아직 나오지도 않았는데 좁은 복도로
다른 일행을 들여보냈다. 경력 있는 환관들인 차비중관들이 차
비문과 지게문을 맡을 때는 이런 일이 없었다. 홍국영이 금위대
장이 되고 자신의 금위영 무관들과 호위청 무관들로 존현각을
채우면서 의례 절차에 혼선이 자주 일었다.

수라상을 존현각 앞뜰에서 배웅한 뒤 갑수가 처마 그늘 아래
로 섰다. 잠깐의 휴식이었다. 아직 오전이었지만 해는 찌듯이
뜨거웠다. 오늘도 숨 막히는 더위가 기승을 부릴 것 같았다. 지
난밤에 한숨도 자지 못한 갑수는 피곤한 기색이 어전에서 드러
날까 마른세수로 얼굴을 비볐다.

정유년은 지독히도 비가 내리지 않았다.

임금은 4월부터 기우제를 지내고 있었다. 산과 강에 종묘와
사직에 빌고 또 빌었다. 상복과 곤룡포만큼 임금이 자주 입은
것이 기우제 예복이었다. 월혜와 나인들이 기우제 예복을 들고
시립했다. 세답방에서 세답하고 수선해 가져온 것이었다. 임금
은 기우제 의식 때 음악을 쓰는 것은 허락했지만 예복의 옷감

은 비단이 아니라 선왕이 쓰던 무명으로 고집했다. 정 상궁이 조아렸다.

"내리신 하교를 따라 일체의 장식을 거두었으며…… 선대왕 전하의 예복을 수선하여 다듬고 다릴 뿐이었습니다."

이산은 치장이 없는 무명 예복이 만족스러웠다.

"수고들 했소."

옷걸이에 예복을 걸고 나인들이 물러나자 갑수가 정 상궁과 세답방나인들의 길을 안내했다. 지게문 밖에서 월혜가 다시 갑수에게 인사했다. 아까 부딪혔던 게 민망했던 모양이었다. 갑수는 별반 반응하지 않았다.

뜨락에는 도승지 홍국영이 대기하고 있었다. 홍국영을 본 정 상궁과 나인들이 임금이라도 본 듯 부리나케 길을 비켜났다. 그 사이를 뚫고 홍국영이 성큼성큼 들어섰다. 홍국영이 존현각 침전으로 들어가고 얼마 지나지 않아 안에서 갑수를 부르는 소리가 들렸다.

"상책 있는가?"

"네, 전하."

갑수가 문을 열고 들어섰다. 이산과 홍국영은 기우제에 대해 논의하고 있었다. 갑수가 들어오자 이산이 말했다.

"이 방에 주례가 있던가?"

주례(周禮)는 예기(禮記), 의례(儀禮)와 함께 삼례(三禮)로 일컬어지는 유교경전이었다. 주(周)나라의 관직 체계와 사회 운영을 기록한 책으로 중국과 조선 관직 제도의 기준이 되었다. 관부를 이호예병형공 육조로 나눈 것도 주례에 따른 것이었다. 주나라는 성리학자들의 이상향이었고 조선은 성리학의 나라였다. 이산은 기우제에 관련한 고례(古例)를 상고하려 주례를 찾았던 것이다. 갑수가 조아리고 말했다.

"좌방 상단 삼 열에 있사옵니다."

홍국영이 막힘없이 답하는 갑수를 보다 승정원에서 떠들썩했던, 오늘 아침 편전의 조강을 떠올렸다. 주서가 말하던 편전의 충격. 상책이 노론 대신들의 코를 납작하게 만들었다는 그얘기. 비상하고 천재적인, 내관. 홍국영이 갑수에게 물었다.

"이 방 서책을 정말 다 외우고 있나?"

"저는 전하의 서책을 담당하는 대전섭리 상책이옵니다. 당연히 알 뿐입니다."

담담히 대답한 갑수가 보조의자를 들고 책장으로 갔다. 보조의자 위에 올라가 제일 상단에서 어렵지 않게 주례를 찾아낸 갑수가 내려오려고 할 때였다. 갑수의 바짓단이 이산의 시선을 끌었다. 피가 점점이 흩어져 있었다.

"피가…… 아니더냐?"

갑수가 급히 자신의 바짓단을 보았다. 정말 피가 있었다. 오늘 새벽의 그 피. 홍국영의 날카로운 시선이 갑수의 바짓단에 박혔다. 갑수가 책을 찾아들고 황망히 내려와 바닥에 조아렸다.

"새벽에 코피를 흘렸사온데…… 미처 확인하지 못하고 어전으로 망령되이 들어왔으니 죽고도 남을 일입니다!"

홍국영이 타박하듯 물었다.

"코피……? 코피가 어찌 바짓단에만 묻은 것인가?"

"저도 영문을……."

갑수가 대답도 못 하고 당황하자 이산이 홍국영을 막아섰다.

"다른 데 묻었다면 상책이 몰랐을 리가 있겠나?"

이산이 갑수를 보았다.

"옷 갈아입을 시간이 없도록 너를 부린 내 탓도 크다. 갈아입고 오라."

갑수가 책을 소반 위에 올려놓고 종종 물러났다. 진땀을 숨길 수 없었다. 그 모습을 보는 홍국영의 시선이 매서웠다. 존현각을 나온 갑수가 내반원(內班院)[46]을 향해 뛰듯이 걸음을 재촉했다. 바짓단의 피는 코피가 아니었다. 눈치를 챈 것일까. 임금은 별다른 의심을 보이지 않았다. 하지만 홍국영이 문제였다.

---

46) 내반원(內班院) : 궁궐 안에 있는 내시들의 집무실.

홍국영의 눈초리는 의문을 물고 가늘게 찢어졌다.

갑수는 내반원 직숙방으로 뛰어들었다. 밖을 살피고 문을 닫고 가쁜 숨을 뱉었다. 농을 열고 여벌 관복을 찾았다. 갑수가 옷을 벗자 오랜 세월 단련한 근육질의 몸이 드러났다. 내시의 몸이라고 하기에는 믿을 수 없을 정도로 강인한 몸이었다.

갑수는 오랫동안 몸을 단련해 왔다. 임금이 차던 그 무게 그대로 배와 다리에 모래주머니를 달고 살았다. 임금의 땀을 갑수도 흘렸고 임금의 고행을 갑수도 따랐다. 매일 아침 출근해서 퇴궐할 때까지 갑수는 모래주머니를 찬 채 뛰고 들고 조아렸다.

월악산 광백 산채의 구덩이에서도 갑수는 제일 강인한 아이였다. 비록 소내시로 궁궐에 들어왔지만 갑수는 체력 단련을 게을리하지 않았다. 생존을 위한 강박 때문이었다. 구덩이에서 힘 없는 아이들은 너무나 쉽게 들개의 먹이가 되었다. 제 몸을 이기지 못한 아이들은 공포에 질려 먼저 죽었다.

갑수가 황급히 새 옷으로 갈아입고 벗어 놓은 옷을 챙겨 들었다. 순간 벗어 놓은 옷에서 붉은색 쪽지 하나가 나풀거리며 떨어졌다. 그 쪽지에서 괴이한 냉기가 쏟아져 나왔다. 가슴 끝이 뻑뻑이 저려 왔다. 쪽지를 주워드는 팔등에 소름이 돋았다.

붉은색 밀지.

드디어 오늘, 광백의 밀명이 떨어졌다.

광백은 숱한 아이들을 실험 삼아 죽이고 나서야 겨우 고환 제거 수술에 성공했다.

예상대로 칠십칠노미는 악착같이 살아났다. 원래는 안국래의 지시에 따라 햇빛이 없는 방에서 석 달간 안정을 취해야 했지만, 광백은 보름이 가기도 전에 갑수를 데리고 산채를 떠났다. 가만히 누워서 밥만 처먹는 아이를 건사할 여유는 없었다. 광백은 아직도 신음하는 갑수를 흔들리는 수레에 태워 한양으로 왔다. 수레가 닿은 곳은 계생동 안국래의 집이었다.

광백은 갑수를 종복들이 사는 행랑채에 뉘었다. 안국래가 방으로 들어왔다. 떨어져 나간 갑수의 고환을 확인한 안국래가 말했다.

"너는 이제 내 양자가 될 게야."

"……"

"소내시가 되어 궁으로 들어가면 한 사람을 모시게 될 게다."

"……"

"하지만 네 생명줄을 쥔 사람은 나다."

"……"

"명령이 떨어지면 너는 하시라도 우리가 원하는 사람을 죽여야 한다. 그러고 나면 너에게 상상도 못 할 영락이 올 게다."

"······."

갑수는 끝내 대답하지 않았다. 안국래가 광백에게 다짐받듯 눈빛을 빛내고는 밖으로 나갔다. 안국래가 나가자 광백은 기진맥진해 다 죽어 가는 갑수에게 붉은색 쪽지를 흔들어 보였다.

"어느 때고 이런 뻘건 종이래 보믄 내 말이라 생각하라."

광백이 무명천으로 칭칭 감은 갑수의 사타구니를 툭툭 치며 희번덕거렸다.

"내 말 안 들으믄 널 죽이구 구덩이 니 동생 이백이십노미······ 고거이 부랄을 따서리······."

갑수가 쪽지를 와락 뺏어 들고 광백을 노려보았다. 할딱이는 갑수의 숨소리가 찌를 듯이 광백에게로 날아들었다.

'今日 殺主.'

금일 살주. 오늘, 왕을, 죽여라.

붉은색 밀지를 든 갑수의 손이 부들부들 떨렸다.

내반원 직숙방의 장지문이 요란하게 열렸다.

금위영 호위들이 순식간에 환도를 들고 들이닥쳤다. 홍국영의 호위무관들이었다. 바지만 갈아입은 채 미처 옷을 다 입지 못한 갑수의 몸이 무관들의 눈에 들어왔다. 모래주머니를 배에 찬 근육질의 몸. 무관들의 눈이 날카로워졌다.

갑수는 그들에게서 자신이 든 쪽지로 망연히 시선을 내렸다. 금위영 호위무관들의 눈이 갑수의 쪽지로 향했다. 팽팽한 긴장이 흐르더니 갑수가 재빨리 쪽지를 입에 넣으려 했다. 동시에 무관 하나가 번개같이 육모방망이를 휘둘렀다. 둔중한 충격이 갑수의 관자놀이에 적중했다.

갑수는 짐짝 넘어가듯 기우뚱 쓰러졌다. 흐릿해지는 시야 속에 방 안으로 들어서는 홍국영이 보였다. 홍국영이 바닥에 떨어진 붉은 쪽지를 주워 들었다. 쪽지를 바라보는 홍국영의 모습이 아스라하게 멀어졌다.

월혜는 자신의 처소로 돌아왔다.

툇마루 섬돌에 놓인 꽃신을 보고 월혜가 엷은 미소를 지었다. 이 시간에 얘가 왔다면 뻔하지. 문을 열고 들어가자 아니다 다를까 견습나인 하나가 돌아서서 옷을 갈아입고 있었다. 월혜의 한방지기 나인, 복빙이었다. 월혜가 세답할 옷들을 챙기려 농을 열며 장난치듯 말했다.

"복빙아. 너 또 옷 갈아입어? 도대체 하루에 몇 번씩……."

뒤돌아선 복빙이 아무 대답도 하지 않았다. 아무래도 심상치 않은 모습이었다. 월혜는 복빙을 돌려세우다 흠칫 놀라며 손을 놓았다. 복빙의 얼굴이 눈물로 범벅돼 있었다. 복빙이 우는 건 처음 보았다. 복빙은 울지 않는 아이였다.

"복빙아……."

복빙이 꺽꺽 올라오는 울음을 억지로 누르며 말했다.

"항아님…… 살려 주세요……."

월혜는 일단 복빙을 진정시키며 자리에 앉혔다.

"뭐니?"

복빙이 애처롭게 월혜를 바라보았다. 눈물이 뚝뚝 흘러내렸다. 그동안 담아 두고 있던 눈물이 한꺼번에 터져 나오는 모양이었다.

복빙은 울지 않는 아이였다.

궁에 들어온 아기나인들 중에 사연 없는 아인 하나도 없었다. 아이들은 밤이면 소리 없이 울곤 했다. 하지만 복빙은 한 번도 울지 않았고 한 번도 자신의 이야기를 하지 않았다. 그렇다고 복빙이 의뭉하거나 세상에 대해 문을 닫고 자신 안으로 숨어 버리는 아이는 아니었다. 오히려 밝고 건강하고 영특한 아이였다.

월혜가 복빙을 만난 건 5년 전이었다. 정식나인으로 오른 뒤, 처소를 배정받자마자 세답방상궁이 한방살이를 할 아기나인 하나를 데리고 왔다. 열두 살 복빙이었다. 두 명이 한 방을 같이 쓰는 규칙에 따라, 월혜가 아기나인의 자매가 되어 보살피게 되었다.

"안녕하세요, 항아님. 복빙이라고 합니다."

깍듯하고 싹싹한 아이였다. 궁에 들어 온 열두 살 아이는 그때부터 월혜의 동생이 되고 혈육이 되었다. 시키는 일도 곧잘 하고 힘든 기색, 아픈 내색도 보이지 않았다. 왕대비전의 생각시 지밀나인이 되어 아기항아님이라 불리면 윗전 알기를 우습게 보는 것이 예사였지만 복빙은 언제나 월혜에게 착한 동생이자 기특한 후배였다.

복빙은 한 번도 자신의 출신이나 집안 이야기를 하지 않았다. 아마도 월혜가 한 번도 자신의 과거 이야기를 하지 않았기 때문이리라. 둘은 잠자리에 누워 오순도순 그날 있었던 일로 재잘거렸지만 무슨 약속처럼 어떻게 태어나 어떻게 궁에 들어왔는지 과거사는 화제로 올리지 않았다.

말 없는 가운데, 둘은 교감하고 있었다. 서로의 과거가 쉽게 깨어지는 유리병 속에 든 아픔 같은 것이라고 짐작했다. 잠든 복빙의 머리를 쓰다듬어 주며 월혜는 자신의 굴곡진 과거를 쓰다듬었다. 잠든 월혜의 손을 잡으며 복빙은 기댈 곳 없는 자신의 외로움에 손을 내밀었다.

혜경궁이 심은 왕대비전의 간자.

복빙이 월혜 앞에 복주머니 하나를 내려놓고 들려준 이야기가 가슴을 서걱서걱 베었다. 월혜는 문을 열고 바깥을 둘러보았다. 그렇게 인기척을 살피고는 문을 닫고 복빙 앞에 바짝 다가앉았다.

"언제부터야?"

"궁에…… 들어올 때부터요."

"오 년…… 전부터?"

"네."

월혜는 떨리는 손길로 복주머니를 열어 보았다. 약종이가 들어 있었다. 극독이 틀림없어 보였다. 겁에 질린 복빙이 다시 눈물을 터트렸다.

"조용하래두."

"항아님. 저…… 이제 어떡해요?"

막막하니 긴 한숨만 내쉬던 월혜가 부리나케 옷장을 뒤져 자신의 옷을 꺼내 복빙 앞에 펼쳐 놓았다. 머리통 하나는 작은 복빙이었지만 너울을 뒤집어쓴다면 월혜의 옷도 가능할 듯했다.

월혜가 복빙의 손을 부서질 듯 잡았다.

"잘 들어. 여기 있음 너…… 이래두 저래두…… 죽어."

10. 오시 이각(午時 二刻). 오전 11시 30분.

끔찍한 신음 소리가 금위영 군기고 행랑 안을 울렸다.

갑수는 의자에 앉은 채 묶여 있었다. 입에는 재갈이 물리고 옷은 발가벗겨져 속고의 하나만 입은 채였다. 이가 부러지고 입술은 터졌다. 광대뼈가 부어오르고 눈가도 멍들었다. 흠씬 두들겨 맞은 꼴로 갑수는 신음을 흘리고 있었다. 금위영 무관들이 홍국영의 지시로 갑수를 짓이기고 있었다. 무관들의 손에는 2척 길이의 쇠좆매가 들려 있었다. 째질 듯 날카롭고 뼛속까지 파고드는 고통이 몸을 쫙쫙 감았다.

군기고 탁자 위에는 모래주머니가 놓여 있었다. 갑수가 차고 있던 것들이었다. 그 모래주머니 너머로 홍국영이 붉은색 밀지

144

를 들고 앉아 있었다. 홍국영의 손짓에 무관들이 갑수의 재갈을 풀었다. 홍국영이 쪽지를 흔들었다.

"이 밀지…… 누가 보낸 것이냐?"

갑수가 고개를 저었다. 광백이 보낸 밀지. 하지만 광백을 만나지도 않았다. 전령을 통해서 보내왔을 것이다. 성마른 홍국영에게 광백의 존재를 이야기해 봤자 상황만 꼬일 터였다. 말할 때마다 갑수의 입에서 핏덩이가 나왔다.

"말씀…… 드렸지 않습니까…… 모릅니다."

갑수는 정말 기억나지 않았다. 분명 오늘 아침만 해도 없었다. 누군가 갑수의 옷에 밀지를 넣은 게 틀림없었다. 갑수를 스쳐 간 사람들. 대신들, 승지들, 나인들. 누구일까, 누구. 홍국영이 갑수에게 밀지를 내밀어 보였다. '今日殺主' 네 글자가 끔찍하게 번들거렸다.

"금일살주…… 오늘 주인을 죽여라. 그 주인이 누구냐?"

갑수의 동공이 위태롭게 흔들리더니 참담한 표정으로 고개가 떨어졌다. 홍국영이 다가와 갑수의 머리채를 움켜쥐었다.

"네 주인이 누구냔 말이다…… 네 주인."

"……."

갑수는 할 말이 없었다. 홍국영이 갑수의 코를 주먹으로 찍었다. 코피가 터져 홍국영의 바지에 쏟아졌다.

"이 역적 새끼야!"

홍국영의 주먹이 갑수의 얼굴에 마구 날아들었다.

"전하가 아니더냐? 네가 감히 전하를! 전하를! 이 새끼야!"

갑수가 피를 한 움큼 토해 냈다. 홍국영이 씩씩대다 무명천으로 주먹을 닦았다.

"세손궁 때부터…… 내관새끼고 나인년들이고 하나같이 전하를 못 잡아먹어서…… 응? 국에다 약을 타고 잠자리에 칼을 품고…… 내가 알고 들은 것만 열두 번이 넘는다. 보위에 오르시고는 그 연놈들 다 내치시고 그래도 네놈은! 네놈은…… 믿으셨다. 나도 믿었고……."

"……."

"내가 늘 생각했어. 진짜 위험한 놈은 제일 가까이 있는 놈들 중에 있을 거라고…… 혹시나 했다. 내가…… 혹시나 했어. 네놈…… 정체가 정말 뭐냐?"

갑수가 퉁퉁 부은 눈으로 홍국영에게 읍소했다.

"전하를…… 뵙게 해 주시오……."

홍국영이 기가 막힌 듯 웃었다.

"허…… 이 새끼…… 사지를 잘라서……."

홍국영이 다시 주먹을 움켜쥐고 갑수에게 다가오려는데 군기고 문이 와락 열렸다. 무관 하나가 황급히 홍국영에게 다가와 무언가를 보고했다. 홍국영이 갑수를 노려보았다.

"내시부사(內侍府事) 상선 안국래가…… 네 양부가 맞지?"

"……."

"오늘 입직하는 날인데도 입궐하지 않았다. 집에 사람을 보냈는데도 종적이 없어. 뭐냐, 지금?"

갑수가 핏덩이를 물고 우물거렸다.

"내가…… 죽였소. 우물에…… 버렸소."

갑수의 비도가 양아버지 안국래의 심장을 찔러 들어갔다.

안국래는 입을 벌린 채 믿을 수 없다는 표정으로 갑수를 보았다. 갑수의 얼굴은 그 어느 때보다도 침착하고 담담했다. 칼끝이 심장을 찌르고 들어가자 안국래의 동공이 빛을 잃었다. 무릎을 꿇으며 고꾸라졌다. 갑수는 안국래의 시신을 방 밖으로 옮기기 시작했다. 문지방을 넘는 안국래의 시신에서 피가 후두둑 떨어졌다. 피가 바닥에 번지기 시작했다. 안국래의 피가, 갑수의 바짓단에 점점이 떨어졌다.

"전하를…… 뵙게 해 주시오……."

갑수가 홍국영에게 말했다. 홍국영이 대답 대신 몽둥이를 집어 들었다.

"이 새끼 아가리 채워……."

홍국영의 몽둥이가 크게 허공을 휘둘러 들어왔다.

II. 오시 육각(午時 六刻). 오후 12시 30분.

편전에서 사은숙배(謝恩肅拜)가 있었다.

내관의 구호에 맞춰 임금께 네 번 절을 올리는 국궁사배(鞠躬四拜)가 엄숙하게 진행되고 있었다. 새로이 관작을 제수받는 당하관 신임 관료들의 사은숙배였다. 승지가 호명하자 한 명 한 명 앞으로 나와 임금께 사배례를 올리는 중이었다. 편전 입구로 황급히 뛰어드는 자가 보였다. 임금이 정무를 보는 편전 앞에서 그런 거동을 하는 자는 홍국영밖에 없었다. 이산이 홍국영을 보았다. 홍국영의 미간이 유독 날카롭게 갈라져 있었다.

계생동 안국래의 집으로 금위영 무관들이 들이닥쳤다.

집 안에는 아무도 살지 않았다. 종복도 호위도 보이지 않았다. 내시부 최고의 자리인 상선에 오르면서 안국래는 인왕산으로 집을 옮겼다. 양아들 갑수도 분가시키고 처첩을 들인 뒤 인왕산 자락에 아흔아홉 칸 집을 마련하고 이사를 갔다. 그 뒤로 계생동 집은 빈집이 되었다. 하지만 안국래는 계생동 집을 팔지 않았다. 시세보다 두 배로 돈을 준다 하는 자들이 나타났어도 안국래는 집을 팔지 않았다. 가끔씩 종복들이 와 청소를 해 놓고 갔고, 안국래도 가끔 들렀다. 내시부사 상선이 살던 집이라 하여 승진운을 바라는 계생동 내관들이 대문을 쓰다듬고 지나가곤 했다.

갑수가 말해 준 우물가로 금위영 무관들이 다가섰다. 우물 뚜껑을 열자, 엎어진 채 둥둥 떠 있는 시신 하나가 보였다. 안국래였다. 내시부 수장인 상선이 계생동 자신의 옛집에서, 자신의 양아들에게 살해당한 것이다.

사은숙배가 끝나고 편전에는 이산과 홍국영만이 남았다.

어좌 앞에 엎드린 홍국영이 갑수에 대해 보고했다. 바짓단에 묻었던 그 수상한 핏자국과 안국래의 죽음, 상책 갑수의 붉은 쪽지와 금일살주라는 네 글자를 보고했다.

이산은 별다른 표정이 없었다. 홍국영이 격분할수록 이산은 차분해졌다. 세손 시절 정후겸과 문성국의 내관과 나인들이, 노론의 그림자들이 동궁을 항상 어지럽혔다. 그때 힘이 되어 주었던 유일한 동지, 갑수.

"상책은 어디에 있나?"

"일단 금위영 군기고에 두었습니다."

이산의 시선은 편전을 떠나고 있었다.

"오늘 춘당대 시연관이 누군가?"

"구선복…… 입니다."

"춘당대 시연(侍宴)[47]이 끝나고 나서 보겠다. 그동안…… 살아 있길…… 바란다."

홍국영은 깊이 조아리며 부복했지만 답답한 기색을 감출 수가 없었다. 춘당대 시연이 문제가 아니었다. 흉수들이 일을 꾸미는 중이었다. 그런데 임금은 지나치게 담담했다. 게다가 갑수에게 더 이상 손을 대지 말라는 하명을 내린 셈이었다. 자신이 없으면 도대체 이 궁이 어찌 될까. 조아린 홍국영의 뜨거운 콧김이 바닥을 쓸었다.

금천교 위에서 너울을 쓴 복빙이 불안하게 누군가를 기다리고 있었다.

---

47) 시연(侍宴) : 궁중 잔치.

궁궐 안을 흐르는 금천교 너머로 경희궁의 정문 흥화문(興化門)이 바로 코앞이었다. 조금만 나가면 궐 밖이다. 복빙은 월혜가 준 정식나인 옷을 입고 월혜를 기다리고 있었다. 저기 궐 안쪽에서 월혜가 너울을 쓰고 말을 끄는 종복과 함께 오고 있었다. 복빙은 세답방 표신을 가진 월혜를 만나 염색 경공장 방문을 핑계로 궐을 빠져나갈 심산이었다.

월혜는 목숨을 걸고 복빙을 빼돌릴 생각이었다. 혜경궁의 지시대로 왕대비를 독살해도 복빙은 살아남기 힘들었다. 왕대비독살을 거역해도 그 입막음을 위해 혜경궁의 손에 죽을 것이뻔했다. 살아날 방법은 오로지 하나, 줄행랑이었다. 복빙에게자신의 옷을 입혀 금천교에서 기다리라 하고 세답방에서 표신을 받고 말과 종복을 이끌고 복빙을 만나러 오는 중이었다.

복빙이 월혜를 향해 손을 흔들려고 할 때였다. 왕대비전의김 상궁이 복빙의 앞에 느닷없이 나타났다. 김 상궁의 그 차가운 얼굴을 본 순간, 복빙은 모든 게 탄로 났음을 알았다. 왕대비전 무예별감들이 복빙을 에워쌌다. 복빙이 주저주저 뒷걸음치자 무예별감들이 복빙을 잡아챘다. 김 상궁이 싸늘한 시선으로복빙에게 쏘아붙였다.

"살아 나갈 줄 알았더냐……?"

"아……."

복빙은 정신을 차릴 수가 없었다. 다리가 풀려 버리면서 신음이 새어 나왔다. 복빙은 무예별감들에게 질질 끌리며 망연자실 서 있는 월혜의 옆을 스쳐 갔다. 끌려가는 복빙을 보며 월혜는 마음이 다급해졌다. 복빙이 아득한 시선으로 도리질했다. 모든 게 무너진 눈빛이었다. 월혜는 나설 수가 없었다. 자신마저 잡혀가면 복빙이 살아날 기회는 영영 없어지는 것이다. 멀어지는 복빙을 보던 월혜는 주저앉고 말았다.

복빙은 왕대비전 행랑으로 끌려갔다.

무예별감들이 복빙을 행랑 기둥에 묶었다. 복빙은 왕대비를 알았다. 임금에게 먼저 예를 올렸던 나인의 죽음과 상문들의 죽음을 알았다. 결코 자신을 살려 둘 왕대비가 아니었다. 김 상궁이 문을 열자 제조상궁 고수애와 왕대비가 행랑 안으로 들어섰다. 왕대비를 알아본 복빙이 하얗게 질렸다.

왕대비가 다가와 복빙의 볼을 다정하게 어루만졌다. 얼굴에는 장난기마저 어린 잔학한 미소가 가득했다. 복빙의 이가 딱딱 부딪혔다.

"마마…… 살려 주시옵소서……."

왕대비가 고개를 떨어뜨린 복빙의 턱을 잡아 올렸다.

"독을 주더냐?"

왕대비는 사정을 다 알고 있었다. 복빙의 눈물이 터졌다.

"마마⋯⋯."

왕대비가 방긋 웃었다. 그 웃음에 날 선 칼들이 춤을 추었다.

"그거⋯⋯ 구경 좀 해도 될까?"

12. 미시 삼각(未時 三刻). 오후 1시 45분.

환도를 찬 무관들이 줄지어 서 있었다.

무관들이 오십여 보 떨어진 양쪽에 각기 십여 명씩 나란히 서서 대치 중이었다. 어영청과 금위영의 무관들이었다. 그들 앞에는 말을 탄 어영대장 구선복과 금위대장 홍국영이 나와 있었다. 패싸움이라도 벌일 듯 팽팽한 기세였다. 신호가 떨어지면 달려들어 난투극이라도 벌일 요량으로 보였다. 춘당대 시연이 열리는 후원 일각의 공터였다.

구선복의 선공이 시작됐다. 개장국을 먹고 온 구선복이 거만하게 느물거리는 표정으로 입을 쩝쩝거렸다.

"안 하던 사람이 하루 종일 칼 차고 다니면 허리 나가요."

어영청 무관들이 요란하게 웃어 댔다. 금위영 무관들이 발끈했다. 홍국영이 지지 않고 말대꾸했다.

"거…… 누가 들으면 어전의 호위를 희롱하는 걸로 착각하겠습니다. 구 장군이 아니라 다른 작자였으면 목을 베고도 남을 일 아닙니까?"

금위영 무관들이 더 큰소리로 웃어 댔다. 이번에는 어영청 무관들이 발끈했다. 구선복의 말이 가운데로 나오자 홍국영도 나왔다. 구선복과 홍국영이 중앙에서 만났다. 말에 탄 채 코가 닿을 듯 마주했다. 구선복이 수염을 쓰다듬으며 실눈을 떴다.

"칼이 칼집 속에서…… 근질근질하지요?"

홍국영이 환도 손잡이를 슬슬 문질렀다.

"그러게 말입니다. 이놈이 제대로 한번 놀아야 할 텐데요."

"조심하세요. 그러다 손가락도 잘리고 모가지도 잘린 놈들…… 많이 봤어요."

어영청이 또 웃어 댔다. 홍국영이 환도를 빼 들었다.

"그 전에 한번 휘둘러야죠. 쓸데없이 오래 살아서 백성의 고혈을 빨아먹는 흉적들…… 나라님도 지들 마음에 안 맞으면 살생부를 놓는 역적들…… 그런 놈들 쳐 죽이는데 이 한 몸 바쳐야죠."

홍국영이 발검하자 어영청 무관들이 긴장하며 각기 환도를 빼 들 기세로 자세를 잡았다. 금위영 무관들도 환도에 손이 갔다. 칼의 살기가 팽팽해졌다. 구선복이 가소롭다는 표정으로 홍국영을 쳐다보았다.

"이래서 애들한테 칼 주면 안 되는데……."

홍국영이 빈정거렸다.

"쫄았…… 습니까?"

구선복이 홍국영에게 와락 얼굴을 들이밀었다.

"내가 오른손 하나만 들면…… 이 나라 군사 팔 할이 움직인다. 네가 자꾸 까불면…… 내 오른손이 자꾸 올라갈라 그래."

"올리세요. 그 오른손."

"이런…… 개……."

"뭐하세요, 안 올리고?"

구선복이 터지는 울화통을 간신히 누르고 홍국영을 노려보았다. 홍국영도 같이 노려보았다. 어영청과 금위영 무관들의 눈싸움도 치열해졌다. 구선복의 손 하나가 번쩍 올랐다. 홍국영이 흠칫했다. 왼손이었다. 구선복이 천천히 왼손을 뻗어 홍국영의 옷깃에 묻은 지푸라기를 털어 주며 껄껄 웃었다.

"날도 더럽게 더운데 언제 피맛골에 개장국이나 먹으러 갑시다!"

홍국영이 정색하고 대답했다.

"개…… 안 먹습니다."

구선복도 정색했다.

"그럼 말고."

사대를 떠난 화살이 과녁을 향해 날았다.

창덕궁 후원의 춘당대 사대였다. 무과에 급제한 무관들이 사대에 도열해 활쏘기를 하고 있었다. 임금이 지켜보는 급제자들의 시사(試射)[48]였다. 임금의 과녁인 사슴머리 그림 과녁판도 준비되어 있었지만 이산은 춘당대 영화당 누각에서 무관들의 활쏘기를 지켜보기만 했다. 융복을 입고 어좌에 앉은 이산이 장죽으로 담배 연기를 길게 올렸다.

사대에 선 어영청 무관 하나가 각궁으로 유엽전을 쏘았다. 급제자들에게 시범을 보이는 어영청 교련관이었다. 거리 120보의 과녁에 무게 8돈쭝의 유엽전으로 쏘아 맞히는 활쏘기는 무과시험의 정규종목이었다. 어영청 무관이 쏜 유엽전이 날아갔다. 세로 2척 2촌, 가로 1척 5촌의 과녁 중심인 홍심에 정확히 꽂혔다. 과녁 부근의 병졸이 붉은 깃발을 들며 소리쳤다.

"관이요!"

---

48) 시사(試射) : 대신, 고관, 군사 등에게 활이나 총 쏘는 것을 시험하던 일.

보고 있던 어영청 무관들이 뿌듯해했다. 두 번째 날아간 화살은 홍심을 비켜나 맞았다. 하얀 깃발이 올라왔다.

"변이요!"

보고 있던 금위영 무관들의 얼굴에 조소가 어렸다. 콧바람소리가 들렸다. 어영청 무관들이 발끈하며 금위영 무관들을 노려보았다. 어영청과 금위영은 임금 앞에서도 멈추지 않았다. 이산이 장죽을 내렸다. 내관이 부채질을 했다.

"훌륭한 솜씨다."

누각의 장군석에 앉은 구선복이 나란히 앉은 홍국영을 힐긋보다 거들먹거렸다.

"어영청 교련관으로 있는 무장입니다. 오늘 아침에 배가 아프다고 골골골하두만 다섯 발을 놓쳤습니다. 평소 같으면 모두홍심을 뚫는 실력입니다."

홍국영이 피식거렸다.

"아까 보니 목마르다고 탁주를 벌컥벌컥 들이키더이다."

"낮술에도 저 정도면 신궁 아니겠소?"

"전하께선 세손궁 시절…… 열 순에 도합 마흔아홉 발 맞히시고 마지막 한 발은 만용이라 하시며 끝내 사양하셨습니다. 이런 것은…… 또 뭐라 부릅니까?"

"어찌…… 도승지, 겸, 금위대장께서도 일 순 쏘실랍니까?"

"됐습니다."

"열 순은 어림없을 터이고…… 이 순만 합시다. 열 발 쏴서 다섯 발 꽂으면 내 백마를 드리지요."

한 순은 다섯 발이다. 열 순을 쏘면 오십 발이 된다. 한 순 다섯 발을 모두 홍심에 명중하면 오중(五中)이라 했다. 구선복은 자주 오중을 했다. 그것으로 포상도 많이 받았다. 하지만 홍국영은 활쏘기가 젬병이었다. 임금의 시사가 있는 날에는 무슨 평계를 대서라도 빠져나가곤 했었다. 그 사실을 알고 있는 구선복이 임금 앞에서 홍국영을 조롱하고 있었다. 자신은 오중을 해서 보국숭록대부까지 된 사람이지 않은가. 홍국영의 낯빛이 굳어졌다.

"됐다고…… 했습니다."

"금위영 궁술이 유난히 약하다 하더니 소문이 그냥 소문은 아닌가 봅니다."

"금위영은 일당백의 조총부대가 오군영 최고지요. 언제 기회 된다면 겨뤄 볼까요? 근데 총알 맞으면 꽤 따끔한데……."

"비 오믄 말짱 꽝이 조총 아니요? 그래서 화살 맞고…… 많이들 디집디다."

임금이 있는 앞에서 가리지 않는 말들이 튀어나왔다. 말이 격해지고 흥해지자 이산이 어좌에서 일어났다.

"오늘!"

그제야 구선복과 홍국영이 임금을 따라 얼른 일어서고 영화당 주변의 장교들이 조아렸다. 이산이 그들을 휘둘러보았다.

"식년무과의 재원들과 어영청의 솜씨를 보니 기쁘기 한량없소."

"과찬이십니다, 전하!"

"구 장군."

"네, 전하!"

"열 순에 삼십 발 이상 맞힌 자들 모두 포상하시오."

"명을 받들겠습니다!"

"금위대장."

홍국영은 풀이 죽어 있었다.

"네, 전하……."

"환궁…… 하겠다."

이산은 규장각과 주합루를 둘러 환궁했다.

춘당대 길을 따라 환궁하는 길에 이산과 홍국영이 말머리를 나란히 했다. 금위영 호위들이 그 뒤를 따랐다. 홍국영의 얼굴이 시무룩해 보였다. 구선복에게 치욕을 당했다는 생각으로 분기가 치밀어 올랐다. 이산이 지나가는 말처럼 홍국영에게 말했다.

"그대에게 구선복은…… 어떤 인간인가?"

"전하."

"살기와 포악을 감추지 못하는 자다. 단순하고 거만하고 흉
포하고 무례한 자다."

"그런 자가…… 군권의 꼭대기에 있습니다. 그래서 소신
은……."

"노론의 가장 큰 힘은 혼사다. 궁의 왕족들, 산림의 유자들,
오군영의 장수들 혼사를 종횡으로 연결해 틀어쥐고 있다. 누구
하나 목 벤다고 쓰러질 나무가 아니다. 인사권을 쥔 이조와 군
권을 쥔 병조가, 문무의 핵심이…… 모조리 그들 손에 있다."

"……."

"구선복은 내 아버지가 뙤약볕에서 죽어 갈 때 그 옥체에 술
을 뿌리며…… 술을 주랴 물을 주랴…… 조롱하던 자다."

임오년 그 뒤주에서 죽어 가는 세자를 구선복은 조롱했다.
이산은 그런 자에게 상을 내리고 관작을 주며 관리해야 했다.

"전하……."

"행여 내가 복수할 것이 있다면…… 그대를 통해 이루지 않
겠다."

"전하! 전하의 흉적은 소신의 흉적이요 백성의 흉적이요 이

나라 조선의 흉적입니다!"

이산은 호수 너머 숲 속에서 누군가 이쪽을 염탐하는 기운을 느꼈다. 반짝이는 것이 숲 사이에서 내내 따라오고 있었다. 이산 말고는 눈치 챈 자가 없는 듯했다. 이산이 말안장에 매어 둔 각궁과 통아를 꺼내 들었다.

"편전을 아는가?"

"통아에 애기살을…… 메겨 쏘는 것 아닙니까?"

이산이 열 살이었던 그때, 아비 사도세자는 이 춘당대에서 이산에게 편전 시범을 보여 주었다. 열한 살이 되면 가르쳐 주기로 했건만 아비는 그 약속을 지키지 못했다. 세손 이산은 그 뒤 동궁의 활쏘기 교육 시간이 되면 유엽전보다 편전을 고집했다. 그 뒤 길이 8촌의 애기살은 세손 이산의 애증을 담아 과녁을 향해 날았다. 아버지에 대한 그리움과 아버지를 죽인 자들에 대한 분노를 담아 날았다.

편전은 유엽전보다 수많은 장점이 있었다. 편전은 유엽전 보다 작아서 날아가는 모습이 보이지 않았다. 적은 날아오는 화살을 볼 수 없었다. 가볍고 공기저항이 작아 날아가는 사거리가 유엽전의 두 배였다. 통아를 써 날리기 때문에 직진성과 정확성이 높았다. 게다가 통아에 걸고 쏘기 때문에 적군에겐 화살이 항상 활에 메겨져 있는 걸로 보였다. 때문에 화살 쏘는 순간을

알 수 없었다. 애기살은 짧기 때문에 적군이 주워서 자기 활에
걸어 다시 쏠 수 없었다. 세손에게 편전은 아버지에 대한 그
리움과 더불어 국왕의 문무겸전을 향한 완벽한 활쏘기가 되
었다.

이산이 통아에 애기살을 먹여 물렸다. 아비의 편전이, 그 시
위가 이산의 손에서 팽팽해졌다. 아비의 편전이, 그 역사가 이
산의 입에서 되돌아 나왔다.

"세손 시절부터 내가 좋아했던 것은 정량궁도 흑각궁도 예궁
도 아니었다. 나는 이 군궁…… 각궁이 좋았다. 비단 작은 각궁
에 애기살이지만 편전은 중국 황실에도 끝내 비밀로 한 우리의
신기다. 대대로 고려활이요 조선활이다. 강궁이고 신궁이다. 명
쾌하고 신묘하고 강력하길 따를 활이 없다."

호수 너머 염탐하는 시선이 나무 사이로 모습을 드러냈다.
사람의 형체였다. 전립 꼭지의 은장식이 햇빛을 받아 번쩍였다.
이산이 몸을 돌려 그쪽을 겨누었다. 홍국영과 금위영에게는 마
치 빈 시위를 당겨 보는 투로 보였다.

"간교하지 않고 허세롭지 않고 장황하지 않다. 작고 보잘
것없는 모습으로 적의 방심을, 적의 허영을…… 일격에 분쇄
한다."

이산이 팽팽하던 통아의 시위를 놓았다. 허공을 가르는 파공

음과 함께 총탄처럼 애기살이 날아갔다. 애기살은 호수 저 너머 음험한 시선을 향해 날았다. 맹렬한 속도로 호수를 스치듯 건너 나뭇잎을 뚫고 나무 사이를 지나 임금의 거둥을 몰래 지켜보던 자의 옆에 박혔다.

편전이 박힌 나무 기둥 옆에서 훔쳐보던 무관 하나가 기겁을 하며 엉덩방아를 찧었다. 어영청의 무관이었다. 아마도 구선복이 보낸 간자이리라. 어영청 무관은 놀란 얼굴로 숨을 헐떡이며 황급히 뒤를 돌아 도망갔다. 홍국영과 금위영 무관들은 아무것도 모른 채 말을 몰았다. 활과 전통을 내린 이산은 차분했다.

"금위대장."

"네, 전하."

"구선복은 나 개인의 숙제다. 구선복만큼은 내가 수를 놓겠다."

임금의 뜻은 확고해 보였다.

"내 뜻을 헤아려 주기 바란다."

13. 신시 일각(申時 一刻), 오후 3시 15분.

핏방울 하나가 바닥으로 떨어졌다.

바닥은 이미 붉은 피로 흥건했다. 피투성이로 만신창이가 된 사내 하나가 고개를 숙이고 자신의 피를 바닥에 떨어뜨리고 있었다. 갑수는 죽은 듯 그렇게 있었다. 점점 의식이 흐릿해졌다. 그 아스라한 생사의 경계에서 희미한 소리 하나가 들려왔다. 아이가 부르는 소리.

"형!"

뒤통수라도 맞은 것처럼 갑수의 눈이 번쩍 떠졌다. 멍하니 입을 벌리고 퉁퉁 부은 눈으로 주위를 두리번거렸다.

"어?"

갑수를 지키고 있던 금위영 무관의 환도가 날카롭게 날아들더니 갑수의 목에 닿을 듯 멈췄다. 칼날이 번뜩 빛을 뿌렸다. 갑수가 초점 잡히지 않는 시선으로 올려다보자 금위영 무관이 조용하라는 듯 손가락을 입에 가져다 댔다.

무관의 환도가 천천히 제자리로 돌아갔다. 그 칼날에 갑수의 어깨에 새겨진 오래된 흉터가 비쳤다. '七七' 인두 자국이 아직도 선명히 남아 있었다. 갑수의 고개가 다시 떨어졌다. 갈비뼈가 부러진 듯 숨쉬기가 어려웠다. 그때 또 들려왔다. 이제는 분명하고 선명하게 들렸다. 이백이십노미 그 녀석…… 을수였다.

"형! 뭐해?"

14년 전, 계미년(癸未年)[49] 겨울은 지독하게 추웠다.

갑수의 나이 열다섯, 을수의 나이 열셋이 되던 해였고, 세손 이산의 나이 열두 살, 사도세자가 죽은 지도 한 해가 지난 해였다.

땅은 수시로 얼었고 눈보라는 살을 파고들었다. 광백의 산채로 북풍의 눈보라가 왔다. 입김도 한숨도 눈물도 얼어붙은 산채의 잔인한 빙벽을 부수고 아이들의 뜨거운 함성이 터져 나왔다. 나무 방책으로 엮어 놓은 원형의 격투장이었다.

---

49) 계미년(癸未年) : 1763년. 영조 39년.

그 눈보라 속에서 짐승처럼, 두 아이가 피 터지는 싸움을 하고 있었다. 열두 번째 구덩이의 갑수와 다섯 번째 구덩이의 대장 녀석이었다. 갑수보다 머리통 하나는 더 큰 덩치는 괴력으로 유명한 놈이었다. 어른만 한 키에 욕심도 많고 잔인한 녀석이었다.

기초 무기 운용과 격권을 익힌 중급반 아이들의 생사를 건 최종 시험이었다. 둘 중에 하나는 죽는 날이었다. 이긴 아이는 상급반으로 올라 본격적인 살수 훈련을 받게 돼 있었다. 구덩이마다 대장 격인 아이들이 중급반 생활을 했었다. 그중에 처음으로 상급반 아이가 탄생하는 날이었다.

광백은 지나치게 껴입은 털외투와 탐욕으로 일렁이는 화롯불, 저 혼자만의 주먹밥으로 아이들의 추위와 허기를 조롱하고 있었다. 자기들 대장을 응원 나온 구덩이 아이들은 애써 광백을 외면했다. 상급반이 되는 아이는 구덩이에서 나와 산채에 따로 지어 놓은 오두막에서 생활할 수 있다고, 광백이 떠들었다. 부상으로 이긴 쪽에다 멧돼지 하나를 걸어 놓고, 먹는 것 자는 것이 달라진다고 아이들을 부추겼다.

덩치 녀석의 엎어치기에 당한 갑수가 일어날 줄 몰랐다. 방책 너머에서는 구덩이 아이들의 응원이 요란했다. 상대편 구덩이 아이들이 커다란 돌칼 하나를 방책 안으로 던졌다. 덩치가 그 돌칼을 들고 광백을 보았다. 광백이 뚱하니 바라보다 끄덕였다. 덩치가 돌칼을 들고 쓰러져 있는 갑수에게로 다가왔다. 갑수 구덩이 아이들이 자지러지듯 발을 굴렀다. 이백이십노미가 미친 듯이 갑수를 불렀다.

"형! 뭐해? 빨랑 인나! 오잖아!"

갑수가 반응이 없었다. 충격이 컸던지 쓰러진 채 꼼짝 않고 있었다. 덩치 녀석이 다가와 돌칼을 치켜들었다. 돌칼을 든 덩치의 두 손이 하늘로 번쩍 올라가자 쓰러져있던 갑수가 웅크렸던 몸을 펼치며 뒤꿈치로 덩치의 무릎을 찍었다. 덩치가 돌칼을 놓치고 요란한 비명을 내지르며 넘어졌다.

갑수가 덩치 위로 올라탔다. 갑수의 주먹질이 덩치의 얼굴에 연신 쏟아졌다. 덩치가 완전히 늘어지자 갑수는 덩치가 놓쳤던 돌칼을 주워들고 광백을 보았다. 광백이 목 긋는 시늉을 했다. 갑수는 돌칼을 치켜들었다. 덩치의 머리가 무방비로, 갑수의 거친 호흡 아래 펴질러져 있었다.

덩치가 제 죽음을 예감한 눈으로 갑수를 보았다. 눈물이 피를 타고 같이 흘러내렸다. 갑수가 깔고 앉은 덩치의 심장이 가늘게 진동했다. 아이들이 모두 쳐다보고 있었다. 갑수의 긴 한숨이 눈보라를 뚫고 산채를 덮었다. 갑수의 손에서 돌칼이 미끄러졌다. 광백이 콧방귀를 뀌었다. 갑수는 상급반 진급에 실패했지만 멧돼지는 받을 수 있었다.

좋은 기회가 날아갔다. 구덩이를 나갈 수 있는 기회였다. 하지만 후회하진 않았다. 이백이십노미를 지키는 것도 나쁘지 않았다. 이백이십노미가 제 몫을 하려면 아직 더 자라야 했다. 들개에게 물려 죽는 동생 같은 건 다시는 보고 싶지 않았다.

그날 밤, 갑수는 죽은 동생과 똑같이 생긴 이백이십노미에게 동생 을수의 이름을 주었다.

금위영 무관이 물에 적신 무명천으로 갑수의 얼굴을 황급히 닦았다.

군기고 밖이 요란해지는가 싶더니 무관들이 문을 열고 일사불란하게 들어섰다. 홍국영이 모습을 드러내고 그 뒤로 누군가 안으로 들어왔다. 임금이었다.

이산은 군기고 안 끝자락에 앉은 갑수를 보았다. 갑수 앞에 놓인 탁자로 다가와 의자에 앉았다. 탁자 위에는 붉은 쪽지와 피 묻은 쇠줓매가 같이 나뒹굴고 있었다. 홍국영이 인상을 찌푸리자 무관 하나가 얼른 쇠줓매를 치웠다. 이산이 갑수를 보았다. 별다른 기색도 없이 갑수의 상처와 그 묶인 꼴과 산발한 머리와 고인 피를.

금위영 군기고 안은 무더웠다. 곤혹한 냄새들이 떠돌았다. 홍국영이 코를 찡그리며 창문을 열라고 지시했다. 군기고의 창이 다 열리자 빛이 무수히 군기고 안으로 쏟아져 들어왔다. 홍국영이 갑수에게 말했다.

"상선 얘기…… 그것부터 말해 봐."

갑수는 임금의 얼굴을 찾았다. 햇빛이 수천 가닥으로 휘장을 쳐 임금의 얼굴이 선명히 보이지 않았다. 갑수가 숨을 한 번 먹고 임금이 있을 만한 허공을 향해 말하기 시작했다.

"상선 안국래는 저를 양자로 입적시킨 다음 세손궁 소내시로 들였습니다. 그 목적은 하나…… 때를 기다려 전하를…… 암살하는 것이었습니다."

암살이란 단어가 나오자 금위영 무관들의 눈빛에 동요가 일었다. 홍국영의 지시가 떨어지면 곧장 그 자리에서 목을 벨 기세로 갑수를 노려보았다. 어깨를 들썩이며 환도에 손을 갖다 대는 자도 있었다. 그 동요를 홍국영이 눈빛으로 주저앉혔다. 홍국영이 취조를 이어 나갔다.

"안 상선은 남인의 추천으로 궁에 들어온 걸로 알고 있다. 그가 노론으로 넘어간 것이냐?"

"그는 처음부터…… 노론의 사람이었습니다."

"왜 네 양부를 죽였나?"

양아버지 안국래. 갑수의 눈에서 고통의 흔적들이 번뜩이다

사라졌다. 이산이 그런 갑수를 보았다. 영민하고 근면했던 대전
섭리. 어릴 적부터 보아 왔던 친구. 이산을 너무나 잘 알고 있는
마음동무. 존현각과 함께, 존현각과 같았던 유일한 신하. 그런
그가, 살수라 불리고 있었다. 홍국영이 다시 소리 질렀다.

"왜 죽였어?"

"그자는 오랫동안…… 살막의 엽전줄이었고 설계자였고 거
간꾼이었습니다."

"진실을 말해, 이 새끼야!"

"그자는 죽어 마땅한 자일뿐…… 진실 같은 건 없습니다."

홍국영이 치를 떨었다. 놈의 입에서 나오는 말은 모두 요설
이었다. 놈은 똑똑하고 비상한 놈이었다. 환관 나부랭이의 세
치 혓바닥에 자신과 임금이 모두 놀아날 수도 있었다. 홍국영의
서슬 퍼런 분노가 이글거렸다.

"너는 노론의 살수다. 그 오랫동안 존현각의 사람으로……
네 본심을 숨기고 어전을 능욕하며 살아왔다. 너 같은 인간이야
말로 죽어 마땅하다."

"저는…… 죽어 마땅합니다. 살겠다는 생각은…… 없습니다."

죽어 마땅하다는 갑수의 말은 진실처럼 보였다. 모든 걸 체
념한 자의 목소리였다. 왕을 죽이려는 역모의 증좌가, 그 검은
음모가 버젓이 눈앞에 있었다.

갑수는 빛의 휘장 너머 잡히지 않는 임금을 찾았다. 이 궁에서 자신을 하나의 인격체로 인정했던 유일한 인간. 한낱 환관에게 시경을 논하고 공자를 질문해 오던 왕. 그 누구에게도 보이지 않은 눈물을 보이던 마음동무. 갑수는 천 갈래 만 갈래 찢어지는 아픔으로 입을 열었다.

"전하…… 신은 전하께 거짓이었습니다. 신은…… 위선이었습니다. 신은……."

군기고에 들어오고 처음으로 이산이 입을 열었다. 갑수의 말을 자르며 이산의 담담한 음성이 흘러나왔다.

"언제부터냐?"

언제부터 갑수는 역모의 주역이 된 것인가. 열세 살 세손궁 그때부터 이제껏 한시도 떨어진 적이 없었던 시간이었다. 임금은 상책을 다 알고 있다고 생각했다. 모두가 임금의 다음 말에 귀를 기울였다. 그때 임금이 말했다.

"날 살리려고 마음먹은 것은?"

모두가 임금의 말에 충격에 빠졌다.

"언제…… 네 마음이 돌아섰던 것이냐?"

홍국영은 이해할 수 없었다. 상책에 대한 그동안의 신뢰는 이해하지만, 이미 증좌가 이렇게…… 이건 아니다. 홍국영이 나섰다.

"전하…… 이 자는……."

이산은 홍국영을 듣지 않았다. 빛의 휘장을 뚫고, 확고부동하고 명징한 임금의 목소리가 갑수에게 닿았다.

"무슨 연유로 너는…… 살수를 버렸느냐?"

14. 신시 반각(申時 半刻), 오후 4시.

태양은 식을 줄 몰랐다.

오후의 절반을 넘기고도 아직 해는 뜨거웠다. 열풍이 도성 곳곳을 쓸고 다녔다. 왕대비전 후원에서 가야금과 비파 소리가 울려 나왔다. 비단 가림막으로 사방이 둘러쳐진 후원으로 물동이 수레가 한정 없이 들어갔다. 음악 소리는 그 비단 가림막 안에서 들려오는 것이었다.

비단 가림막으로 사방을 막은 후원에는 땅을 파서 만든 커다란 사각의 나무 욕조가 있었다. 가로 30척[50], 세로 30척 크기로 땅을 파고 나무 난간을 덧댄 욕조가 있었고, 그 옆으로는 처

---

50) 30척(尺) : 약 9미터.

마마다 비단 천으로 날개를 달아 그늘을 만들고 외부와 차단한 정자가 있었다. 정자 위에서는 가야금과 비파를 연주하는 악공들이 가락을 울렸다. 화려하고 부유한 풍경이 그 안에 뒹굴고 있었다.

나무 욕조 안으로는 물동이에 담아 온 물이 끊임없이 쏟아졌다. 천변은 물론 궁궐 금천교도 말라 버린 터라 경강에서 퍼서 나른 것들이었다. 백여 명의 종복들이 경강에서 궁궐로 퍼서 나르는 물은 단 한 사람의 물놀이를 위한 것이었다. 왕대비 김씨. 속이 다 비치는 모시 저고리와 속속곳 치마를 입은 왕대비는 나무 욕조 안에서 피서를 즐기고 있었다. 꽃잎 항아리를 든 왕대비전 지밀나인들이 연신 꽃잎을 욕조 안에 뿌렸다. 가림막 입구가 소란스러워졌다.

"자궁저하 드십니다!"

식혜 한 모금 입에 물고 왕대비가 나른한 시선으로 입구를 바라보았다. 혜경궁이 고수애와 함께 안으로 들어왔다. 비단 가림막 안으로 들어선 혜경궁은 기가 막혔다. 이 극단의 사치와 방종. 검소한 선왕이 살아 계실 때는 어림도 없는 일이었다. 선왕이 승하하고 세손이 보위에 오르고 나서 왕대비는 거칠 것이 없었다. 왕대비전의 급한 부름이란 게 이 꼴을 보란 것이었나. 딱딱하게 굳은 얼굴로 혜경궁이 인사했다.

"급히 찾으신다 하여……."

왕대비가 아이처럼 물살을 가르며 헤엄쳤다.

"더운데…… 들어오시지요?"

가관이었다. 아무리 지밀나인들로 주위를 둘러쌌다지만 궁의 제일 어른이 속이 훤히 다 보이는 옷을 입고 물속에서 천둥벌거숭이처럼 요란을 떨었다. 못마땅한 기색이 혜경궁의 얼굴에서 감춰지지 않았다.

"괜찮습니다."

"왜, 민망하십니까?"

"가히 보기에 좋지는 않습니다. 온 나라가 가뭄이고 상중이라 주상도 감선하고 무명을 입고 지내는 마당에……."

왕대비가 욕조 난간으로 다가왔다. 난간에 기대 도발적으로 혜경궁을 올려다보았다. 왕대비는 오늘따라 유난히 체면을 가리지 않고, 수치를 몰랐다.

"그런 마당에, 눈깔 시런 년이 물 낭비에 사치를 부려 어전을 욕보이고 있다?"

"그런 말은 하지 않았습니다."

"혜경궁…… 우린 한때 같은 편이었잖아요. 왜 이렇게 서먹서먹해졌을까요?"

이건 또 무슨 소린가. 왕대비가 느닷없이 혜경궁의 지아비 사도세자를 들고 나왔다. 혜경궁이 휘청했다. 곧이어 격랑이 몰아쳐 왔다. 미치지 않은 다음에야 어찌 이렇게 많은 눈이 있는 곳에서…….

"긴히 하실 말씀이 없다면 물러가겠습니다."

혜경궁이 인사하고 돌아섰다. 왕대비는 멈추지 않았다. 왕대비의 말이 혜경궁의 등으로 날아들었다.

"지아비는 파셨잖아요? 그땐 손발이 착착 맞았는데……."

혜경궁이 우뚝 섰다. 왕대비의 말은 비수가 되어 혜경궁을 찔렀다. 숨이 멎는 듯했다. 왕대비가 나른하게 물속에서 몸을 굴렸다. 교만한 물결이 혜경궁의 발치까지 밀려왔다.

"가문을 위해 우린 한배를 타지 않았나요?"

미친 것이다. 견디지 못할 더위로 미쳐 돌아 버린 것이다. 차라리 못 들은 척 혜경궁이 걸음을 옮겼다. 왕대비가 다시 그 발걸음을 잡았다. 왕대비는 집요했다.

"지아비는 팔아도 아들은 못 판다?"

혜경궁의 뇌관에 왕대비가 불을 질렀다. 혜경궁이 잡아먹을 듯한 얼굴로 돌아보았다. 왕대비가 지밀나인이 내민 딸기 하나를 날름 입속으로 넣었다.

"주상은 왜 그렇게 삐딱할까요? 왜 우리 말을 그렇게 안 들을까요? 아비를 닮아 그러나……."

왕대비의 말이 끝나기도 전에 혜경궁의 벼락같은 고함이 후원을 때렸다.

"닥치시오!"

주변이 모두 얼어붙었다. 혜경궁이 눈에 불을 뿜으며 왕대비에게 성큼성큼 다가왔다.

"그 요사한 입으로 더 이상 주상을 욕보이지 마시오. 참고 또 참고 있는 주상의 노여움이 터진다면……."

"이 내궁이 모두 피바다가 될 것이다?"

광풍을 휘몰아 다가오던 혜경궁이 우뚝 멈췄다.

"아니면 주상이 변고를 당하거나?"

혜경궁이 치맛자락을 움켜쥐었다.

"그래서 그 전에 나부터 먼저 처리하자?"

왕대비가 실쭉한 웃음을 띠었다.

"뭐하느냐? 자궁저하 기다리신다. 차 드려라."

왕대비의 말이 끝나자마자 기다렸다는 듯 휘장이 열리고 김 상궁이 들어왔다. 그 뒤로 찻잔이 놓인 소반을 들고 나인 하나가 들어왔다. 복빙이었다. 복빙을 본 혜경궁이 모든 걸 짐작한 얼굴로 무너져 내렸다. 오늘 왕대비의 요사스러움이, 그 파탄의 이유가 저기 있었다. 혜경궁 앞에 차소반을 내려놓는 복빙의 손이 심하게 떨렸다. 복빙을 재촉하는 왕대비의 목소리는 잔인하리만치 나긋했다.

"복빙아. 어서."

혜경궁이 부서져라 어금니를 물었다. 소용없었다. 온몸으로
떨리는 격정이 온전히 잡히지 않았다. 복빙은 그저 벌벌 떨기만
할 뿐 오금이 저린 듯 움직이질 못했다. 왕대비가 다시 나긋하
게 복빙을 몰았다.

"뭐하니?"

복빙이 납작 엎드려 울음을 터트렸다. 도리질하며 혀를 차던
왕대비가 물 밖으로 나왔다. 나인들이 비단천을 왕대비의 몸에
감았다. 파르르 떨고 있는 혜경궁의 찻잔에 왕대비가 직접 차를
따랐다.

"드세요."

혜경궁이 붉어 오는 눈으로 왕대비를 보았다. 왕대비가 넘치
도록 찻잔을 채웠다.

"어서."

혜경궁은 엎드려 울고 있는 복빙을 보았다. 왕대비가 그 시
선을 따라가며 싸늘한 미소를 지었다.

"왜, 독이라도, 들었을까 봐?"

검고 흉흉한 어둠의 장막이 아들이 앉은 용상으로 덮쳐 오는
것이 보였다.

"왕대비의 처소에 독을 보내 독살을 음모했다는 것을 대소
신료들이 알게 된다면 무슨 일이 일어날까요? 아니지…… 산림
(山林)⁵¹⁾과 백성과 유생들 모두 알게 된다면? 남인과 소론이 그
난리를 막아낼 수 있을까요?"

"……."

"그 아비에 그 어미…… 과연 주상은 용상을 지켜낼 수 있을
까요?"

왕대비의 잔인한 혓바닥이 혜경궁의 온몸을 긋고 베었다. 혜
경궁의 눈에 붉은 눈물이 맺히기 시작했다. 바들바들 떨리는 고
통으로 혜경궁이 말했다.

"무엇을…… 바라십니까?"

왕대비가 찻잔을 혜경궁 앞으로 쭉 밀었다. 왕대비의 얼굴에
나른하고 가벼운 미소가 떠올랐다.

"드세요."

"……."

"죽으세요."

"……."

"어서요."

---

51) 산림(山林) : 벼슬하지 않고 은거한 채 시골에서 지내는 선비.

졌다.

완벽한 패배였다. 어린 나인 하나에게 너무 많은 것을 걸고
말았다. 그 꿈. 그 흉측한 꿈이 일을 그르치고 말았다. 아들 이
선이 온통 피투성이로 숭정전 용상에 앉아 있던 꿈. 지치고 피
곤해 보이는 아들의 곤룡포가 피로 물들어 있던 꿈. 그 악몽에
서 깨어난 혜경궁은 떨리는 가슴을 어찌할 수가 없었다. 수백
번을 생각해도 왕대비밖에 없었다. 아들 이산의 길을 피투성이
로 만들 자는 왕대비밖에 없었다.

혜경궁이 그 붉은 시선으로 왕대비를 보았다. 엎드려 울고
있는 복빙을 보았다. 고수애와 김 상궁과 이 궁궐의 인간들을
보았다. 그 외람된 시선들을 보았다. 그리고 다시 독이 든 그 찻
잔을 보았다. 왕대비에게 보낸 죽음의 잔은 자신에게로 되돌아
왔다. 임금의 어미가 왕대비를 암살하려 했다는 사실이 드러나
면 노론벽파들은 기회를 잡을 것이다. 아직 홍인한의 노론은,
김귀주의 노론은 시퍼렇게 살아 있었다. 아들의 안위가 풍전등
화에 놓이게 될 것이다. 노론의 뒤주가 아들을 향해 다가올 것
이 분명했다.

혜경궁이 천천히 손을 뻗어 찻잔을 집어 들었다. 아들의 안
전을 도모할 수 있는 길은 자신이 이 독배를 마시는 것밖에 없
었다. 저도 모르게 굵은 눈물이 혜경궁의 뺨을 타고 흘러내렸

다. 죽기보다 싫었던 일…… 왕대비 앞에 눈물을 보이고 말았
다. 입으로 찻잔을 가져갔다. 눈을 감았다. 찻잔에 입술이 닿는
순간, 왕대비의 손이 혜경궁의 뺨으로 날아들었다. 찻잔이 날아
가고 혜경궁의 눈물이 사방에 뿌려졌다. 앙칼지고 모진 고함이
왕대비의 입에서 터져 나왔다.

"네 이년!"

왕대비의 눈에서 사나운 독기가 펄펄 날뛰었다.

"나는 왕대비다! 나는 궁의 제일 어른이자 노론의 지어미다!
지금 이 나라 사대부들이 주상의 신하인 줄 아느냐?"

꾹꾹 참는 울음소리가 꽉 다문 혜경궁의 입에서 짓눌렸다.

"저는…… 죽이셔도 됩니다…… 허나……."

"보자꾸나…… 그 잘난 네 아들이 나에게 와서 어떻게 네년
을 살려 달라고 비는지…….."

왕대비는 혜경궁의 심장을 갈기갈기 찢어 놓았다. 혜경궁의
절박한 울음이 왕대비전 후원에 터져 나왔다.

"마마!"

왕대비가 손가락이 까닥 놀렸다.

"뭣들 하느냐? 이년을…… 치워라."

강용휘의 집 마당에 아지랑이가 자글자글 피어올랐다.

그 맨흙바닥에 절을 하고 절을 받는 두 명의 사내가 있었다. 엎드려 절하는 자는 목멱산 서낭당에서 광백과 을수를 만났던 최세복이었고, 절을 받는 자는 유배지인 전주에서 밀행을 감행, 한양으로 올라온 홍상범이었다. 서른 나이의 젊은 사대부 홍상범. 그는 바로 임오년 사도세자 이선을 뒤주로 몰고 간 흉적 홍계희의 손자이자 공물사취죄로 흑산도에 위리안치된 홍술해의 아들이었다.

홍술해는 영조 치하에서 황해도관찰사로 있으면서 미곡(米穀) 1만 4000냥(兩)을 빼돌렸다. 그뿐만이 아니었다. 이산이 보위에 오르고 나서 다시 황해도관찰사로 재직 중에 장전(贓錢) 4만 냥, 조(租) 2500석, 송목(松木) 260주(株)를 사취했다. 악덕 탐관오리의 전형이었다. 결국 일이 탄로나 사형이 내려졌으나 감형받아 흑산도로 유배된 것이었다. 홍술해는 그 흑산도에서 자신의 청지기 최세복을 시켜 아들 홍상범과 음모를 꾸미기 시작했다. 임금에 대해 복수의 칼날을 갈았다.

홍상범은 달포 전, 전주 유배지로 찾아온 내시 한 명을 만났다.

종2품 상선 벼슬의 안국래였다. 조정에서 내려왔다는 소식에 처음에는 아비와 자신에게 사약이라도 내려 온 줄 알았다. 하지만 그는 혼자서 홍상범을 찾아왔었다. 안국래는 조부 홍계희와의 인연을 화제로 꺼냈다. 그리고 얼마 지나지 않아 홍상범의 역모계획을 술자리 안주처럼 꺼내 놓았다. 홍상범은 소스라치게 놀랐다.

어떻게 알게 된 것인가?

안국래의 정보망은 놀라웠다. 집안의 청지기 최세복이 한양으로 올라와 궁궐에서 일하는 군관들과 액례, 내관들과 나인들을 접촉하기 시작할 때 이미 안국래의 정보망은 홍술해와 홍상범의 의도를 예측해 내고 있었다.

"수가 될 수 없지요. 안 해 본 줄 아십니까?"

안국래는 홍상범의 계획에 대해 도리질을 했다. 홍상범이 꾸민 역모 계획은 궁중의 나인 하나를 매수해 임금을 독살하는 것이었다. 안국래는 더 큰 판을 짜야 한다고 말했다.

"복수가 돈이 된답니까?"

"누가 돈을 보고 이런 줄 아십니까?"

안국래가 웃었다. 홍상범이 기분 나빠하자 정색하고 안국래가 말했다.

"천하 경영의 요체가 무엇이라 생각하십니까?"

"돈이란…… 말씀입니까?"

안국래가 기묘한 미소를 지었다. 돈이 천하를 움직인다는 지론은 애초 안국래가 홍계희에게 역설한 것이었다. 홍계희는 그 화두를 아들 홍술해에게, 홍술해가 그 아들 홍상범에게 가훈처럼 가르쳤다.

"큰돈이야말로 나라를 움직입니다. 중국을 통일한 진나라의 뿌리는 결국 여불위의 돈이었습니다."

"그리고 그 수십 배 수백 배로 벌어들였다……?"

"크게 보십시오. 임금을 암살하는 것으로 무엇이 달라집니까? 돌아오는 대가가 무엇입니까? 같이 죽는 공멸뿐입니다."

"그럼 어떻게 해야 한단 말씀입니까?"

"암살해선 안 됩니다."

"그럼……?"

"처단해야지요."

소름이 돋았다. 홍상범은 안국래를 이해할 수 없었다. 이자는 도대체 무슨 얘기를 하려는 건가.

"지금 보위에 있는 그자를 역적의 아들이라 규정해야 합니다. 새 임금을 세워야지요. 국왕책봉권을 쥔 왕대비의 재가를 받고 오군영을 끌어들여야 합니다."

홍상범은 할 말을 잃고 멍해졌다.

"진정한 노론의 나라…… 조부께서 그렇게 원하시던 그 군자의 나라를 세워야 하지 않겠습니까?"

안국래는 반정(反正)[52]을 이야기하고 있었다. 홍상범이 손 댈수 있는 수준이 아니었다.

"새 임금이라면 누구를……?"

"은전군."

홍상범이 무릎을 쳤다. 이제 열아홉이 된 은전군(恩全君) 이찬(李禶). 이찬은 임금 이산의 이복동생이었다. 사도세자의 서자이니 삼종의 혈맥이었고 그 어미 빙애가 사도세자의 손에 죽었다는 소문이 있으니 노론의 꼭두각시로 세울 조건이 충분했다. 왕대비가 이찬을 새 국왕으로 책봉하고 오군영을 실제적으로 이끄는 구선복이 찬동하기만 하면 거사는 완벽해지는 것이었다.

사도세자 사후에, 안국래는 홍봉한과 결탁해 사도세자의 서자들인 은언군, 은신군, 은전군을 관리해 왔었다. 김귀주의 상소로 은언군과 은신군이 제주로 유배당하고, 자신은 문외출송당하면서 홍봉한은 왕가의 인척 관리에서 완전히 손을 뗐다. 하지만 안국래는 남아 있는 은전군을 비밀리에 관리해 왔다. 은전군의 재가는 중요하지 않았다. 이제 열아홉인 은전군이 거사에 대해 알 필요도 없었다. 배후의 큰 그림을 안국래가 모두 설계(設計)해 주기로 하자, 홍상범은 한낱 내시에게 절을 올렸다.

---

52) 반정(反正) : 지금의 임금을 폐하고 새 임금을 대신 세우던 일.

"은혜가 백골난망입니다."

무릎마저 꿇고 홍상범이 안국래에게 물었다.

"거사가 성공하면 대감께서 원하시는 것은……?"

안국래가 희미하게 웃었다.

"다 죽을 나이가 되어 무얼 바라고 이러겠습니까. 그저 돌아
가신 선왕의 성은을 갚을 뿐이지요."

말하는 안국래도 듣는 홍상범도 그 말이 거짓이란 걸 알았
다. 안국래는 여불위를 꿈꾸고 있었다. 진시황을 탄생시킨 여불
위. 정적을 암살하는 청부업으로는 이제 성이 차지 않았다. 암
살 청부업은 광백에게 모두 넘길 생각이었다. 안국래는 왕을 만
들고 싶었다. 자신의 손으로 빚어낸 왕. 그런 왕을 옹립한 다음
진정한 권력을 쥐려 했다. 안국래의 권력은 돈을 의미했다.

은전군 이찬이 보위에 오르면, 상상할 수도 없는 돈을 벌어
들일 수 있었다. 상선 안국래는 조세미를 거둬들이는 조운 사
업, 농지개간을 위한 간척 사업, 역관무역으로 대표되는 국제
무역 사업과 특히 인삼, 소금, 담배의 전매제 등 국가의 전 기간
사업을 독점할 꿈을 꾸었다. 홍상범은 안국래의 야망에 동승하
기로 했다. 임금에게 반감을 가지고 있는 노론 당인들과 접촉하
기로 했다.

안국래가 다녀간 뒤로 일은 일사천리로 진행되었다. 거사 당

일의 설계에 관한 모든 실무는 최세복이 맡기로 했다. 최세복은 안국래를 통해 궁궐 호위청 무관 강용휘를 소개받았다. 강용휘는 이미 홍술해 집안과 한동네에 살면서 왕래가 있었고 일면식이 있었기 때문에 믿을 수 있었다.

그뿐이 아니었다. 청부살수 전문가인 광백과 을수도 안국래를 통해 소개받았다. 안국래가 궁중의 고수애를 강용휘와 최세복 등에게 연결시켜 주었다. 왕대비의 심복이자 유배 간 왕대비의 오라버니 김귀주 가문과 친했던 고수애는 집안 사람 별감 고정환이 부정에 관계돼 처벌받자 임금에게 앙심을 품었다. 당연히 홍상범의 거사계획을 환영했다. 강용휘의 수양딸이자 세답방나인인 강월혜가 고수애와의 연락책을 맡기로 했다.

정유년 7월 28일.

강용휘가 존현각 차비문의 직숙사관이 되는 날이 거사 날로 정해졌다. 홍상범은 거사 날에 맞춰 전주에서 올라와 강용휘의 집으로 왔다. 강용휘의 사랑채는 갓과 도포의 사내들로 넘쳐 흘렀다. 강용휘가 매수한 오늘의 살수조들이었다. 대청마루까지 줄지어 그들이 앉아 있었다. 그들 앞으로 홍상범이 나타나자 최세복이 인사를 시켰다.

"전주에서 올라오신…… 홍상범 도련님이십니다."

오늘 거사의 실질적인 주인(主人)이었다. 강용휘를 비롯해 모든 이들이 일어나 홍상범에게 인사했다. 인사가 끝나고 자리하자 최세복이 궁궐의 지도를 펼쳐놓았다. 오늘 거사의 설계도였다. 최세복이 강용휘를 인사시켰다.

"오늘 밤 존현각 차비문의 직숙사관은 여기 있는 강 군관입니다. 차비문 호위청 직숙들을 담당합니다."

강용휘가 다부진 눈빛을 보내며 인사하자 최세복이 이번에는 젊은 별감 하나를 소개했다. 대전별감인 강계창이었다.

"대전별감들은 강 군관의 조카인 강 별감이 담당합니다."

강계창이 그들을 다른 곳으로 시선을 끌어 유인하기로 했다. 존현각 가까운 곳에 불을 지를 계획이었다. 최세복이 존현각에 손가락으로 동그라미를 쳤다.

"이렇게 되면 존현각은 텅텅 빕니다."

최세복의 손이 지도에 있는 승정원을 가리켰다. 승정원 계획은 홍국영 하나를 노린 것이었다. 금위대장인 홍국영을 처리해야 궁궐 수비를 맡은 금위영 지휘계통이 무너지게 돼 있었다.

"사약으로 있는 김수대가 저를 배설방 고직으로 붙여 주었습니다. 승정원 사령 박해근이가 신호를 놓아주면 조라치 일을 하는 황가와 여기 아이들 서넛을 데리고 홍국영이를 처리합니다."

대청마루에 대기하고 있는 갓 쓴 살수조들은 검을 쓰는 검수조가 열 명, 활을 쓰는 궁수조가 열 명이었다. 최세복이 살수조가 그려진 부분을 가리켰다.

"인경이 지나면…… 약방 옆 문안소 담을 넘어 들어갑니다."

최세복이 존현각 주변 전각의 지붕을 가리켰다.

"궁수조는 지붕을 통해 주변을 경계 탐지하고……."

손길이 존현각의 차비문을 가리켰다.

"검수조는 존현각으로 침투합니다."

최세복은 이 자리에 없는 누군가를 기다리는 듯 마당으로 시선을 돌렸다.

"최종 암살자는 광백이 붙여 준 조선 최고의 살수라는 자입니다. 제 눈으로 확인한 자입니다. 일은 깨끗하게 끝납니다."

전유기가 죽고 나서 을수가 최종 암살자가 되었다. 최세복 입장에서는 확률이 높아진 셈이었다. 전유기의 죽음을 보았기 때문에 강용휘도 별반 반대하지 못했다. 논공행상에서 그 광백의 살수가 빠질 것이라는 말을 듣고 강용휘는 기뻐하는 내색을 감추지 않았다. 일등공신은 강용휘 자신이 될 것이라 믿었다. 하지만 여기 모인 다른 자들은 모두 알고 있었다. 오늘 거사의 최종 완성은, 그 조선 최고의 살수라는 자의 몫이었다.

을수의 칼이 한번 빛을 뿌리면, 임금의 목이 날아간다.

이 모든 것이 오늘 밤 준비한 홍상범 일당의 거사 계획이
었다.

"동선은 수도 없이 확인하고 점검했습니다. 대전의 액례들과
액정서들은 이미 상선 안국래가 다른 일로 돌려놓았습니다. 상
중이라고 지밀나인들도 없습니다. 실패하려야 실패할 수가 없
는 일입니다."

홍상범이 끄덕이다가 최세복에게 물었다.

"왕대비전에서는 기별이 아직 없는가?"

강용휘가 나섰다. 누군가를 불렀다.

"월혜야."

문이 열리고 나인 하나가 들어와 곱게 인사했다. 월혜였다.

"제가 양녀로 들인 아이입니다. 세답방나인으로 있는데 왕대
비전과의 연락을 맡고 있습니다."

월혜는 한 달 전 아비로부터 거사 계획을 들었다. 홍상범이
월혜에게 물었다.

"자네가 고 상궁과 밀통을 하나?"

"네."

"기별이…… 없던가?"

"아직 없습니다."

홍상범이 수염을 쓸었다.

"한 발…… 떨어져 있겠다?"

강용휘가 초조한 시선으로 홍상범을 보았다.

"왕대비전에서 말이 안 떨어지면…… 어떡하실 겁니까?"

한동안 눈을 감고 생각에 잠겨 있던 홍상범이 눈을 떴다. 주위를 돌아보았다. 모두가 홍상범만 바라보고 있었다. 홍상범의 입에서 젊은 사대부의 거만이 또박또박 나왔다.

"이번 거사가 성공하면 은전군 이찬을 국왕으로 옹립합니다. 일이 성공하고도 역모로 몰리는 악수를 피하려면 사전에 왕대비전의 허락을 받아야 합니다. 그 이유는 오군영을 쥔 노론의 구선복 장군을 우리 편으로 세우기 위해섭니다."

강용휘가 놀란 얼굴이 되었다.

"구 장군도…… 이 일을 안단 말씀입니까?"

"우리에게 밀통이 온다면…… 구 장군에게도 밀통이 갈 겁니다."

홍상범이 월혜를 보았다.

"그래서 왕대비전의 소식이 중하네. 자네가 한 번 더 고 상궁을 만나게."

월혜가 고개를 조아렸다.

"네."

최세복이 주머니에서 두루마리 하나를 꺼냈다. 모두의 이름이 쓰인 사발통문이었다. 그 두루마리를 홍상범에게 내밀었다.

"사발통문입니다. 여기 모인 우리가 모두 거명되어 있습니다."

두루마리를 보며 홍상범이 좌중에게 말했다.

"새 세상이 오면 여기 있는 한 명, 한 명…… 일등공신이 됩니다."

모두가 조용해졌다. 부스럭거리는 소리도 나오지 않았다. 성공하면 인생의 대반전이 이루어질 것이다. 허나 실패하면, 역적으로 능지처참이 기다릴 것이다.

"도련님…… 오늘 그 광백이란 자를 만나보시겠습니까?"

홍상범은 안국래에게서 광백 이야기를 들었다. 일이 성사되기 위해선 광백이란 자의 도움을 받으면 좋지만 종잡을 수 없는 자이므로 조심하라는 언급이 있었다. 안국래의 수하이지만 안국래의 의중대로만 움직이지 않는 자라는 느낌을 받았다. 제멋대로 살아가는 자, 궁금했다.

"만나 보는 것도…… 나쁘지 않지."

홍상범이 고개를 끄덕였다. 최세복이 두루마리를 보며 말했다.

"그 살수라는 자만 이름이 없습니다."

홍상범이 두루마리를 뚫어져라 쳐다보다 대답했다.

"전흥문(田興文)이라 쓰게. 그자가 우리에게 모든 홍복을 가져올 테니……."

강용휘가 입을 다시며 불퉁한 표정을 지었지만, 최세복이 무시했다.

"이것이…… 미쳤나? 그런 애를 어떻게 살려?"

강용휘가 눈을 치켜떴다. 사람들이 모두 빠져나간 후, 월혜가 아비의 사랑채로 왔다. 철편을 챙기고 있던 강용휘는 왕대비를 독살하려다 잡힌 복빙을 살려 달라 부탁하는 월혜가 기가 막혔다.

"아버님. 복빙입니다. 오 년 동안 한방을 써 왔습니다. 제 친동생 같은 아입니다. 거사가 성공하면 제 소원을 들어주신다 하셨잖습니까?"

"이년아! 미친 소리 말어! 왕대비마마야! 까닥하다간 네년은 고사하고 나까지 가는 거야!"

복빙이란 아이는 왕대비를 독살하려다 잡혀 있다고 했다. 아무리 거사가 성공한다 하더라도 이건 다른 문제였다. 왕대비를 거스른다? 그건 곧 죽음을 의미했다. 강용휘가 휘적휘적 나가다 말고 우뚝 서서 월혜를 돌아보았다. 강용휘가 싸늘하게 월혜를 노려보았다.

"너…… 네년이 뭐라고 생각하느냐?"

"네?"

"어디서 다 죽어 가는 거지년을 받아서 궁중나인까지 만들어 주었더니…… 안 상선이 아니었음 너를 내가 왜 딸로 받아? 근데 이제 와서 이 아비 명줄을 흔들어?"

강용휘가 월혜의 가슴에 쇠말뚝을 박았다. 월혜는 단지 불쏘시개였고 소모품이었다. 지극정성으로 모셨지만 강용휘는 월혜의 아비가 아니었다. 애초 강용휘는 그녀의 혈육이 될 생각이 없었다.

"이런 근본도 모르는 잡것이…… 빨리 궁에나 들어가."

강용휘가 월혜를 노려보다 획 나갔다. 눈물이 쏟아질 것만 같았다. 하지만 월혜는 울지 않았다. 자존심이 허락하지 않았다. 게다가 한번 울기 시작하면, 도저히 멈출 자신도 없었다.

눈물 자국으로 얼룩진 복빙이 고개를 들었다.

복빙은 왕대비전 잡물보관 행랑채 안에 묶여 있었다. 복빙이 옆을 돌아보았다.

"마마……."

혜경궁이었다. 복빙과 같은 신세로 혜경궁이 나란히 묶여 있었다. 모든 감정이 소멸된 죽은 자의 얼굴로 혜경궁이 고개를 들었다. 복빙이 우는소리를 냈다.

"죽을죄를…… 지었나이다."

"……."

"너무 두렵고 무서워……."

혜경궁의 무심한 눈길이 바닥을 쓸었다. 복빙에게 죄가 있던 가? 있다면 자신의 말을 듣고 죽을 자리로 나아간 죄밖에 없었다. 복빙을 탓할 기력도 남아 있지 않았다. 혜경궁이 담담히 말했다.

"복빙아…… 너는 죄가 없다."

복빙의 눈에 다시 눈물이 맺혔다.

"마마. 말씀드리지 못한 게 있사옵니다. 오늘 밤에 흉적들이…… 존현각으로……."

복빙의 눈물을 본 순간 혜경궁은 모든 것이 짐작되었다. 어젯밤의 그 꿈, 그 악몽이 현실로 다가오고 있었다. 피에 젖은 아들의 곤룡포가 어른거렸다.

천변 뒷골목으로 두 사내가 들어섰다.

홍상범과 최세복이었다. 담배를 썰고 있는 가게 입구를 지나 엽초전 안으로 들어가자 1층 전실에서 삼삼오오 모여 담배를 피우는 손님들이 보였다. 장기를 두거나 엽전 한 닢에 전기수의 춘향전에 취해 있는 한량들을 지나 2층 계단으로 최세복과 홍상범이 올라갔다.

2층 다락방에는 광백 혼자 자리를 차지하고 곰방대를 물고 있었다. 광백의 소년 살수들이 계단 입구와 다락방 창가에 흩어져 경계 중이었다. 홍상범과 최세복을 보자 광백이 알은체를 했다.

"홍상범…… 도련님 아니십네까?"

최세복이 자리를 만들자 홍상범이 상석에 앉았다. 광백이 인사치례 하듯 담뱃잎을 꾹꾹 눌러 담은 장죽 하나를 홍상범에게 내밀었다. 침을 뱉는 타구통과 담배 진을 빼내는 담배침과 부싯돌이 광백 주변에 어지럽게 널려 있었다.

"야! 유배지에서 탈출해서리 한양 땅까지 왔다? 도련님 간땡이가 보통이 아닙네다!"

홍상범은 안국래에게 듣긴 했지만 광백이란 사내를 본 것은 오늘 처음이었다. 살막의 막주. 사람 죽이는 일을 업으로 사는 자. 예상대로 거북하고 불쾌하기 이를 데 없는 자였다. 하지만 안국래의 칼, 거사를 위한 안배를 쥐고 있는 자.

"흑산도에 계신 홍 대감께서리 잘 계십네까?"

홍술해 얘기였다. 광백이 장죽에 불을 붙여 주자 홍상범이 연기를 뿜었다.

"귀양 가신 후로…… 몸이 좋지 않습니다. 울화가 깊지 않겠습니까?"

"내일이라도 당장 사람을 보내믄 되지 않간? 울화병 같은 거이 보기 싫은 인간들 다 나자빠 죽는 꼴 보고 나믄 씻은 듯이 낫는 병이니까."

홍상범의 눈꼬리가 가늘게 갈라졌다. 광백의 말투가 거슬렸다. 천한 것이 양반에 대한 태도가 불손하기 이를 데 없었다. 광백은 불쾌한 표정으로 일그러지는 홍상범의 얼굴을 보고도 개의치 않았다. 목을 긋는 시늉을 하며 킬킬거렸다.

"도련님 조부께서 왕 아바이를 보냈고…… 도련님 춘부장께서 왕을 보내면…… 그 왕 부자는 저승에서도 남양 홍씨 집안만 보믄…… 꼬랑지가 바짝바짝…… 으흐흐흐흐……."

불쾌한 덩어리가 훅 치솟아 올랐다. 홍상범이 장죽으로 요강을 때렸다. 요란한 소리가 다락방을 경직시켰다. 홍상범이 또박또박 말했다.

"이 거사는, 이 나라 노론의 숙원이자, 대업입니다. 함부로 농을 칠 일이 아닙니다."

"기건 아는데…… 기래두 홍 대감께서리 황해도관찰사로 계실 때 대단했지 않습네까? 사취한 미곡이 일만 사천 냥……

장전이 사만 냥…… 조가 이천오백 석…… 송목이 이백육십 주…….”

홍상범의 얼굴이 벌겋게 달아오르기 시작했다.

“긴데 이번 일에 푼 돈이 고작해서리…….”

홍상범의 얼굴을 본 최세복이 끼어들었다.

“광 막주…… 말씀이 지나치십니다.”

광백은 멈출 생각이 없어 보였다.

“그 쥑일 놈이 왕 되자마자 암행어사를 보내게지구 그 일루다가 흑산도로 그리 유배를 보내 버렸으니…….”

홍상범이 차가운 눈으로 광백을 노려보았다.

“자네…… 죽고 싶나?”

그 말이 떨어지기 무섭게 광백의 소년 살수들이 날아들었다. 시퍼런 창포검이 빼곡히 홍상범의 목을 겨눴다. 최세복이 질겁해 팔을 벌리고 나섰지만 홍상범은 눈빛 하나 변하지 않았다. 최세복이 소리쳤다.

“광 막주! 어떡하자는 거요, 지금?”

“사람 쥑이는 거이……. 우리 밥줄인데…… 거 참…….”

광백이 소년 살수들의 머리를 툭툭 때리며 목덜미를 당겼다.

“아, 이 종간나들…… 뭣들 하네? 뭐 이 시퍼런 걸 다 디밀구…….”

소년 살수들이 창포검을 빼내고 물러나자 홍상범이 다시 차분하게 말했다.

"일이 실패하면…… 당신도 살아남지 못합니다."

"걱정 말라! 내래 키운 애새끼들이래 한둘이간? 하나만 믿고 일을 벌이진 않디. 이중삼중으로다가 둘레를 치고 판을 짜지 않간?"

최세복이 진땀을 흘렸다.

"광 막주만…… 믿습니다."

"내래 안 상선하고 쿵짝이 이십 년…… 우리 사업은 기본으로다 십 년은 보고 판을 까디."

홍상범이 담배 연기를 다시 올렸다.

"일이 성공만 한다면…… 천하의 만금이 광 막주 손에 들어갈 것입니다."

광백이 타구통에 거칠게 거래를 뱉고 담뱃재를 털었다.

"계산은 잘 뽑아 놨디. 아래우로 빈틈없이…… 으흐흐흐흐……."

경강을 따라 쪽빛 천들이 여전히 물결치고 있었다.

월혜가 호박엿을 내밀었던 그 느티나무 아래, 목함을 껴안은 을수가 석상처럼 앉았다. 저기 청염장의 일꾼들은 쪽빛 천을 들고 분주했다. 그 분주한 그림들 속에서 너울을 쓴 월혜가 훌쩍, 다가 올 것만 같았다. 그렇게 한 시진이 지났다. 기우는 해 그림자는 야속하게 한 발자국씩 을수에게 다가왔다. 처음으로 을수의 심장에 온기를 불어넣었던 여인. 을수가 살아있을 이유를 주었던 여인, 월혜. 왕을 죽여야 그 월혜를 구할 수 있었다. 하지만 과연 왕을 죽인 자에게 퇴로가 있을 것인가. 광백의 제안은 죽으라는 소리나 마찬가지였다.

광백의 협박은 주효했다.

아침 개장국집에서, 임금의 용모파기화를 꺼내 놓고 광백이 말했다.

"니래 날 죽여도 상관없다. 우리 애들 잘 알지 않간? 그 에미나이 봐두갔어? 열 놈이고 스무 놈이고 돌림빵을 하고 말이디…… 사지를 잘라 게지구…… 우리 토굴에 똥강아지 새끼들 잘 알지 않간? 엄청스리 잘 처먹는 거이……."

"……"

"왕 모가지…… 해보고 싶지 않간?"

"사행(死行)……."

왕을 향해 가는 길에 퇴로는 없다.

"실패하면 죽음…… 성공해도 군왕을 죽인 자…… 절 살려 두지 않을 겁니다."

광백이 후루룩 물을 삼켰다. 소매로 개기름을 닦고 긴 트림
을 쏟아낸 후, 광백이 건성으로 대꾸했다.

"와 겁나네?"

"여자가…… 안전해야 합니다."

"니래 서낭당에서리 강 군관 봤디?"

궁궐 호위무관 강용휘. 거만하고 탐욕스러웠던 돼지.

"거기 딸내미야. 그 세답방 에미나이."

을수의 머릿속이 새하얘졌다. 월혜는 강용휘의 딸이었다. 오
늘 작전에 강용휘의 비중이 어떠하든, 광백은 상관하지 않을 것
이다. 을수가 광백을 거스른 후의 결과는 너무나 선명히 보였
다. 월혜가 어떤 치욕 속에, 어떤 고통 속에 죽어갈지 보였다.
을수가 거절하거나 실패한다면, 월혜는 죽는다. 을수의 선택은
하나일수밖에 없었다. 후퇴불가의 직진.

강용휘를 도와 임금을 죽여야 했다. 자신이 죽어 월혜를 살
려야 했다. 자신을 던져서 얻어낼 월혜의 미래는 그만큼 가치가
있을 것인가. 한순간의 망설임도 없는 을수의 판단을 광백이 읽
었다.

"일만 성공하라우. 기럼 그 에미나이 평생 쇗복은 걱정 없이
살지 않갔어?"

을수가 목함을 열었다.

장검이 그 안에 있었다. 목함을 열면 장검이 깨어났다. 수많은 피를 먹은 혈검이 눈을 떴다. 광백의 구덩이에서 여기까지, 장검과 목함은 을수의 곁을 떠난 적이 없었다. 환도 무게의 네 배, 길이 오 척의 장검을 부탁하고 찾으러 갔을 때, 검을 만든 명수(名手)가 물었다.

"이런 흉물을 뭐에 쓸 텐가?"

"멈추라고 할 때까지, 베어야 합니다."

"날 벨 것인가?"

"그런 말은 없었습니다."

명수는 그제야 날을 세우고 장검이 쉴 목함을 만들어 주었다. 을수는 갑수의 송곳니를 장검에 달고 그곳을 떠났다. 느티나무 아래, 을수가 장검을 꺼내 들었다.

검을 들어 허공을 한번 베었다. 날 선 소리가 징징거렸다. 검을 들고 뛰어올랐다. 땅이 파이고 풍경이 갈라졌다. 을수는 언젠가 이 장검을 안고 죽을 것이라 예감하고 있었다. 이 검에 피 흘린 자들의 운명에서 자신도 벗어날 수 없으리란 걸 알고 있었다. 조금 빠르고 늦은 차이일 뿐.

을수가 아직도 숨을 헐떡이며 날뛰는 장검을 무명천으로 둘둘 말았다. 이제 장검이 다시 목함으로 들어갈 일은 없을 듯했다. 을수는 목함과 작별하고, 장검을 들고 느티나무를 떠났다.
주인이 버린 목함이 느티나무에 기대 서 있었다. 열려 있는 목
함 안으로, 들꽃 하나가 놓여 있었다.

15. 유시 일각(酉時 一刻). 오후 5시 15분.

왕대비전 잡물 행랑채로 바쁜 걸음 하나가 왔다

월혜가 놋쇠 주전자를 들고 왔다. 행랑 입구를 지키던 왕대비전 무예별감들이 평소 안면이 있던 월혜를 알아보았다. 월혜가 바쁜 티를 냈다.

"큰방마마님이 보내셨습니다."

월혜는 고수애를 만난다는 핑계로 왕대비전으로 들어와 복빙의 소재를 찾았다. 고수애와 김 상궁이 월혜의 존재를 알고 있어서 월혜는 왕대비전 출입이 어렵지 않았다. 몇몇 지밀나인들도 고수애와 자주 만나는 월혜를 알아보았다. 고수애가 먼 친척이라고 해 두었기 때문에 의심받을 일이 없었다. 모두들 월혜

206

를 왕대비전의 사람이라고 알고 있었다. 친하게 지내던 지밀나인을 통해 후원에서 있었던 혜경궁의 일을 들었다. 혜경궁이 갇혀 있는 곳이라면, 복빙도 같이 있을 듯했다.

월혜가 행랑으로 들어왔다. 무예별감들이 밖에서 문을 닫았다. 창도 열어 놓지 않아 행랑 안은 후덥지근했다. 행랑 저 끝 기둥에 두 명의 여인이 묶여 있었다. 혜경궁과 복빙이었다. 복빙은 후줄근한 걸레처럼 지쳐 보였다. 복빙이 다가온 월혜를 알아보고 놀란 눈이 되었다.

"항아님……."

월혜는 놀랄 시간도 가슴이 무너질 시간도 없었다. 무예별감들이 고수애나 김 상궁에게 기별이라도 한다면 모든 게 수포로 돌아간다. 월혜는 말없이 주전자 뚜껑에다 물을 받아 복빙에게 내밀었다. 복빙이 혜경궁의 눈치를 보았다.

"항아님. 자궁마마부터……."

"나는…… 됐네."

월혜는 혜경궁에게 눈길 한번 던지지 않았다. 혜경궁에게 월혜는 왕대비전 나인들 중에 하나로만 보였다. 월혜가 복빙에게 물을 먹였다.

"지금 너를 여기에서 꺼낼 방법이 없어. 밤이 되면…… 어떻게 해 볼게."

복빙이 고개를 저었다.

"항아님까지 위험해져요. 저는요…… 나가두…… 못 살아요.
제가 도망가면…… 아버지, 어머니 다…… 죽일 거예요."

나인은 복빙에게 극진해 보였다. 이 나인의 마음만 얻는다면
혜경궁에게도 기회가 생길지 몰랐다. 혜경궁이 짐짓 무뚝뚝하
니 복빙과 나인 사이를 파고들었다.

"살 방법이… 있다. 오늘 밤 변고가 있을 것이네. 어떻게든
주상에게……."

월혜가 혜경궁의 말을 잘랐다.

"그 변고…… 제가 밀통한 일입니다."

혜경궁이 놀라 입을 다물지 못했다. 복빙도 모르던 사실이
었다.

"항아님……!"

"고 상궁과 저…… 이 궐 안의 수많은 사람들이 그 일을 준비
하고 있지요."

"이, 이년…… 어찌 감히 사람의 탈을 쓰고……."

월혜는 복빙의 얼굴을 닦아 주고 손을 잡으며 담담히 말했다.

"사람의 탈을 쓰시고 열일곱 아이한테 왕대비를 독살하라……
그 길로 보내셨나요? 그렇게 왕대비가 죽으면…… 이 아이가
무사할 거라 생각하셨나요? 우리 같은 것들은…… 그냥 불쏘시

개로 쓰고 버리면 끝인가요? 저는요…… 이 궐이…… 당신들 모두…… 너무 싫습니다."

월혜가 복빙의 뺨을 쓰다듬었다.

"울지도 말고 무서워하지도 마. 내…… 다시 온다."

"항아님……."

월혜가 일어섰다. 월혜는 어둠 속에서 찾은 혜경궁의 불씨였다. 마지막 기회였다. 엎드려 빌어야 했다. 할 수만 있다면 뭐든지, 조아리고 빌고 또 빌어야 했다. 아들의 목에 칼이 들어오고 있었다.

"내가…… 잘못했네."

혜경궁은 복빙에게도 매달렸다.

"복빙아. 날 용서해다오."

복빙은 고개를 돌렸다. 애걸복걸하는 혜경궁은 참담했다. 바닥까지 말라버렸던 혜경궁의 눈에 다시 눈물이 고이기 시작했다.

"나를…… 용서해 줄 수 없겠나……?"

월혜는 답하지 않았다. 복빙의 머리를 한 번 쓰다듬고 혜경궁의 눈물을 밟고 행랑 밖으로 나갔다. 혜경궁의 굵은 눈물이 연신 떨어졌다. 혜경궁의 비탄이 행랑 바닥에 제멋대로 굴러다녔다.

세답방 마당으로, 늦은 오후의 해가 갈라지며 떨어졌다.

대청마루에 주저앉은 월혜가 멍하니 창밖을 내다보았다. 복빙을 생각하면 가슴이 쩍쩍 갈라졌다. 월혜는 복빙의 유일한 구원자였다. 인연으로 맺어진 혈육이자 가족이었다.

방도를 세워야 했다. 하지만 어느 방향으로 머릴 굴리고 생각에 생각을 더해도 방도는 나오지 않았다. 밤이 되면 존현각 거사가 일어날 테고, 거사가 성공하면 왕대비의 세상이 될 것이 분명했다. 왕대비의 세상에서 복빙은 제일 먼저 죽을 목숨이었다.

쳇바퀴 돌 듯 제자리만 맴도는 상념으로 어지러울 때였다. 세답방 정 상궁과 나인들이 임금의 침복과 버선을 들고 들어왔다. 월혜가 황급히 일어나 허리 숙여 인사했다. 정 상궁은 짜증난 기색을 감추지 않았다.

"너는 어딜 그렇게 돌아다니느니라 연락이 안 되느냐?"

"큰방마마님이 급히 찾으신 일이 있으셔서……."

정 상궁의 얼굴이 일그러졌다. 일이 있으면 세답방을 관장하는 자신을 두고 월혜만 찾는 제조상궁도 꼴 보기 싫은데다 제조상궁이라는 배후만 믿고 돌아다니는 월혜도 눈꼴시었다. 상궁이 되려면 십 년은 더 굴러야 할 나인이 벌써 하는 짓은 상궁이라고, 미운 털이 박혔다.

"너는 이 궁의 어른 중에…… 제조상궁만 보이더냐?"

"아닙니다……."

정 상궁의 눈짓을 따라 나인들이 대청마루에 침복인 무명적삼을 내려놓았다.

"전하의 침복이다. 침방에서 수선하면서 안감을 비단으로 덧댔다. 보이지 않는 안감의 비단도 허물이니 떼어 내라는 하명도 모르고…… 일을 어떻게 하는 게야?"

월혜가 무명적삼을 가지런히 펼치며 말했다.

"저희가 손보겠습니다."

"다리고 살펴서 존현각으로 뫼시어라. 너 혼자, 하여라."

나인들의 경박한 웃음이 침복 위로 굴렀다. 언제나 정 상궁을 졸졸 따르는 정 상궁의 개들. 월혜는 동요하지 않았다.

"알겠습니다."

정 상궁이 월혜를 못마땅한 듯 흘기다 나인들을 몰고 나갔다. 월혜가 무명적삼을 살폈다. 침방에서 임금의 침복 적삼을 만들며 무심결에 비단 안감을 덧대어 놓았다. 침복을 들추고 안감을 만져 보던 월혜가 갑자기 손길을 멈췄다. 월혜의 눈이 뚫어질 듯 침복 안감을 쏘아보았다.

섬광처럼 스치는 어떤 생각에 월혜의 몸이 굳었다. 생사가 달린 복빙의 길이 임금의 침복으로 갈래지어 떠올랐다.

'景慕宮'

경모궁. 이산이 직접 글을 쓴 현판이 아버지의 사당에 장엄히 걸려 있었다. 선왕은 아버지 사도세자의 사당을 북부 순화방에 세웠다가 다시 창경궁 후원 함춘원이 있는 동부 순교방으로 옮겨 수은묘(垂恩廟)라 이름 했다. 이산은 즉위하자마자 수은묘를 개축하기로 하고 4월에 착공해 8월에 완공하고, 우러르고 사모한다는 뜻으로 경모궁이라 하였다.

세상 모두가 버린 아버지를, 천륜을 버린 역적으로 규정된 아버지를 아들 이산은 우러러 사모한다고 만천하에 선언하고 현판을 올렸다. 이산은 개인 사당으로는 이전에 전례가 없는 가장 큰 규모로 경모궁을 지었다. 즉위하지 못한 왕세자의 신주는 종묘에 배향할 수 없기 때문에 경모궁을 지어 아버지를 모셨다. 아버지의 시호도 사도(思悼)에서 장헌(莊獻)이라 바꿔 올렸다. 세손 시절 남몰래 찾아야 했던 수은묘는 이제 당당히 제사를 올릴 수 있는 경모궁이 되었다.

그 경모궁 사당 앞을 금위영 무관들이 지키고 있었다. 홍국영도 들어가지 못하고 밖에서 시립하고 있었다. 경모궁 안에서 임금 혼자 아버지에게 향을 올렸다. 이산은 상책을 만난 뒤 모든 일정을 취소하고 곧바로 이 경모궁으로 와 아버지의 신위 앞에 섰다.

이산은 아버지 사도세자의 신위가 있는 제단 앞에 서 있었다. 바닥에 머리를 찧고 고두배(叩頭拜)를 올렸다. 절을 마친 이산이 무릎 꿇고 향불을 바라보았다. 일직선으로 오르던 향의 연기가 갈지자로 춤을 추었다. 바람 한 점 없는 사당 안이었다. 이산이 향불로 나아갔다.

비스듬해진 향들을 바르게 꽂고 과일과 음식들도 다시 가지런히 손보았다. 신위에 묻은 먼지를 소매로 닦아냈다. 그러고는 다시 제자리로 가 의관을 정제하고 무릎을 꿇었다. 향의 연기가 그제야 바르게 올랐다.

이산이 눈을 감았다. 경모궁 안에서 눈을 감으면 언제나 똑같은 풍경이 펼쳐졌다. 아득하고 검은 상념의 바다로, 임오년 그 뜨거운 여름과 휘령전이 떠올랐다.

휘령전 뜨락에 놓여 있는 뒤주가 울었다.

이글거리며 불타오르는 아지랑이 속에서 뒤주가 울고 있었다. 그 뒤주 속에서 아비가 절규했다.

"아바마마! 아바마마! 살려 주시옵소서!"

이산이 번뜩 눈을 떴다.

붉어오는 아픔을 참아내려 깊은 숨을 물었다. 제단으로 다시 나아갔다. 신위 아래 제단의 보를 들춰내고 그 속으로 들어가 한참을 낑낑대던 이산이 무엇인가를 꺼내 들었다. 쇠줄로 감아 봉인한 철상자였다. 금등(金縢)이었다. 선왕 영조가 남긴 금등.

오랫동안 손대지 않은 금등엔 먼지가 뽀얗게 앉아 있었다. 금등 안에는 선왕의 유지가 봉인되어 있었다. 선왕의 금등은 열리면 안 되는 것이었다. 하늘과 땅을 뒤엎을 복수의 굿판이 그 안에 있었다. 할아버지와 아들과 손자의 피눈물이 그 안에 있었다.

용의 비늘, 그 거꾸로 난 비늘, 역린(逆鱗)이 그 안에 있었다.

이산은 오랫동안 금등을 버려 두었다.

무서워 가까이하지 않았다. 금등이 없는 세상에서 아버지를 이해하려 했다. 세손 대리를 거치고 보위에 오르며 조금은 아버지를 이해할 수 있었다. 아버지의 꿈, 교룡의 꿈은 금등 안에 있지 않았다. 아버지의 교룡은 궁 밖에서 이산을 기다리고 있었다. 각기 제 비늘을 떨며 흐드러지게 지천으로 피어 울고 있었다.

하지만 드디어 오늘, 그렇게 오랫동안 버려둔 금등 앞에 마주했다. 이산이 금등의 먼지를 불어 떨어내고 소매로 닦았다.

상념의 아지랑이가 먼지처럼 피어올랐다.

"저군이 결국 죽었다."

그날 아침 창경궁을 휘감은 말이었다. 어린 세손이 울면서 휘령전으로 달려왔다. 휘령전 합문의 시위군사들이 세손을 막아섰다. 전 도승지 채제공이 그들에게 물러나라 고함질렀다. 시위군사들이 마지못해 물러나자 세손이 휘령전 안으로 뛰어들었다.

휘량전 뜨락은 아침인데도 괴이한 아지랑이의 열기로 일렁였다. 아비가 뒤주에 갇힌 지 팔 일 후였다. 할아버지 영조가 휘령전 월대에 서서 망연히 뒤주를 보고 있었다. 군사들이 뒤주의 모든 모서리에 줄을 연결해 잡았다. 경첩을 떼어 내고 군사들이 줄을 당기자 뒤주가 꽃잎처럼 벌어졌다.

여우비가 내리기 시작했다. 뒤주가 속을 드러내자 참혹하고 앙상한 주검 하나가 그 속에 새우처럼 웅크리고 있었다. 뼈만 남은 아비가 여우비를 맞았다. 왕세자 이선이었다. 열한 살 세손이 서서 울었다. 그 울음이 스물여섯 임금에게로 왔다.

"아버지…… 죄송합니다……."

갑수의 얼굴에서 두건이 벗겨졌다.

금위영 군기고에서 두건을 쓴 갑수가 가마에 흔들리며 어디

론가 왔었다. 흐려진 초점을 맞추며 둘러보았다. 눈에 익숙한 풍경이 들어왔다. 경모궁 안이었다. 저기 제단 앞에 꿇어앉은 임금의 뒷모습이 보였다. 임금을 둘러싸고 금위영 무관들과 홍국영이 시립한 채 포승줄에 묶인 갑수를 노려보았다. 이산이 제단의 신위를 향한 채 등 뒤의 갑수에게 말했다.

"어릴 적 춘방시절…… 너와 나는 사람들의 눈을 피해 이곳으로 몰래 왔었다. 그날을 기억하느냐?"

경모궁이 되기 전 수은묘, 갑수가 소내시로 들어왔던 그 해.

"갑신년(甲申年)[53] 오월 초아흐레…… 소신이 세손궁에 온 지 이십팔 일째 되던 날이었습니다."

"그때는…… 살수였느냐?"

"그렇습니다."

갑수는 모든 걸 체념했는지 차분하고 담담했다. 그 차분함에 홍국영이 치를 떨었다. 갑수의 작은 몸짓에도 홍국영이 날을 세웠다. 이산이 다시 말했다.

"어마마마를 뵈러 동궐로 갔었다. 부용지에서 몰래 잉어낚시를 했었다. 기억하느냐?"

"팔월 초닷새…… 소신이 세손궁에 온 지 일백십이 일째 되

---

53) 갑신년(甲申年) : 1764년. 영조 40년.

던 날이었습니다."

갑수는 모든 걸 세고 외우고 있었다. 광백과 안국래의 살수로 궁에 들어온 갑수에게, 궁궐은 또 다른 구덩이였다. 탈출해야 하는 그 구덩이.

"그때는…… 살수였느냐?"

"그렇습니다."

"네가 몹시 상해서 온 날이 있었다. 너는 맞고 다친 연유를 말하지 않았고…… 나도 내가 울고 있던 연유를 말하지 않았다."

갑수의 시선이 먼 곳으로 떠났다.

"을유년(乙酉年)[54]……"

이산이 갑수의 말을 잘랐다.

"오월 스무하루…… 비가 세차게 오던 날이었고…… 아바마마가 승하하신지 삼 년째 되던 날이었다."

"……."

"너는 그때…… 살수였느냐?"

"……."

갑수가 대답이 없다. 그제야 이산이 갑수를 돌아보았다. 흔들리는 갑수의 눈동자를 본 이산이 다시 물었다.

---

54) 을유년(乙酉年) : 1765년. 영조 41년.

"무엇이었느냐?"

12년 전, 을유년(乙酉年) 5월 21일.

사도세자의 기신(忌辰)[55]이었다. 영의정 홍봉한의 아들 승지 홍낙인이 임금의 명으로 수은묘에서 제사를 올렸다. 밤이 되자 억수같이 비가 내렸다. 그 비를 뚫고 횃불들이 춤을 추었다. 경희궁 후원으로 당직군관들과 숙위군사들과 별감들, 내관들, 나인들이 모두 총동원돼 횃불과 초롱을 들었다. 침소에 있어야 할 왕세손이 없어졌다.

"저하! 저하! 세손저하!"

내관들도 초롱을 들고 뛰어다녔다. 특히 세손궁 내관들은 사색이 되었다. 왕세손이 이 빗속에 고뿔이라도 걸리면 초주검을 당할 게 뻔했다. 아직 임금은 모르고 있었다. 깊은 밤이었고 어전에 보고는 미뤄지고 있었다. 제 명줄을 들고 심야의 침전으로 들 강심장은 아무도 없었다.

후원을 헤집고 다니는 초롱들 사이, 갑수도 있었다. 열일곱이 된 갑수는 제법 건장한 티가 났다. 하지만 그 몸과 얼굴에 두들겨 맞은 상처들을 숨길 수 없었다. 하늘을 찌르는 대전승전색

---
55) 기신(忌辰) : 기일(忌日)을 높여 이르는 말.

안국래의 양자라면 솜방망이로 다룰 게 뻔한 이친데도 소내시 훈육관들은 매질을 멈추지 않았다. 오히려 야멸치게 짓밟았다. 그 잔인한 훈육의 배후에 양부 안국래가 있었다.

초롱을 들고 황망히 뛰어다니던 갑수의 눈에 후원 구석 창고가 하나 보였다. 잡물을 보관하는 오래된 창고였다. 방치된 지 오래된 곳이라 대낮에도 을씨년스럽게 보이는 곳이었다. 귀신이 나온다는 소문이 돌아서 어린 소내시들 사이에선 귀신집이라고 불렸다. 달도 없는 그믐밤, 그 창고에서 귀신이 나온 걸 본 적이 있다고 아이들은 서로 떠들고 웃고 무서워했다. 갑수는 왠지 그곳이 걸렸다. 갑수의 발걸음이 창고로 향했다.

문 걸쇠는 흔적만 남아 있었다. 쉽게 열렸다. 창고 안에 들어서자 버려진 온갖 잡동사니들이 뒹굴고 있었다. 후원을 청소하고 보수하는 삽과 너까래, 도끼와 낫 같은 도구들이 뒤엉켜 있었다. 그리고 저기 어둠 속에 커다란 물체가 웅크리고 있었다. 벼락이 창틈으로 쏟아져 들어왔다. 그 번개 빛에 그 물체가 모습을 드러냈다. 버려진 뒤주였다.

초롱을 들고 갑수가 뒤주로 다가갔다. 한발씩 다가갈 때마다 천둥번개가 요란했다. 뒤주 뚜껑이 살짝 열려 있었다. 갑수가 초롱을 들어 보았다. 뒤주 안에 인영 하나가 웅크리고 있었다. 어린 세손이었다. 갑수가 안도의 한숨을 내쉬었다.

"저하……"

세손은 울고 있었다. 고개 드는 그 얼굴에 눈물이 가득했다.
갑수는 세손이 우는 모습을 처음 보았다. 세손은 열네 살이었지
만 어른 같았다. 아침부터 늦은 밤 잠들기까지 무릎 꿇고 책을
읽었다. 흐트러진 적이 없었고 항상 반듯했다. 그런데 늦은 밤
이렇게 고약한 곳에서 울고 있었다. 갑수가 주변을 살폈다.

"여기…… 계셨사옵니까?"

아버지의 기신이 되자 세손은 견딜 수가 없었다. 잠자리에
들었지만 잠이 오지 않았다. 뒤주 속에서 죽어 가던 아버지의
모습이 떠올라 속이 터질 것만 같았다. 나를 버려야 네가 산다
고, 울음 울던 아버지가 떠올라 견딜 수가 없었다. 무작정 방을
나와 뛰었다. 신발도 없이 버선도 없이 맨발로 뛰었다. 세손이
정신을 차린 건 이 뒤주 안이었다.

아버지의 뒤주, 그 일물(一物).

경희궁 창고 안에 버려져 있던 뒤주를 세손이 처음 알게 된
건 불과 며칠 전이었다. 새로 들어온 세손궁 지밀상궁이 나인들
과 하는 이야기를 우연히 듣게 되었다.

"그 일물이 후원 창고에 있다는데…… 사실이냐?"

창으로 비가 들이쳤다.

갑수가 그 창 앞에 서서 입을 쩍 벌리고 있었다. 세손은 아직도 뒤주 안에서 나올 생각이 없어 보였다. 불러봤자 소용없었다. 부른다고 나올 세손이 아니었다. 갑수는 다른 수가 필요했다. 갑수의 얼굴에 비가 튀면 갑수가 입을 벌리고 혀를 날름거렸다. 그 꼴이 우스꽝스러워 보였다. 세손이 관심을 가지기 시작했다.

"뭐하느냐?"

"비를…… 먹습니다."

"맛있느냐?"

"그냥…… 물맛입니다."

갑수가 똥개처럼 혀를 날름거렸다. 세손의 웃음이 터졌다. 갑수는 그런 세손에게 신경도 안 쓰고 빗물을 받아먹는 데 열중하고 있었다. 아무리 나오라 해도 나오지 않던 세손이 갑수가 하는 짓이 궁금했던지 뒤주에서 나왔다. 갑수가 모른 척 계속 빗물을 받아먹었다. 세손이 갑수 옆으로 다가왔다. 갑수는 세손을 보지 않았다. 세손이 갑수를 따라 혀를 날름거리기 시작했다.

온통 비와 침에 젖은 얼굴의 갑수를 세손이 보았다. 세손이 그 얼굴을 보다 또 웃음이 터졌다. 둘이 한참 웃었다. 웃음이 멎자 갑수의 상처와 고통의 시간을 세손이 보았다.

"또 맞은 것이냐?"

"넘어진 것입니다."

"나도 다 안다. 소내시 훈육관들…… 내가 나중에 혼내줄까?"

"이 정도는 끄떡없습니다."

비가 그쳤다. 세손이 창밖으로 비 개인 하늘을 보며 한결 밝아졌다.

"어? 비 그쳤다."

"그러네요."

세손이 한 번도 묻지 않던 질문을 했다.

"갑수 넌…… 왜 내시가 됐느냐?"

갑수가 대답이 없다. 무어라 말할 수 없는 고민이 미간을 스쳐 지났다. 하지만 곧 갑수의 얼굴이 밝아졌다. 이산은 그때 본 갑수의 얼굴을 잊을 수가 없었다. 갑수는 구름을 뚫고 나와 유난히 반짝이는 별 하나를 보고 있었다. 구덩이에서 죽어간 동생의 별.

"누군가를…… 살리고 싶었거든요."

이산이 시립하고 있던 홍국영을 불렀다.

"금위대장."

"네, 전하."

"상책을…… 출궁시킨다."

홍국영과 금위영들이 모두 놀라 입을 다물지 못했다. 갑수도 놀라긴 마찬가지였다.

"상책에 대한 어떤 추포령도 허락하지 않는다."

홍국영은 이해할 수 없었다. 살수로 침투해 그 오랜 세월 동안 존현각에서 기회를 노리던 자가 아닌가.

"전하! 하오나……"

"풀어 주어라."

금위영 무관들이 어명에 따라 갑수의 포승을 풀었다. 갑수를 일으켜 세우자 무관들이 환도에 손을 뻗었다. 날카로운 긴장이 무관들의 칼날을 타고 흘렀다. 임금의 얼굴에서는 어떤 기색도 분간할 수 없었다. 단지 임금은 일상으로, 무심으로 말했다.

"가서 살아라. 죽지 말고…… 살아라."

갑수의 심장이 찢어졌다.

"전하……."

"상책에게 말을 내주어라!"

이산이 바람을 일으키듯 사당 밖으로 나갔다. 저무는 오후의 햇살 속으로 이산이 들어갔다. 사당 안으로 들이치는 햇살의 파편에 갑수가 쓰러질 듯 휘청거렸다.

16. 유시 반각(酉時 半刻). 오후 6시.

담배연기가 자욱이 올랐다.

엽초전 이 층 다락방은 스무 명이 넘는 살수조들로 북적거렸다. 바깥은 아직 후덥지근한 열기가 가시지 않았지만 다락방 안은 서늘하고 날카로운 기운이 감돌았다. 여기저기에서 창포검과 동개활[56]이 서걱거리는 소리를 냈다. 말없이 앉아 담배를 물고 있는 사내들의 눈은 검고 황량했다. 죽음을 각오한 자들은 웃음소리를 내지 않았다. 그 이 층 다락방 계단으로 최세복이 황급히 올라왔다.

"광 막주! 광 막주!"

---

56) 동개활 : 말을 달리며 쏘는 활. 각궁과 같지만 작고 휴대가 편하다.

두 겹 세 겹의 장정들 너머로 곰방대를 물고 퍼질러 누워 있던 광백이 부스스 몸을 일으키는 것이 보였다. 최세복이 다급하게 광백을 재촉했다.

"아직도 안 왔소?"

광백이 무슨 일인가 뚫어져라 최세복을 보다가 타구통에 침을 찍 뱉었다.

"보채기는……."

살수들 중에 가장 중요한 임무를 맡은 을수가 오지 않고 있었다. 오기로 한 지 벌써 두 시진이 지나고 있었다. 연락도 없었다. 그런데 광백은 느긋하기만 했다. 뒤로 벌러덩 넘어가는 광백을 향해 최세복이 버럭 고함을 질렀다.

"내가 지금 안 보채게 생겼나?"

갑수가 옥색 도포를 입었다.

내반원 직숙방으로 돌아온 갑수는 환관복을 벗고 나들이 평복으로 갈아입었다. 옷을 입을 때마다 두들겨 맞은 몸이 앓는 소리를 냈다. 갓을 쓰고 술띠를 맸다. 농 안에 두었던 태사혜(太史鞋)[57]를 꺼내 들었다. 한 번도 신지 않은 새 신발이었다. 임금이 하사

---

57) 태사혜(太史鞋) : 울을 형겊이나 가죽으로 하고 코와 뒤에 흰 줄무늬를 새긴 사대부 남자용 신.

했던 상이었다. 논어 한 권을 통째로 암송하고 필사하고 받은 상. 감시하고 있던 금위영 무관이 갑수가 챙겨 든 태사혜를 보며 말했다.

"그거뿐이야?"

"……."

갑수가 궁을 떠나면서 챙길 물건은 그것 하나였다. 그것이면 됐다. 홍국영이 안으로 들어왔다. 그의 손에 서찰 하나가 들려 있었다. 갑수가 인사하자 상처로 가득한 갑수의 얼굴을 뚱하니 보던 홍국영이 서찰을 건넸다. 홍국영의 얼굴에는 못마땅한 기색이 역력했다.

"전하의 교지다. 승정원이 인가했으니…… 너는 이제 정식으로 자유인이다."

갑수가 묵묵히 받아 들었다. 홍국영이 건성으로 물었다.

"어디로 갈 텐가?"

"……."

"이제 나가면 다시는…… 궁으로 돌아오지 마. 그땐……."

홍국영의 말이 채 끝나기도 전에 갑수가 문밖으로 나가 버렸다. 홍국영이 애꿎은 부하들에게 소리쳤다.

"궁문까지! 확인해!"

갑수는 금위영에서 내준 말을 받아 경희궁 정문인 흥화문으로 향했다. 금위영 무관 넷이 좌우에서 감시하듯 따랐다. 금천교를 지나고 흥화문이 보이자 갑수의 발걸음이 무거워졌다. 이제 나가면 다시는 돌아오지 못하리라.

궁은 갑수에게 언제라도 떠나고 싶은 또 다른 감옥이었고 구덩이였다. 안국래의 간자로 살아야 했던 소내시 시절은 광백의 산채 시절이나 다를 바가 없었다. 안국래의 지령을 받은 훈육관들은 밤낮없이 갑수를 괴롭혔다. 방심하거나 해이해지는 틈을 주지 않겠다는 의도였다.

공부하는 무릎에 돌덩이를 올려놓고 틀릴 때마다 올라가 밟았다. 유독 갑수의 돌은 크고 무거웠다. 얇은 수건을 얼굴에 붙이고 물을 부었다. 숨이 막혀 까무러친 적이 셀 수도 없었다. 자다가 끌려 나와 이유 없이 멍석말이를 당했다. 두 팔을 뒤로 묶어 공중에 매달아 놓고 사정없이 때렸다.

그래도 갑수는 궁을 떠나지 못했다. 언젠가부터 이곳에서 또 다른 을수를 보았다. 자신보다 더 가련한 신세였다. 죽지 않는 이상 궁을, 이 구덩이를 떠날 꿈을 꾸지도 못하는 애처로운 아이를 보았다. 그 아이는 할아버지가 아버지를 죽이는 광경을 눈으로 목격했다. 그러고도 그 할아버지에게 조아리고 잘못을 빌고 충성을 맹세해야 했다.

그 아이는 존현각에서, 저 혼자 제 어린 생명을 지키기 위해 몸부림치고 있었다. 주위에 그 아이를 위로할 이가 아무도 없었다. 오로지 갑수만이 그 아이를 뒤주에서 잠들지 않게 지킬 수 있었다.

홍화문은 들어오고 나가려는 자들로 북적거렸다. 궁문 안으로 소달구지를 끄는 삿갓 하나가 들어섰다. 일일이 궐내 출입 문표인 표신을 확인하던 수문장이 삿갓의 사내를 멈추게 했다. 삿갓의 사내가 표신을 내밀었다. 여유를 부리며 청염장 공방의 표신을 수문장에게 꺼내 든 사내, 을수.

"경강 청염장에서 왔습니다."

수문장이 달구지의 거적을 들치자 염료들과 쪽빛 염색천이 가득했다. 생쪽잎과 청대(靑黛)[58]와 여회(蠡灰)[59]가 가득했고 감색, 남색, 청색의 청염장 염색천들이 가지런히 들어 있었다. 세답방에 납품할 청염장의 재료들이 분명했다.

수문장이 을수를 들여보내 주었다. 을수가 수문장에게 넙죽 인사하고 달구지를 끌고 가는 그 옆으로, 갓을 쓴 갑수가 말을 끌고 나갔다.

을수는 갑수를 알아보지 못했다. 갑수도 자신의 옆으로 지나

---

58) 청대(靑黛) : 쪽에서 얻는 짙푸른 물감.
59) 여회(蠡灰) : 명아주를 불에 태운 재.

가는 삿갓의 사내가 을수일 줄은 까맣게 몰랐다. 둘은 서로를 전혀 알아보지 못했다. 광백의 구덩이를 떠나고 13년만의 해후는 허망한 찰나로 그렇게 지나갔다.

궁 밖으로 나온 갑수는 흥화문 밖에서 임금이 계신 곳을 향해 절을 올렸다. 살아서 다시 볼 수 없는 이별. 갑수의 눈에서 뜨거운 눈물이 흘러내렸다.

건장한 사내의 손이 월혜의 입을 막고 낚아챘다.

월혜가 세답방 모퉁이를 돌아 나올 때였다. 기겁한 눈으로 쳐다보던 월혜가 을수를 알아보았다. 인적이 드문 곳이었지만 궁궐 안이었다.

"미쳤어…… 어떻게 여길……?"

"보고 싶었어."

"그래도 여길 들어오면……."

월혜가 을수를 구석으로 잡아당기며 황급히 주위를 살폈다.

"빨리 나가요. 들키면 어떻게 되는지 몰라요?"

"나…… 멀리 가."

"어딜요?"

"있어…… 멀리."

을수의 눈빛이 까마득히 먼 곳으로 멀어졌다. 월혜가 그 눈빛을 읽었다.

"다시…… 안 와요?"

"아마도……."

월혜가 을수의 손을 잡았다. 여기서 을수를 놓아버리면 다시
는 잡을 수 없을 것 같았다.

"나…… 데려가 줄래요? 그래 줄 수 있어요? 나도 같이?"

월혜가 따라 나서려 한다. 전혀 예상하지 못한 반응이었지만
을수는 그 순간 다시 살 수 있다는 희망으로, 월혜와 함께 할 수
있다는 희망으로 몸서리쳤다.

"정말…… 그래도 돼?"

"뭐든 할게요! 데려만 가 주면 뭐든 다 할 수 있어요! 빨래두
잘하고요! 바느질도 곧잘 해요. 요리는 젬병이지만 그래두 배
우면 잘할 수 있고요. 밭일 같은 것두 잘할게요. 근데 알죠? 정
말 위험한 일이란 거…… 나 땜에 우리 둘 다 어쩌면……."

월혜는 들떠 있었다. 그리고 절실해 보였다. 나인이 궁을 떠
난다는 건 목숨을 걸어야 하는 일이었다. 하물며 남자와 눈이
맞아 도망한 것이라면, 둘 다 능지처참을 면치 못할 일이었다.
을수는 단지 마지막으로 월혜를 보고 싶었다. 월혜의 얼굴을 보
고 나면 아쉬움 없이 죽을 수 있을 것 같았다. 하지만 아니었다.
월혜를 본 순간, 살고 싶었다. 월혜를 놓을 수가 없었다. 을수가

어금니를 물었다.

"가자…… 우리. 지금 같이 가요…… 나랑……."

월혜도 망설일 이유가 없었다. 복빙만 살려낼 수 있다면 월혜는 이 궁궐에 어떤 미련도 없었다. 반정이 일어나든 임금이 바뀌든 월혜에겐 상관없었다. 월혜가 힘차게 끄덕였다.

"나…… 할 일이 하나 있어요. 홍화문에서 기다리세요."

저만치서 나인들이 오자 월혜가 을수를 밀어냈다.

"어서요!"

월혜가 황급히 을수에게서 떨어져 나와 모른 척 나인들을 따라갔다. 월혜가 힐긋 뒤돌아보며 을수를 향해 미소 지었다. 을수의 심장이 뛰기 시작했다. 뜨거운 피가 몸 안에 돌았다. 월혜와 함께라면 인간이 되어 살 수 있을 것 같았다. 이제 칼을 버리고, 그 검은 피를 버리고, 을수는 사람의 심장으로 월혜와 함께할 수 있을 것 같았다.

을수의 얼굴이 붉게 상기되었다.

존현각 앞뜰로 월혜가 들어섰다.

월혜의 손에는 임금의 무명적삼이 들려 있었다. 존현각 장지문이 열리고 안으로 들어서던 월혜가 흠칫 놀랐다. 제조상궁 고수애가 곡좌(曲坐)[60]한 채 임금과 같이 있었다. 월혜의 심장이 무섭게 뛰었다. 월혜가 무명적삼을 내려놓고 깊게 조아렸다.

"새로 수선하고 세답한 침복이옵니다."

임금의 표정이 밝지 않았다.

"두거라."

월혜가 일어서서 침복 옷걸이에 무명적삼을 걸었다. 무언가 떨어지지 않는 월혜의 걸음이 옷걸이 주위에서 맴돌았다. 방 안의 공기가 긴장감으로 굳어 가는데, 이산이 월혜를 향해 고개를 들었다.

"일이 더 남았느냐?"

고수애가 월혜를 빤히 쳐다보았다. 월혜가 황급히 조아렸다.

"아니옵니다."

이산이 나가 보란 듯 말했다.

"수고했다."

임금에게 다시 깊은 절을 올리고 월혜가 밖으로 나갔다. 월혜가 가슴을 쓸어내렸다. 고수애가 있을 줄이야. 저녁 수라를 들고 임금이 야대를 마치고 침복으로 갈아입을 시간은 인경이 올 때쯤일 것이다. 어쩌면 그것보다 더 이른 시간에 임금이 침

---

60) 곡좌(曲坐) : 공경하는 뜻으로 마주 앉지 않고 옆으로 조금 돌아앉음.

복으로 갈아입을지도 모른다.

임금의 침복이 복빙의 생사를 가를 것이다. 월혜가 더 이상 할 수 있는 것은 없었다. 월혜는 궁 밖으로 나갈 물건을 챙기기 위해 처소로 총총걸음을 옮겼다. 을수가 금천교에서 기다리고 있었다.

월혜가 나가자 이산이 고수애에게 말했다.

"오늘 저녁은 동덕회 모임이 있소. 중관을 통해 문안 인사를 하겠소."

"전하. 오늘 저녁 문안은 꼭 오셔야 한다고……."

왕대비전의 호출이었다. 새벽 문안을 하고 저녁 문안은 중관을 보내 글로 문안 인사를 하기로 했었다. 모임이 있어 이미 문안 절차에 대해 기별을 해 놓은 상태였다. 그런데도 왕대비가 임금을 보챘다. 왕대비전의 호출을 전하는 고수애의 목이 뻣뻣했다. 좀처럼 내색하지 않는 이산의 얼굴에 울컥하는 노기가 흘렀다.

"제조상궁."

"네, 전하."

"그대는 이 궁 안에서…… 도대체 누굴 섬기고 있소?"

문득 정적이 흐르다 고수애가 대답했다.

"당연히…… 전하시옵니다."

고수애의 입과 눈이 따로 놀았다. 당연히 왕대비였다. 더 이상 긴말 하고 싶지 않았다. 이산이 책장을 넘겼다.

"나가 보시오."

고수애의 친척 오라버니 별감 고정환이 대궐 사람이라 큰소리치며 저자에서 사람을 때리고 부덕한 짓을 한 혐의로 형조에서 치죄되었다. 임금은 단호히 중형을 가했다. 원래부터 제조상궁 고수애는 왕대비 가문의 사람이었으나 그 일 뒤로 임금을 대하는 얼굴에 온기가 없었다. 고수애가 딱딱한 얼굴로 절하고 나갔다.

오늘은 힘들고 이상한 날이었다. 조강에 나온 신하들은 대놓고 임금에게 반기를 들었다. 자궁이 흉흉한 꿈을 꾸었다고 찾아왔다. 문안 가서 본 왕대비는 입에 담지 못할 말로 능욕했다. 상선이 살해당했다. 춘당대에선 구선복의 졸개가 임금의 뒤를 밟았다. 그리고 상책 갑수가 안국래의 배후로, 노론의 살수로 궁에 안배되었다는 사실이 드러났다. 가슴이 터질 듯이 뻑뻑해져 왔다. 이산은 책을 탁 소리 나게 덮고 말았다.

"상책! 주례를 가져오라!"

말을 해 놓고 이산이 멍해졌다. 늘 있던 자리에 당연히 갑수가 없었다. 갑수가 놓고 올라가던 보조의자만이 덩그러니 거기서 말이 없었다. 언제나 그 자리에 있던, 갑수의 보조의자.

작년 겨울밤이었다.

보위에 오른 그해 겨울은 눈이 많이 왔다. 침복 차림의 이산은 화롯불 앞에서 승정원일기를 읽고 있었다. 갑수는 보조의자에 올라 책장 정리를 하고 있었다. 승정원에서 올라온 지난달의 승정원일기가 한 아름이었다. 임금은 보위에 오르고 난 뒤 거의 잠을 자지 않았다. 밤새 무언가를 읽고 또 읽었다. 조정에서 벌어진 일을 매일 기록한 승정원일기는 한 글자도 놓치지 않으려 했다.

존현각 문이 열리고 지밀나인들 셋이 눈을 잔뜩 맞은 꼴로 책 보따리를 들고 들어왔다. 존현각에 정리할 새 책들이었다. 북경에 갔던 사신들이 유리창(流璃廠)[61]에 들러 사 왔던 책들, 새 책이라면 자다가도 벌떡 일어나는 임금께 바친 책들이었다. 그 지밀나인 중 하나의 용모가 눈길을 끌었다.

한참 서책을 정리하던 갑수가 이상한 느낌이 들어 주변을 살폈다. 이산이 책을 보다 말고 자꾸 어딘가를 힐끔거리고 있었다. 그 지밀나인이었다. 지밀나인도 이산의 눈빛을 읽었는지 볼

---

61) 유리창(流璃廠) : 북경의 유명한 고서, 미술품 거리.

이 발그레한 채 경직되어 있었다. 둘 사이에 흐르는 어색함과 긴장감을 읽은 갑수가 빙긋이 혼자 웃었다. 지밀나인들이 나가고 난 뒤, 갑수가 화로에 탄을 더하고 차를 올렸다.

"지밀방에 있는 수련이라는 아이옵니다."

이산이 움찔하더니 얼굴이 붉어졌다.

"일도 성실히 하거니와 품성이 바르고 정갈해 내명부에서도 칭찬이 많은 아이옵니다."

이산이 무의미하게 책장을 이리저리 넘겼다.

"그런…… 아이도 있구나."

"들라 하리까?"

이산의 손이 멈췄다. 숨 가쁜 세손 시절과 위기의 대리청정을 거쳐 보위에 오를 동안 스물다섯 임금은 여자에 대해 고민할 시간이 없었다. 일에 치여 중궁전도 멀리하고 태반을 존현각에서 보내던 이산이었다. 욕심 난다고 다 가진다면 그것은 사치라고 생각하던 임금. 무르팍과 버선이 해지도록 하루 온종일 무릎 꿇고 보내던 이산에게 여자는, 다만 사치였다. 하지만 임금도 남자였다. 스물다섯의 건장한 수컷.

"아무리 상중이라도 종사의 대계는 멈춤이 없어야 하지 않겠사옵니까."

"내가…… 좋아하는…… 그런…… 유형이 아니다."

시치미 떼는 임금을 누구보다 잘 아는 이가 갑수였다.

"전하의 유형이옵니다."

"아니래두."

"맞습니다."

이산이 신경질적으로 책을 덮었다.

"상책!"

갑수가 지지 않고 능글거렸다.

"네."

이산이 낮게 한숨을 쉬었다.

"중궁전은…… 어떡하지? 알면…… 안 되는데……."

갑수의 웃음이 터져 나왔다.

"허허허."

"왜 웃나?"

"어허허허허!"

"웃지 말라."

"죄송하옵니다."

임금이 왕비의 눈치를 보았다. 그 많은 후궁들이 있으면서도 임금은 마냥 조심스러웠다. 정치에 있어서는 예측불허의 강단으로, 여우가 된 노구의 정객들도 거침없이 무릎 꿇리는 임금도 여자 문제만큼은 젬병이었다. 미간을 찌푸리고 입이 불퉁하게 나온 이산은 그저 약이 올라 짜증 내는 손아래 동생처럼 보였다. 참으려다 웃음이 더 터지고 말았다. 갑수가 이제 대놓고 웃기 시작했다.

"으하하하하하!"

이산이 한숨을 터트렸다.

"거 참⋯⋯!"

이산이 멍하니 주위를 둘러보았다.

갑수의 그 웃음소리가 떠돌고 있는 듯했다. 그때가 처음이자 마지막으로 들은 갑수의 웃음소리였으리라. 갑수는 이제 없었다. 이산이 주인 없는 보조의자를 한참동안 바라보다 책장으로 다가갔다. 갑수가 정리해 둔 자리. 주례가 있던 자리. 좌방 상단 삼 열이라 했던가. 보조의자에 올라 주례를 찾아 꺼내 들었을 때였다.

바람이 통하라고 열어 두었던 뒤쪽 장지문을 통해 돌개바람이 휘몰아 들어왔다. 돌개바람은 존현각 안을 거침없이 쓸고 지나갔다. 옷걸이에 걸어 둔 무명적삼 침복이 바닥으로 떨어졌다. 이산은 책장에서 주례를 꺼내 들고 내려왔다. 소반 위에 책을 올려 둔 이산이 무명적삼을 주워 들었다. 무언가 설명할 수 없는 기운이 이산을 감쌌다. 그냥 늘 입던 무명적삼일 뿐이었다.

오늘따라 유난히 쭈뼛거리던 그 세답방나인이 두고 간 무명 적삼.

안감이 두꺼워 보였다. 손끝에서 비단 안감이 느껴졌다. 비단 안감은 사치인데다 날이 더울 때는 홑겹의 무명이 훨씬 좋다고 그리 일렀건만…….

드디어, 이산의 손이, 무명적삼을 열었다.

을수는 보고도 믿을 수 없었다.

약속 장소인 금천교 앞이었다. 소달구지를 세워 두고 서서 월혜를 기다리던 을수는 눈앞에서 월혜가 잡혀 가는 광경을 목격했다.

월혜를 기다리던 시간은 일각이 백 년 같았다. 숨 막히게 조마조마한 시간이었다. 그렇게 기다리던 월혜가 모습을 드러내자 그제야 겨우 숨통이 열렸다. 하지만 을수는 다시 숨이 멎었다. 월혜를 뒤쫓아온 듯한 궁궐 무관들이 월혜를 순식간에 에워쌌다. 월혜의 얼굴이 공포에 질려 버렸다. 을수는 금방이라도 튀어 나갈 듯 팽팽해졌다. 하지만 그 순간, 그 자리에 못 박은 듯 얼어 버렸다.

그자가 월혜에게 왔다.

광백이 내밀던 그 용모파기화에 그려져 있던 사내, 오늘 밤 을수가 베기로 약속했던 그자, 이 나라의 임금.

왕대비의 등이 반짝거렸다.

상반신을 모두 벗고 금침에 엎드려 있는 왕대비의 등에 돈유 (豚油)가 매끄럽게 흘렀다. 지밀나인들이 왕대비의 등에 돼지기 름을 붓고 안마를 했다. 물놀이로 팍팍해진 피부를 보듬으며 왕 대비가 늦은 오후의 망중한을 즐기고 있을 때였다. 고수애가 들 어와 조아렸다.

임금이 왕대비전의 호출을 거절했다는 말을 고수애가 전했 다. 제 어미가 어떤 짓을 한지도 모르고 임금이 뻗댔다. 어떤 상 황인지도 모르고 임금이 왕대비를 무시했다. 왕대비의 양 손바 닥 위에서 위태롭게 달랑거리는 것은 임금과 혜경궁의 명줄이 아니던가. 왕대비가 나른하게 고수애를 돌아보았다.

"그래?"

고수애가 조아렸다. 왕대비가 일어나 앉자 나인들의 벗은 몸 을 비단으로 감싸 주었다. 김 상궁이 내미는 장죽을 왕대비가 물었다. 왕대비가 길게 담배 연기를 뿜어 올렸다. 연기는 두 겹 세 겹으로 서로 꼬아 들며 허공으로 올랐다.

"오랜만에 존현각 구경이나 해 볼까?"

17. 술시 일각(戌時 一刻). 오후 7시 15분.

존현각 처마에 늦은 해가 머물렀다.

게으른 해가 서산으로 기울며 존현각 앞마당에 길게 그림자를 그렸다. 존현각 차비문을 지키던 호위가 해를 따라 늘어져 있던 눈을 부리나케 치켜떴다. 차비문에서 요란한 소리가 터져 나왔다.

"왕대비마마! 행차십니다!"

차비문 안으로 왕대비가 들어섰다. 왕대비를 따르는 행렬이 끝도 없이 존현각 안으로 들어왔다. 측근에서 따르는 제조상궁 고수애와 김 상궁을 비롯해 상궁만 십여 명에 이르렀다. 거기에다 호위하는 무예별감이 이십여 명, 왕대비전 지밀나인들과 내

241

관들만 삼십여 명이 훌쩍 넘었다. 대행차였다. 임금의 행차가
이보다 더한 적이 있었던가. 왕대비는 배종하는 수하들을 이끌
고 이 궁궐의 주인이 누구인지 과시하고 있었다.

　임금의 존현각 마당을 그들이 장악했다. 사람의 행렬로 가운
데 길을 만들어 지게문 앞에 이르렀다. 지게문 호위가 역시 목
청이 터져라 소리쳤다.

　"왕대비마마! 행차십니다!"

　존현각 지게문으로 이산이 모습을 드러냈다. 존현각 뜨락을
채우고 있는 자들 중에 임금을 보고도 머릴 숙이는 자가 없었
다. 왕대비가 그 가운데 있었다. 홍국영이 내려와 자리를 만들
자 이산이 섬돌로 내려와 섰다. 이산은 목화를 신고, 가운데로
걸어와, 왕대비 앞에 인사했다.

　"어인 일이신지요?"

　왕대비의 입가에 교만의 미소가 대롱대롱 매달려 있었다.

　"나 좀…… 볼까요?"

　왕대비가 상석에 앉아 있었다.

　옷 밖으로 드러난 왕대비의 피부는 온통 돼지기름으로 번들
거렸다. 돼지기름 냄새와 사향 냄새가 뒤섞여 존현각 안이 어지
러웠다. 그렇게 존현각 침전 안에 왕대비와 이산이 마주하고 있

었다.

왕대비는 빈틈없이 무릎 꿇고 앉은 이산의 얼굴에서 아무것
도 읽어 낼 수 없었다. 파리한 듯 차갑고 무표정한 얼굴이었다.
살려 달라고 빌어야 했다. 그런데 너무 뜸을 들였다. 잘못 말했
나? 요지는 간단하지 않았다. 네 어미 혜경궁이 날 죽이려 독살
을 시도했다. 그 일이 실패로 돌아가고 지금 왕대비전 행랑채에
잡혀 있단다. 왕대비가 다시 이산에게 물었다.

"어쩌시렵니까……?"

"……."

역시 이산은 아무 말 없다. 조급해지는 쪽은 왕대비였다.

"증좌도 있고 증인도 있어요. 천지개벽할 일이라 먼저 상의
를 하러 왔어요."

"……."

"말을 안 하시겠다……?"

이산은 손가락도 까닥하지 않았다. 바닥의 한 점을 찍은 이
산의 눈동자는 움직이지 않았다. 생각되지 않은 말들이 나오는
순간, 일은 돌이킬 수 없을 것이다. 주워 담을 수 없는 말들이
제멋대로 사람을 베고 다닐 것이다. 왕대비의 말은 거짓이 아닌
듯했다. 어미가 왕대비를 독살하려 했다는 것, 지금 행랑채에
잡혀 있다는 것 모두 사실인 듯했다. 어미는 자신이 그렇게 두

려워하던 그 악몽 속으로 뛰어들었다. 아들을 살리기 위해 어미는 돌이킬 수 없는 악수를 두고 말았다.

왕대비의 의도는 뻔히 보였다. 혜경궁은 임금을 압박할 막강한 패가 될 것이다. 혜경궁을 살려 주는 조건으로 귀향 간 오라버니 김귀주의 복귀는 물론이고 삭출당한 노론의 인사들을 전부 복관시키는 것과 서명선과 홍국영 등 임금의 충신들을 모두 숙청하려 할 것이 분명했다. 혜경궁을 서인으로 폐해서 궁 밖으로 내쫓고 왕대비 가문의 외척들이 모두 조정을 타고 앉아 정사를 주무르는 왕대비 김씨와 노론의 조선.

새하얘진 이산의 머릿속으로 뒤주 안에 새우처럼 웅크려 죽어 있는 아버지 사도세자가 떠올랐다. 기둥에 묶여 있는 어머니 혜경궁의 처참한 모습이 떠올랐다. 이것이 임금의 부모란 사람들이 걸어야 하는 길이란 말인가. 아비는 뒤주에 갇혀 굶어 죽고 어미는 치욕스런 종말을 맞이해야 하는, 패도(悖道)의 길. 다시 한 번 이산은, 털끝 하나 미동하지 않았다. 왕대비가 천연덕스럽게 우는소리를 냈다.

"왜들 이리 나를 미워할까요? 주상…… 내가…… 무슨 죄가 있나요?"

한참 묵묵히 있던 이산의 시선이 왕대비를 넘어 어딘가로 향했다. 이산의 눈길이 닿은 곳은 십자 옷걸이였다. 무명적삼 침복이 그 옷걸이에 걸려 있었다. 세답방나인 월혜가 두고 간 그 무명적삼. 그 옷이 흐느꼈다. 미세한 울음의 파동으로 무명적삼이 이산에게로 왔다. 오랜 침묵 끝에 이산이 입을 열었다.

"뜻대로…… 하소서."

왕대비가 귀를 의심했다. 잘못 들었나? 살려 달라고 비는 말이 아니었다. 엎드려 빌지는 못할망정, 뜻대로 하라니. 제 어미를 죽이든지 말든지 맘대로 하라는 말이 임금의 입에서 나왔다.

"사사로이는 생모이나 대내(大內)[62]에는 정도가 있고, 나라에는 국법이 있사옵니다. 그리고 저는…… 그 국법을 수호하는 이 나라의 임금입니다."

왕대비가 가쁜 숨을 내쉬었다. 치맛자락을 움켜쥐었다. 참을 수 없는 분기가 떠올라 그 얼굴이 붉게 들뜨기 시작했다. 하지만 이산은 담담했다.

"어느 저울, 어느 균형, 어느 사정을 논하더라도 사사로이 기울지 않아야 하는 것이 저의 자리이옵니다."

요컨대, 이 인간은 지금 문제의 심각성을 전혀 느끼지 못하고 있었다. 말귀를 전혀 못 알아들었다.

"나는 지금…… 혜경궁…… 주상의 어미를 그대의 아비에게

----
62) 대내(大內) : 임금이 거처하던 궁궐.

로 보낼 수도 있어요."

죽이겠다는 뜻이었다. 네 아비처럼 네 어미를 죽이겠다는 능
멸의 말이 왕대비의 입에서 나왔다. 이산이 한번 호흡을 물었
다. 그리고 이내 단호하고 분명한 음성으로 말했다

"뜻대로 하소서."

왕대비는 경악했다. 이런 반응은 예상한 것이 아니었다. 임
금은 지금 혜경궁을, 자신의 생모를 버리겠다고 나왔다. 이산이
장지문 밖의 홍국영을 불렀다.

"도승지는 들라!"

와락 문이 열리고 기다리고 있던 홍국영이 나는 듯 들어와
부복했다.

"하명하시옵소서!"

"동덕회 모임이 언젠가?"

아는지 모르는지 홍국영마저 천연덕스러웠다.

"벌써 일각이 지난 줄로 알고 있사옵니다."

이산이 똑바로 왕대비를 응시했다. 그것은 분명 여기서 나가
라는 눈빛이었다. 물러가라는 몸짓. 왕대비가 부들부들 떨었다.
이런 결과는 전혀 예상하지 못했다. 비척대며 일어서는 왕대비
자신을 납득할 수 없었다. 현기증이 일었다. 분노와 허탈감으로
걸음을 옮기던 왕대비가 이산을 돌아보았다.

"주상…… 지금 주상의 선택…… 나중에 후회해도…… 소용없어요."

이산이 장지문을 넘어 왕대비전에 이르는 길을 보았다. 이산이 망설임 없이, 단호히 답했다.

"도승지는 왕대비마마의 길을 트라."

홍국영이 후다닥 일어나 존현각 문을 열었다. 부서질 듯 문 열리는 소리가 요란했다. 왕대비가 이산과 홍국영을 뚫어지게 노려보다 이내 바람을 일으키며 나갔다. 이산은 여전히 미동도 않고 있었다. 무릎 꿇은 그 자세로 이산은, 오로지 자신의 옷걸이, 그 무명적삼만을 무섭게 노려보았다.

경희궁 흥화문 삼문 중에 가운데 정문이 열렸다.

임금만이 다닐 수 있는 중앙 정문이 열린 것이다. 그 문으로 평복한 이산이 말을 타고 나왔다. 역시 임금처럼 평복한 홍국영과 금위영 무관들이 삼문의 좌우 양쪽에서 말을 타고 나왔다. 모두 이십여 기의 말이 흥화문을 빠져나왔다.

흥화문 수문장을 비롯한 수문장청 군사들이 흥화문을 빽빽하게 에워싸고 임금의 길을 열었다. 저기 멀리 석양이 도성을 잠식할 듯 덮쳤다.

왕대비전 행랑의 문이 부서질 듯 열렸다.

고수애를 앞세운 왕대비가 들어섰다. 왕대비의 눈에서 주체하지 못할 노기가 펄펄 날뛰었다. 묶여 있던 혜경궁과 복빙이 지친 얼굴로 그런 왕대비를 보았다. 왕대비가 치마를 휘날리며 다가와 혜경궁 앞에 우뚝 멈춰 섰다. 혜경궁을 빤히 쳐다보며 요상한 표정으로 고개를 갸웃거리던 왕대비가 문득, 말했다.

"당신을…… 내 뜻대로 하랍니다."

"……."

"어미가 죽을지도 모르는데 그 아들이 지금 어딜 가는 줄 아세요? 허…… 술 처먹으러 간답니다."

혜경궁은 알았다. 왕대비는 지금 아들 이산을 만나고 왔다. 하지만 뜻대로 되지 않았음이 분명했다. 숨기고는 있지만 지금 왕대비의 얼굴을 가로지르는 건 패배감이었다. 그래…… 됐어……. 죽은들 아까울 게 없었다. 혜경궁의 검은 시선이 왕대비를 보았다. 죽음을 각오한 눈빛이 왕대비에게 닿았다.

"네 세상이…… 올 거 같으냐?"

왕대비가 일순 멍해졌다.

"뭐라……?"

"너희들은 내 아들을 모른다."

혜경궁의 얼굴에 기묘한 웃음이 떠올랐다. 이윽고 혜경궁이 넋이 나간 듯 웃기 시작했다. 발작적인 웃음소리에는 깊고 무거운 슬픔이 배어 있어서 더욱 소름 끼쳤다. 웃음소리는 행랑 안을 찌르고 돌아다녔다. 마냥 지켜보던 왕대비가 콧방귀 소리를 냈다.

"이것들이…… 쌍으로…… 미쳤구나……."

왕대비가 고수애를 불렀다.

"고 상궁."

고수애가 바짝 다가와 조아렸다.

"하명하시옵소서."

"구 장군은?"

"경강에서 대기 중이옵니다."

왕대비가 혜경궁을 쏘아보았다. 번들거리는 살기가 혜경궁에게 날아들었다.

"날도 저무는데…… 사람을 보내야 하지 않을까?"

"여부가…… 있겠사옵니까."

마침내 왕대비의 재가가 떨어졌다. 고수애가 부리나케 밖으로 나갔다. 구선복은 대업을 위해 대기하라는 왕대비전의 전언을 이미 받아 놓고 있었다. 이제 출격 명령이 떨어진 셈이다. 왕대비전에서 임금과 수도를 방어하는 어영대장에게 밀명을 내린다는 것은 있을 수 없는 일이었다. 따라서 대기하라는 전언 자체가 함의하는 것은, 왕대비의 국왕책봉권을 보호하라는 것이었다. 국왕책봉권을 보호하라는 것은 거사가 있음을 알리는 것이었다.

국왕책봉권. 임금이 승하하거나 폐위되면, 궁중에서 가장 어른인 대비가 새로운 국왕을 책봉할 수 있는 권리. 신하들이 가려 세운 국왕을 대비가 형식적으로 인정하는 것을 뜻했다.

혜경궁의 웃음이 잦아들었다. 그 웃음 끝에 남은 건 슬픈 눈물이었다. 복빙이 혜경궁의 그 눈물을 보았다. 웃음마다 혜경궁의 굵은 눈물이 맺혀 나왔다.

여름 달이 떠올랐다.

달은 짙은 밤을 기다리지 않았다. 희끄무레한 밤의 초입에서
벌써 얼굴을 내밀었다. 홍등이 단아한 정자 하나가 그 달 아래
있었다. 임금이 오기로 한 정자 주위에는 개미 새끼 한 마리 보
이지 않았다. 평소 임금의 미행이었다면 금위영 호위들과 협련
군 군졸들이 주변을 빼곡히 에워쌌을 것이다.

동덕회가 열리기로 한 정자. 하지만 군사들의 창검은 어디에
도 없었다. 임금의 군사도 대신들의 가마도 나타날 기색이 없었
다. 주인 없는 소반상과 빈 방석만이 정자 위에서 빈둥거렸다.

강변으로 말이 달렸다.

말발굽에 땅과 흙이 부서졌다. 말은 거품을 물었다. 이십여 기의 말들은 경강변을 횡으로 가로지르며 앞서고 있는 선두마를 쫓아 숨을 헐떡였다. 선두마는 맹렬한 속도로 달리고 있었다. 말의 심장은 제 속도를 이기지 못하고 부서져 버릴 듯했다. 홍국영이 허겁지겁 이산이 탄 말을 쫓아왔다. 가까스로 이산을 따라잡은 홍국영이 소리쳤다.

"전하! 후위가 처지고 있사옵니다!"

이산은 늦출 생각이 전혀 없었다. 이산과 말은 오로지 전방을 향해, 직진했다.

"죽을 각오로 달려라! 단 일 각도 지체되어선 안 된다!"

이산은 단호했고 말은 제 심장이 터져도 멈추지 않을 것으로 보였다. 날고 기는 정예 금위영 무관들이 날아드는 바람에 눈물을 뿌렸다. 눈물도 닦지 못한 채 바람을 가르고 따라왔다. 임금의 말은 속도를 더 올렸다.

말발굽에 차이는 모래먼지가 강변을 메웠다. 물새가 말을 따라오다 멀어졌다. 구선복이 있는 군영의 횃불이 저기 먼발치에서 모습을 드러냈다. 강변과 수면을 메우고 일렁이고 있었다. 이산의 박차가 말의 엉덩이를 파고들었다. 홍국영은 넘어오는 신물을 참아내며 임금을 쫓았다. 임금은 이대로 달리다 죽어도 멈추지 않을 듯했다. 이산은 힘들어하는 홍국영을 돌아보지 않았다. 한 치의 빈틈도 길에 뿌릴 수 없었다. 금위대장, 아직도 모르겠는가.

저기 저곳에 어머니의 사활이, 내 마지막 기회가 있다.

"이제 나타나면 어떡하는가?"

엽초전 이 층 계단에 모습을 드러낸 자는 분명 을수였다. 기다리고 있던 최세복은 거의 울상이 되어 을수를 반겼다. 검이 틀림없는 기다란 흰 무명천을 들고 을수가 나타나자 살수조들도 술렁이기 시작했다. 조선 최고의 살수라는 자는 무시무시한 인광을 가지고 있었다. 을수가 뿜어내는 살기는 엽초전 스무 명의 살기를 온전히 다 잡아먹고도 남았다. 을수는 그 관심에 어떤 반응도 보이지 않았다. 단지 흰 무명천을 뚫고 나오려는 무분별한 살기를 움켜쥐고만 있었다.

"준비…… 됐소."

검은 그림자가 마당으로 들어섰다.

계생동 안국래의 집은 인적 없이 을씨년스러웠다. 불빛 하나 없었다. 갑수는 낮에 다녀간 궁궐의 금위영 무관들이 어질러 놓은 우물가를 매몰차게 지나 사랑채로 향했다. 툇마루에 올라선 갑수가 사랑채 안으로 미끄러지듯 사라졌다.

갑수는 궁에서 나오자 계생동으로 향했다. 계생동에는 미처 끝내지 못한 숙제가 남아 있었다. 오늘 새벽에는 예상치 않게 시간이 지체된데다 파루를 앞둔 순라꾼들의 횃불이 어지러워 할 수 없이 서둘러 궁으로 돌아갔었다.

사랑채로 들어온 갑수는 갓을 풀고 긴 한숨을 쉬었다. 바닥이 미끄러웠다. 아직 핏덩이가 바닥에 고여 있었다. 새벽녘 그 피였다. 자신의 양부 안국래의 피. 갑수는 거뭇거뭇한 핏자국을 피해 비어 있는 돈궤로 다가갔다. 한때 안국래의 사업 자금을 보관하던 돈궤를 밟고 올라섰다. 천장의 격자가 손에 닿았다.

어젯밤, 갑수는 퇴궐하자마자 계생동 집을 이 잡듯이 뒤졌다. 분명히 어딘가 있을 안국래의 거래 장부를 찾기 위해서였다. 상선이 되고 인왕산 새집으로 이사했지만 안국래는 한 달에 두세 번은 계생동 집에 꼭 들렀다. 안국래는 그의 옛 사업을 새집으로 가져가지 않았다. 계생동에 그의 과거를 정리하고 묻을 생각이었다. 어젯밤 안국래가 궁에 있는 걸 확인한 갑수는 이곳을 몰래 찾아왔다. 상책이 되어 분가한 이후로 처음이었다.

행랑채와 부엌과 안채와 후원은 깨끗했다. 몇 달 간 구석구석 안 뒤진 곳이 없었다. 안국래의 사랑채로 돌아온 갑수는 귀 퉁이가 부서진 채 버려져 있는 돈궤를 보았다. 당연히 돈궤는 비어 있었다. 극비 장부를 사랑채에 둘리도 없었다. 돈궤에 앉 아 갑수가 한숨을 내쉬었다. 갑수의 길고 허망한 한숨이 바닥을 쓸고 벽에 부딪혀 천장으로 오를 때였다. 천장으로 난 격자가 보였다.

돈궤를 밟고 올라섰다. 아니나 다를까 미세한 격자의 틈이 느껴졌다. 심장이 두근거렸다. 이제 천장의 격자를 밀어 올리 면, 안국래의 숨길 수 없는 과거가 갑수의 손에 들어올 것이다. 그 순간 갑수가 번뜩이는 시선을 느끼고 돌아보았다. 문가에 안 국래가 서 있었다. 안국래는 갑수의 동선을 이미 눈치 채고 있 었다.

"멕여 주고 재워 주고 길러 줬더니…… 주인을 물기로 작정 했다……? 왤까? 왜 너 같은 놈들은 인간이 되지 못할까?"

"……."

안국래가 품에서 비도를 꺼냈다. 안국래가 호신용으로 가져 다니는 은색의 쌍룡비도. 안국래가 비도를 흔들며 내려오라는 시늉을 했다. 똥개를 부르는 손짓으로, 한 손에 비수를 쥐고 자 신을 거역한 개를 부르고 있었다. 갑수가 그저 멍하니 돈궤에서 내려섰다.

"내가 살면 얼마나 산다고…… 내 사업을 니가 다 이어받아도 좋을 거라 생각했는데……."

안국래가 땅이 꺼져라 한숨을 내뱉으며 도리질했다.

"내가 너무 오래 살았다."

갑수가 멍하니 서서 우물거렸다.

"지금이라도…… 늦지 않았습니다. 용서를…… 구하십시오."

한낱 똥개 갑수. 언제든 대체 가능한 버러지들. 안국래가 피식 웃었다.

"미친…… 새끼……."

말을 흐리던 안국래가 느닷없이 갑수의 배를 향해 비도를 내질렀다. 둔탁한 소리와 함께 안국래도 갑수도 숨을 멈추고 움직이지 않았다. 안국래의 동공이 흔들렸다. 갑수의 이마에 핏줄이 섰다. 안국래가 자신의 손을 내려다보았다. 비도는 갑수의 배를 뚫지 못하고 도포 앞에 멈춰 있었다. 갑수가 칼 든 안국래의 손목을 부서질 듯 쥐고 있었다.

갑수가 안국래의 손을 비틀었다. 안국래의 눈이 시뻘겋게 충혈되었다. 안국래는 갑수의 힘을 당해낼 수 없었다. 완강하고 거센 힘이 갑수에게서 나왔다. 안국래의 비도는 방향을 틀어 자신의 심장을 향했다. 갑수의 얼굴은 얼음장처럼 차가웠다. 안국래의 입꼬리가 흔들렸다.

"날…… 죽이겠다는 거냐……?"

갑수는 차분했다. 그 얼굴에 어떤 동요도 보이지 않았다. 어릴 적 그 구덩이의 왕초, 악마같이 덮쳐오는 맹수를 향해 죽창을 내지르던 칠십칠노미가 안국래의 앞에 돌아와 있었다. 지옥의 구덩이를 점령했던, 그 아이.

"당신은…… 너무 많이 죽였어. 우리들을……."

비도가 안국래의 심장을 파고들었다. 살갗이 찢어지고 뼈가 바스러지는 소리가 들렸다. 안국래의 동공이 커지고 입이 벌어졌다. 깊은 숨을 한번 머금고 다시는 토해내지 못했다. 갑수가 한 번 더 힘을 주었다. 비도는 뿌리까지 박혀 들어갔다.

안국래가 쓰러지자 갑수는 제정신으로 돌아왔다. 존현각으로 돌아갈 시간이 다 되었다. 통행금지를 어긴 취객들을 쫓는 순라꾼들의 소리가 들려왔다. 이대로 시신을 버려둘 순 없었다. 갑수는 후원의 우물을 향해 안국래를 끌고 갔다. 늘어진 시신은 무거웠고 아무 데나 피를 흘렸다. 바짓단에 피가 떨어졌다.

격자의 틈을 밀어 올렸다.

천장의 네모난 격자가 밀려 올라가면서 구멍이 드러났다. 역시 이곳이었다. 갑수가 구멍 속으로 손을 집어넣어 더듬기 시작했다. 별안간 비릿한 피 냄새와 함께 시퍼렇게 검광을 뿌리는 칼날이 목에 닿았다. 숱하게 피를 먹은 창포검이었다.

"길티. 와 안 오나 했디."

광백이었다. 광백과 광백의 소년 살수들은 소리도 없이 사랑
채 안에 들어와 있었다. 그중 하나가 갑수의 목에 창포검을 들
이대고 있었다. 사과 하나를 물고 광백이 히죽거렸다.

"잘 살아 있었구만기래."

안국래의 집에서 광백의 얼굴을 마지막으로 본 지 십이 년
만이었다. 그 사이 광백은 주름진 검버섯과 함께 늙고 쪼그라들
어 있었다. 하지만 그 눈빛은 더 내밀하고 의뭉한 패악으로 번
들거렸다. 사과 찌꺼기를 버리고 광백이 호롱불을 밝혔다. 집
안이 밝아지자 지난밤의 살인 현장이 여지없이 드러났다. 어둠
속에서 검게 얼룩이던 자국들이 붉디붉게 드러났다. 광백이 감
탄했다.

"니래 한 짓이구만."

"……."

바닥에 코를 풀고, 광백이 히죽거렸다.

"안 상선이래 지가 키운 개한테 물려서 갔구만기래."

"……."

광백의 눈이 갑수가 들여다보던 천장을 향했다.

"뭐 찾고 있었네? 패물이라도 잔뜩 있간?"

광백이 부하에게 턱짓하자 소년 살수 하나가 돈궤 위로 올라 갔다. 천장 안을 더듬어 갑수가 찾던 물건을 꺼냈다. 흰 무명천에 싼 보따리였다. 광백이 보따리를 풀자 장부가 나왔다. 갑수가 찾고 있던 안국래의 과거, 노론과의 거래를 기록한 부기장부였다.

"뭐이가? 부기 아이간? 이딴 걸로 뭐하간?"

광백이 장부를 대충 휘리릭 넘기며 뚱하니 말했다.

"뭐라고 써 논 기야?"

"……."

"니래 이거 게지구…… 안 상선이 거래하는 인간들 찾아서리 왕한테 바칠라 기칸 거이가?"

"……."

안국래의 부기장부에는 노론의 치부가 온전히 들어 있었다. 지난 몇 년 간 어딘가 있을 안국래의 장부는 갑수의 절실한 목표였다. 세손을 향한 노론의 공세가 커질 때마다 갑수의 마음은 급해졌다. 언제까지 임금을 속이고 살아갈 순 없었다. 부기장부만 찾아낸다면, 궁중의 숨은 음모를 파악하고 위협을 제거하고 안위를 도모할 수 있으리라 보았다.

하지만 부기장부는 쉽게 모습을 드러내지 않았다. 안국래가 장부를 가지고 있을지도 알 수 없었다. 하지만 매사에 철두철미한 안국래라면 노론과의 거래를 기록한 부기장부가 있을 것이라 여겼다. 부기장부는 안국래를 임금에게 드러낼 수 있는 가장 확실한 증좌였다. 증좌 없이 안국래를 고발한다면, 노론과 안국래가 임금의 실수로 키워진 갑수를 무고로 몰아 죽일 것이 틀림없었다.

그 증좌를 눈앞에서 광백에게 빼앗겼다. 광백이 쪼그리고 앉아 장부를 북북 뜯어 호롱불에 불을 붙이고 요강통에다 한 장한 장 태우기 시작했다.

"햐! 노론 아새끼들이래 이거 있으믄 다 죽갔구나야."

칼날을 목에 걸고 갑수는, 무력한 분노로 떨었다.

"당신이…… 보냈나? 그 붉은 밀지……."

광백이 대나무 지팡이로 갑수의 무릎을 찍었다.

"기래! 종간나…… 내가 보냈다."

갑수가 신음을 삼키며 주저앉았다.

"말도 더럽게 안 들어 처먹고서리…… 여기 안 와 봤음 어쩔 뻔했니? 종간나…… 궁에서 반들반들 좋은 것만 처먹더니 대가리도 반들반들해게지구…… 애들한테 뭔 일을 못 시키갔어."

어떤 짐작으로 갑수가 아찔해졌다. 애들이라고 했다. 갑수 혼자가 아니었다. 광백과 안국래의 안배가 갑수 하나로 만족할 리 없었다. 그렇다면 임금은 지금, 안전하지 않다.

"누가 있는 거야……? 나 말고 또 누가……."

"못 봤니? 세답방 에미나이?"

순간 존현각 복도에서 스치고 지나갔던 그 세답방나인이 떠올랐다. 갑수의 옷깃을 스치며 지나갔던 그 나인. 유난히 미안해하며 인사하던 그녀. 그 나인의 얼굴이 선명히 떠올랐다. 임금의 침복을 담당하던 세답방나인. 월혜라고 했던가. 그녀는 광백과 안국래가 심은 또 하나의 안배가 틀림없었다.

"고년이 이백팔십삼노미…… 아니…… 이백구십삼노미……에이 모르갔다."

갑수가 멍해졌다. 광백의 산채 그 구덩이에서 살아남은 여자아이. 갑수처럼 궁으로 안배된 또 다른 살수.

'二九三'

그녀의 어깨를 가로지르는 지옥의 낙인. 이백구십삼노미 강월혜. 광백의 구덩이에서 모진 생명을 건져낸 아이. 월혜는 갑수가 소내시로 궁에 들어왔던 그다음 해, 세손궁 지밀나인으로 들이기 위해 안국래가 데려갔던 아이였다.

광백이 먹먹해하는 갑수를 빤히 보며 말했다.

"너만 어떻게 믿갔어? 보라! 길티 않아?"

"을수는? 을수는…… 어떻게 됐어?"

"을수가 뭐이가?"

"이백이십노미…….."

광백이 누런 웃음을 터트렸다.

"아, 이 종간나……"

광백이 장부를 말끔히 다 태우고 일어났다. 갑수가 그렇게 찾던 증좌가 불길에 모두 사라졌다. 광백이 능글거렸다.

"오늘 왕 모가지…… 누가 따는지 알려 주간?"

몸서리쳐지는 짐작으로 갑수가 휘청거렸다. 오늘 밤 임금을 노리는 또 다른 살수. 구덩이의 아이. 갑수가 그렇게 살리고 싶었던 동생. 이백이십노미가 살아 있었다. 을수가, 존현각으로 오고 있었다. 갑수는 이제 살려 둘 필요가 없었다. 광백이 문을 열고 뚱하니 말했다.

"뭐하간?"

순간 갑수의 눈에서 불꽃이 튀었다. 사력을 다해 갑수가 공격을 시작했다. 방심하던 소년의 얼굴을 팔꿈치로 찍고 창포검을 뺐었다. 칼을 뺏긴 소년이 마구잡이로 달려들었다. 갑수가 창포검을 놓치고 둘은 이내 엉켜 붙었다. 목을 비틀면 귀를 물고, 얼굴을 가격하면 이마로 들이받았다. 미친개들의 난투처럼 둘의 싸움은 조악하고 처절했다. 다른 소년 살수들이 나서려 하자 광백이 혀를 찼다.

"놔두라. 불알 없는 놈한테 얻어터져 게지구 날 따라다니간?"

결국 소년은 갑수의 완력에 무너졌다. 소년이 늘어지자 갑수가 창포검을 들고 광백에게로 향했다. 누구의 것인지 알 수 없는 핏덩이를 물고 갑수가 칠십칠노미의 인광으로 번들거렸다. 물어뜯은 소년의 귀를 갑수가 뱉어냈다.

"아, 종간나…… 독해 빠지 갔구서리……."

광백의 아이들이 일제히 창포검을 뽑아 들고 갑수에게로 달려들었다. 연이어 날아드는 칼날을 피하며 지게문을 등으로 부수고 마당으로 뛰어 나갔다. 갑수가 일어서자마자 대문 밖으로 달려 나갔다. 광백의 아이들이 허겁지겁 쫓아 나갔다. 광백이 못마땅한 듯 혀를 찼다.

"이 아새끼들이래…… 뭐 제대로 하는 게 엄네?"

골목과 담과 지붕을 넘어 광백의 소년 살수들이 쫓아왔다. 갑수는 미친 듯이 달렸다. 한 걸음 한 걸음마다 금이 간 뼈마디가 갈라졌다. 그 갈라진 틈으로 표현할 수 없는 통증이 찾아왔다. 망연한 혼몽 속에서, 갑수가 달렸다. 그 모래주머니의 시간들이 갑수를 달리게 만들었다. 갑수의 근육에 기억된 절절한 이유들은 존현각을 향해 멈추지 않았다. 결국, 아이들이 하나둘씩 떨어져 나갔다.

존현각으로 흉수들이 오고 있었다.

임금과 을수가, 거기 있었다.

20. 술시 칠각(戌時 七刻). 오후 8시 45분.

어영청 경강 군영의 횃불이 일사불란하게 강변을 메우고 있었다.

위에서 떨어질 군령을 기다리며 장수와 군졸들이 빈틈없이 도열하고 있었다. 저녁으로 푸짐한 고기가 배급되었다. 식사가 끝나자마자 군영 마당에 병력을 도열시켰다. 갑주와 화약과 연환, 편곤과 환도가 지급된 전투 무장이었다. 기병과 보병을 행군 대열로 나누어 도열시킨 후 낭청과 교련관, 방영군관들이 바짝 예민해진 얼굴로 오와 열 사이를 돌아다녔다.

그들의 대장 구선복이 군영의 가장 선두에 있었다. 구선복은 말머리에 몸을 숙이고 턱을 괴고 깊은 생각에 빠져 있었다. 국왕책봉권을 보호하기 위해 대기하라는 왕대비전의 전언은 오후에 군영으로 왔었다. 그리고 방금, 왕대비전의 밀사가 왔다. 출격 요청이었다. 천여 명의 병력이 창검을 겨누고 점령해야 할 곳은, 그들의 왕이 있는 곳, 경희궁이었다.

궁을 에워싼 뒤 금위영과 협련군 등 궁궐 숙위군사들을 무장해제시키고 왕대비전을 보호하는 것이 주목적이었다. 왕대비전의 전언은 천지개벽을 뜻했고 반정을 뜻했다. 노론의 중론을 모으지 않았다면 불가능한 일이었다. 왕대비가 역적의 아들을 치고 정권을 잡으려 한다는 것은 오랫동안 노론의 사랑채와 후원의 정자를 은밀하게 가로지르며 떠돌던 소문이었다. 밀지를 들고 온 왕대비전 내관은 코를 쳐들고 공경하는 빛이 없었다.

"어려울 것 없습니다. 당신이 할 일은 어좌를 보호하는 것입니다."

구선복은 늙은 내시 놈의 거만을 목을 쳐 다스리려 하다가 참았다. 성공과 실패는 반반이었다. 홍국영의 금위영 졸개들은 문제가 되지 않았다. 문제는 젊은 임금이었다. 능수능란하게 늙은 노장을 가지고 놀던 놈이었다. 샌님 같은 몰골이었지만 그 구렁이 같은 배포로 조정을 휘어잡으려 했다. 일은 어렵지 않았다. 병력을 이끌고 가서 일거에 휘몰아치면 끝장날 일이었다. 하지만 너무 쉽게만 돌아가는 상황이 오히려 구선복을 주저하게 만들고 있었다. 노장의 촉각이 예민하게 곤두섰다. 예기치 않게 찾아오는 악몽은 주로 이런 안일한 상황 판단 때문이었다. 치명적인 적의 매복은 항상 알 수 없는 곳에 도사리고 있었다. 위풍당당한 일천여 정예병을 뒤에 두고 구선복은 자꾸만 전멸이라는 두 단어가 떠올라 관자놀이가 지끈거렸다.

서른셋 여인의 말만 믿고 군사를 움직여야 한다는 사실도 마음에 들지 않았다. 구선복은 대체로 명령받는 것에 익숙하지 않았다. 부관 둘이 다가왔다. 중군(中軍)과 별장(別將)이었다. 보고하는 부하의 목소리가 떨렸다. 짐작 못할 갈등이 그 안에서 꿈지락거리고 있었다. 그들이 한 번도 학습하지 않았던 전투, 임금을 치러 가는 길이었다.

"준비되었습니다……."

"카악, 퉤이!"

한참 동안 바닥만 내려다보던 구선복이 거칠게 가래침을 뱉고 허리를 펴고 몸을 세웠다. 콧구멍을 벌름거리며 구선복이 길게 한숨을 내뱉었다.

"니미……."

구선복이 말 잔등을 쳤다.

"가자."

구선복을 태운 말이 움직이자 중관이 본영에 소리쳤다.

"출진!"

군령이 떨어졌다. 일제히 울리는 북소리와 함께 천여 명의 병력이 기동하려 할 때였다. 일단의 인마가 화살처럼 군영 안으로 달려왔다. 구선복이 말을 세웠다. 어영청 호위군관들이 환도를 뽑아들고 구선복의 주위로 결계를 펼치며 둘러쌌다. 구선복이 오른손을 들었다. 어영청 대부대가 멈췄다.

군영 안으로 들어온 이십여 기의 인마들은 서서히 속도를 줄여 구선복에게로 다가왔다. 홍국영과 금위영 무관들이었다. 어영청 무관들 사이에 긴장감이 팽팽해졌다. 분명히 척후가 나가 있었다. 척후의 보고도 없이 들이닥쳤다면 척후가 전멸했거나, 적진에 투항한 경우밖에 없었다. 아니면, 거역할 수 없는 상황에 봉착했거나.

홍국영과 금위영 무관들은 구선복 앞에 이르러 말에서 뛰어내렸다. 금위영 무관들이 두 줄로 갈라져 길을 만들며 시립하듯 섰다. 홍국영이 구선복 앞에 우뚝 서서 환도를 뽑아들었다. 어영청 무관들의 무수한 환도가 홍국영과 금위영을 겨누었다. 호랑이 굴로 달랑 이십 기를 끌고 온 홍국영이 환도를 뽑았다. 구선복은 멀뚱히 홍국영을 보았다.

"뭐냐?"

홍국영이 구선복을 향해 소리쳤다. 전 병력이 들을 정도로 쩌렁쩌렁 울렸다.

"어영대장 구선복은 어명을 받들라!"

어명이란 단어가 홍국영의 입에서 나오자 부대가 술렁이기 시작했다. 어명이라는 말은, 뼛속까지 마비시키는 힘이 있었다. 본능적으로 어영청 군영의 모든 병사들이 경직되었다. 홍국영의 말이 끝나자마자 백마 하나가 군영 안으로 들어섰다. 임금의 백마였다. 백마 위에는 임금 이산이 타고 있었다.

어영청 전 부대가 임금을 목격했다. 어영청 장교들은 말에서 내려 조아려야 할지 버티고 있어야 할지 갈피를 잡을 수가 없었다. 구선복만 바라보았다. 구선복이 환도로 뻗던 손을 멈추고 임금을 빤히 보았다. 여기로 왔단 말이지, 여기로. 구선복의 십여 보 앞에 멈춘 이산이 말고삐를 잡은 채 말했다. 낮고 담담한 목소리가 군영 안으로 흘렀다.

"구 장군…… 그대를 살려 주겠다."

구선복이 실실거리다 웃기 시작했다. 이산은 그 광기의 웃음에 동요되지 않았다.

"지금은, 아직…… 늦지 않았다."

그 말에 구선복이 뚝 웃음을 거뒀다.

"전하…… 간덩이가, 크십니다."

구선복이 저자의 말로 임금을 능욕했다. 있을 수 없는 일이었다. 하지만 이산은 개의치 않았다.

"왕대비전과의 밀통을…… 그 역모의 흉계를…… 용서하겠다."

설마했던 것이 왔다. 임금은 다 알고 있었다. 군영 밖에 얼마나 많은 임금의 병력이 둘러싸고 있을지 알 수 없었다. 하지만 그런 병력의 이동은 감지되지 않았다. 임금의 역습은 달랑 홍국영 하나와 이십 기의 금위영 무관들뿐. 여기서 임금을 베면, 상황은 종료된다. 구선복이 환도로 손을 뻗기 시작했다. 임금의 입에서 전혀 예상하지 못한 말이 나왔다.

"그대를 우포도대장으로…… 이 역모의 살생부를 그대에게 주겠다."

손잡이 앞에서 꾸물대던 구선복의 손이 멈췄다. 구선복이 임금을 황망히 보았다. 도대체 이 젊은 것의 머릿속에는 무엇이 들어 있단 말인가.

검 하나가 날아와 구선복 앞에 떨어져 꽂혔다. 임금이 던진 검이었다. 검신에는 용이 타고 승천할 구름이 일고 있었다. 임금의 검, 운검(雲劍)이었다. 운검이 땅에 꽂힌 채 제 몸을 떨었다. 검붉고 시퍼런 검광을 어영청 군영에 뿌렸다. 구선복과 어영청 무관들 모두가 입을 다물었다. 무릎이 풀려 주저앉는 병사들이 나왔다. 그 적막을 뚫고 임금이 말했다.

"임금의 운검이다. 어찌할 텐가?"

"……."

"어영대장은 그 검으로 지금 날 벨 텐가?"

"……."

"아니면…… 나의 검이 될 텐가?"

"……."

구선복은 어떤 대답도 하지 못했다. 궁을 향해 진격하려던 군사들과 창검과 장군기는 목적을 상실하고 휘청거렸다. 구선복의 수염이 떨렸다. 임금을 노려보았다. 저 불한당같이 새파란 놈이 결국……. 베어야 하는데…… 베어야 하는데…….

하지만 구선복의 손은 환도의 손잡이를 한 치 앞에 두고, 움직이지 못하고 있었다. 한숨도 나오지 않았다.

21. 해시 이각(亥時 正刻). 오후 9시 30분.

천변 골목이 등을 내리기 시작했다.

곧 통행금지가 시작되는 시간. 골목마다 장사치들이 등을 내리고 문을 닫았다. 집으로 향하는 마지막 발걸음들이 분주했다. 이미 주등을 내리고 불을 끈 주점들은 닫힌 문 안에서 내밀한 술판을 시작했다. 통행금지가 없는 남촌 무반 한량들이 제 세상을 만난 듯 밤의 도성을 향해 기어 나왔다.

불 꺼진 엽초전의 문이 열렸다.

갓과 도포 차림의 최세복이 불 꺼진 엽초전 안에서 제일 먼저 모습을 드러냈다. 그 뒤로 역시 같은 복장의 살수조들이 쏟

273

아져 나왔다. 마지막으로 장검을 하얀 무명천으로 둘둘 감고, 을수가 엽초전 밖으로 나왔다.

궁이 있는 저기 하늘에, 벌건 기운이 웅크리고 있었다.

22. 해시 반각(亥時 半刻), 오후 10시.

인경의 종소리가 울리기 시작했다.

스물여덟 번의 종소리가 울리자 순검들이 도성 순찰을 준비
했다. 시전의 가게 문이 모두 닫혔다. 사람들은 문을 걸어 잠그
고 호롱불을 껐다. 도성의 깊은 밤이, 열리기 시작했다.

존현각 앞뜰이 텅텅 비었다.

차비문 호위도 지게문 호위도 보이지 않았다. 개미 새끼 하
나 없었다. 존현각 앞뜰을 지키는 늙은 대추나무만이 홀로 늦은
밤의 열대야에 허덕이고 있었다. 달이 높았다. 달빛은 차비문을
지나 대추나무를 지나 존현각 처마를 훑어 나갔다.

처마 그늘 아래, 짙은 어둠 속으로 무언가 반짝이는 것이 보였다. 존현각 전각의 모퉁이 너머로 수상한 기운이 웅크리고 있었다. 달빛 아래 드러난 조총의 총신이 반짝거렸다. 금위영 조총부대 오십여 병사가 존현각 배후에서 차곡차곡 대기하고 있었다.

화약과 연환이 장전된 조총은 용두가 화문을 내려치기만 하면 곧장이라도 맹공을 퍼부을 기세로 번뜩였다. 매복한 조총부대를 이끄는 부대장의 눈이 차비문을 뚫어져라 노려보았다.

호롱불이 일심(一心)으로 올랐다.

흔들리지 않았다. 휘어지지 않고 곧장 위를 향해 올랐다. 이산이 흔들리면 호롱불도 흔들렸다. 이산이 일심이 되면, 호롱불도 일심이 되었다. 그 노란 불빛 아래, 이산이 책을 읽고 있었다. 중용이었다. 이산의 눈은 스물세 번째 장에 머물러 앞으로도 뒤로도 가지 않았다.

정성을 다한 연후에, 세상이 바뀌길 기대해야 한다, 는 경구를 외고 또 외웠다. 수백 번 수천 번은 더 보았던 문장이고 글자였지만, 다시 보았다. 그 글이 거기 있어 이산은 세상에 대해 안심할 꿈을 꾸었다. 외로움을 달래고 흐트러진 마음을 추스를 수 있었다.

상문들의 목에 칼날이 들어왔다.

왕대비전 차비문의 상문들이 하얗게 질린 채 숨넘어갈 듯했다. 입을 막고 목에 칼을 들이댄 자들은 홍국영의 금위영 무관들이었다. 어둠 속에서 인광을 번뜩이던 홍국영이 조용하라는 신호를 주고 주먹을 들어 보였다. 상문들이 앞뒤 없이 세차게 고개를 주억거렸다.

드디어, 궁궐 전각 지붕으로 일단의 검은 무리들이 솟아올랐다. 동개활을 든 궁수조들이었다. 그들이 지붕을 타고, 존현각을 향해 내달렸다.

갑수가 달려왔다.

궁궐 담장을 따라 갑수가 전력을 다해 달렸다. 갑수의 심장은 곧 터질 듯 보였다. 숨이 턱 끝까지 차올랐지만 멈추지 않았다. 갑수의 시선에, 지붕을 타고 이동하는 무리들이 저기 보였다. 갑수가 미친 듯이 속도를 냈다.

왕대비전 행랑의 문이 부서질 듯 열렸다.

행랑을 감시하던 왕대비전 무예별감들이 배에 칼이 박힌 채 안으로 쓰러졌다. 홍국영과 금위영 무관들이 안으로 뛰어들었다. 놀란 눈으로 쳐다보던 두 명의 여인들 앞으로 홍국영과 금위영 무관들이 달려갔다. 홍국영이 혜경궁 앞에 황급히 조아렸다.

무관들이 혜경궁을 묶은 포승줄을 풀었다. 혜경궁이 홍국영을 알아보았다. 존현각으로 흉수들이 몰려오던 그 시간, 임금은 홍국영에게 어머니 혜경궁의 구출을 지시했다. 혜경궁의 눈물이 조아린 홍국영을 흐리며 떨어졌다.

존현각 앞뜰이 보이자 지붕 위의 궁수조들이 빠르게 자리를 잡으며 산개했다. 존현각 앞마당은 텅텅 비어 있었다. 동개활에 동개살을 걸었다. 어디서 물비린내가 몰려왔다.

존현각 차비문이 묵중하게 열렸다.

그 차비문 안으로 을수가 들어섰다. 텅 빈 존현각 마당으로 을수가 발을 내디뎠다. 검을 뽑아든 검수조들 십여 명이 을수를 지나쳐 빠르게 존현각 마당으로 날개를 펼쳤다. 을수가 흰 무명천을 와락 벗겼다. 장검이 드러났다. 손잡이의 송곳니가 날카롭게 빛났다. 무명천 안에 숨어 있는 검푸른 살기가 제 세상을 만난 듯 징징거렸다.

을수가 무명천으로 장검과 오른손을 묶었다. 다시는 풀리지 않을 마지막 매듭. 노란 불빛이 새어 나오는 존현각 지게문이 을수의 눈에 들어왔다. 그가 처리해야 할 목표물이, 거기 있었다.

호롱불 불꽃이 느닷없이 휘었다.

글이 흔들렸다. 중용이 흔들렸다. 이산이 책에서 눈을 떼고 그 불을 보았다. 호롱불 연기가 사방팔방으로 위태로운 춤을 추기 시작했다.

빗방울이 떨어졌다.

전각 지붕 위로 빗방울이 하나둘씩 떨어지기 시작했다. 동개 활을 멘 궁수조 대원 하나가 하늘을 올려다보았다. 먹구름이 무서운 속도로 달을 덮고 있었다.

비가 내리기 시작했다.

말라비틀어진 땅을 조롱하듯 비는, 경희궁으로 왔다. 하늘에 빌고 또 빌었던 비였다. 그렇게 오랫동안 기우제를 지내도 오지 않던 비였다. 한두 방울 후두둑거리던 비는 이윽고 맹렬한 기세로 존현각 뜨락에 쏟아졌다.

은신처에 숨어 있던 금위영 조총부대가 당황하기 시작했다. 존현각 처마는 한둘을 가리기에도 부족했다. 폭우가 조총 위로 쏟아졌다. 옷으로 총신을 싸고 전립을 벗어 총구를 가려 보아도 어림없었다. 금위영 조총부대장의 얼굴이 하얗게 식어 갔다. 조총부대의 매복은 임금의 하교였다. 가리고 가려 선발한 일당백의 명사수들이었다. 생포를 우선하되, 불응 시에 일망타진하는 것이 임무였다.

비는 전혀 예상하지 못한 악수였다. 부대원 하나가 비가 들이치는 총구를 가리기 위해 전립을 벗다가 떨어뜨렸다. 미처 잡기도 전에 전립이 모퉁이를 돌아 존현각 앞뜰로 굴러갔다. 조총부대원 전원이 그 전립을 보았다. 전립은 한참이나 굴러가 뜨락 가운데 멈췄다. 숨 막히는 긴장이 흘렀다.

존현각을 향해 나아가던 을수가 멈춰 섰다. 을수가 천천히 옆을 돌아보았다. 비 떨어지는 땅에 길게 포물선을 그리며 굴러온 전립이 거기 있었다. 대오를 갖추고 나아가던 검수조들도 을수와 전립을 보았다. 모든 검수조들이 멈춰 섰다. 텅 비어 있던 존현각 어느 구석에서, 느닷없이 나타난 무관의 전립.

바람도 비도 공기도 멈춘 가운데, 그 전립을 사이에 두고 서슬 퍼런 살기들이 터질 듯 팽팽해졌다. 마침내 금위영 조총부대장이 환도를 뽑아들었다.

"나가라!"

금위영 조총부대가 을수와 검수조를 겨냥하며 존현각 모퉁이에서 쏟아져 나왔다. 그 빗줄기 속에서 조총부대의 총구들이 을수와 흉수들을 향해 겨눠졌다. 조총부대장이 목이 터져라 소리쳤다.

"투항하라!"

뇌우가 쏟아졌다.

투항하라는 소리와 함께 천둥번개가 치고 폭포수가 쏟아졌
다. 하늘은 무섭게 요동치며 임금의 땅으로 뇌우를 쏟아냈다.
이산은 장지문을 뚫고 오는 조총부대장의 투항하라는 소리와
뇌우의 소리를 들었다. 장지문을 때리는 벼락과 미친 듯이 일렁
이는 호롱불의 불빛을 보았다. 벽에 걸린 활과 운검이 제멋대로
그림자를 만들었다.

차비문 행랑으로 투항하라 소리가 들려왔다.

불 꺼진 행랑 안에는 내관들과 의녀들과 나인들이 대기하고
있었다. 청소 도구와 걸레와 치료할 무명천과 약통을 들고 대기
중이었다. 그들 사이에 임금의 새 곤룡포를 든 월혜도 있었다.
난을 제압한 뒤 부상자들을 치료하도록 대기시킨 인원들이었
다. 빗소리와 투항하라는 장교의 고함은 오금이 저리도록 무서
웠다. 입을 막아도 신음이 새어 나왔다.

내의원 상약(尙藥)[63]이 문틈에 귀를 대고 밖의 동정을 살피다

----
63) 상약(尙藥) : 약과 질병에 관한 일을 맡아보는, 내시부 종3품 환관직(宦官職).

행랑 안으로 눈을 부라렸다.

"경거망동하지 말고…… 상황이 끝나는 대로…… 전하의 안
전부터 확인한 다음 부상자들을 살핀다."

존현각 뒤뜰 담장이 코앞으로 다가왔다.

쉬지도 않고 달려온데다 느닷없는 비에 젖은 갑수의 몸은 천
근만근이었다. 궁궐 담장을 넘어오면서 갑수는 이해되지 않는
상황에 속이 탔다. 궁궐의 거점을 지키는 병조의 기병들과 삼군
영에서 파견된 군관들이 하나도 보이지 않았다. 시각을 알리는
전루군(傳漏軍)[64]조차 보이지 않았다. 마치 궁은 살던 사람들이
갑자기 떠나버린 흉가 같았다.

갑수가 튀어나온 돌을 밟고 존현각 담장을 넘었다. 존현각
전각이 저기 보였다. 전각 너머로 벼락이 떨어졌다. 담장에서
내려설 때 발을 접질렀다. 하지만 상처를 돌볼 여유 같은 건 없
었다. 갑수가 비틀거리며 다시 일어섰다.

총신은 비에 완전히 젖었다.

총구 앞에 노출된 을수와 검수조들보다 조총을 겨눈 금위영

---

64) 전루군(傳漏軍) : 도성 안에서 북을 쳐 시간을 알리던 경점 군사(更點軍士).

들이 더 긴장하고 있었다. 금위영 조총부대원들의 긴장은 눈에 보일 정도였다. 금위영 조장이 악다구니하듯 다시 소리쳤다.

"어전이다! 흉도들은 무기를 버리고 투항하라!"

검수조들이 주춤 뒷걸음치기 시작했다. 조총이었다. 격발되면 벌집이 될 게 분명한 일이었다. 강용휘가 호위 군사들을 빼돌린다고 했었다. 존현각까지 아무도 없었다. 그런데 느닷없는 조총부대가 매복하고 있었다. 정보가 새어 나간 것이 틀림없었다. 앞뒤 없이 작전을 주도한 강용휘와 최세복에 대한 욕지기가 튀어나왔다.

하지만 을수는 물러나지 않았다. 조총부대를 정면으로 노려보고 있었다. 장검을 늘어뜨린 을수는 당황하지도, 뒷걸음치지도 않았다. 폭우에 젖은 총신과 총구와 용두와 화문이 을수의 눈에 들어왔다. 전립을 벗어 조총의 격발부를 가린 군사의 떨리는 손길을 을수가 놓치지 않았다.

겁먹은 조총부대원 하나가 얼떨결에 방아쇠를 당겼다. 조총은 비에 젖어 격발되지 않았다. 뒤로 주춤주춤 물러서던 검수조들이 그 꼴을 보았다. 비는 멈추지 않았다. 비는 임금의 편에 있지 않았다. 금위영 조장이 다급히 소리쳤다.

"격발!"

일제히 방아쇠를 당겼다. 격발은 실패했다. 두어 개의 총탄이 날아갔지만 목표물도 없이 허무하게 사라졌다. 비에 젖은 조총은 무용지물이었다. 용두에 물려 있는 화승은 이미 젖어 버렸다. 전립으로 가려질 비가 아니었다. 금위영들이 서둘러 다시 장전을 시도했지만 궁색한 두려움만 적에게 내보일 뿐이었다. 용두도 화승도 화문도 화약도 연환도 모두, 비에 젖었다. 빗속에 손은 떨리고 눈은 낭패감과 두려움으로 일그러졌다.

을수가 내달리기 시작했다. 빗속을 뚫고 혼자, 아직도 자신을 향해 있는 수십 개의 총구를 향해 일직선으로 달려왔다.

"발검! 발검하라!"

금위영 조총부대장이 환도를 치켜들며 소리쳤다. 부대원들이 조총을 버리고 환도를 빼 들었다. 그 환도의 파도 속으로 을수가 날아왔다. 을수의 장검이 금위영의 목 하나를 베었다. 하늘로 치솟는 목을 신호로 머뭇거리고 있던 검수조들이 을수를 따라 달려왔다.

을수가 무섭게 휘젓기 시작했다. 을수의 장검은 종과 횡으로 비를 가르고 피를 뿌렸다. 단순하고 간결한 획은, 낭비 없이 금위영들을 베고 갈랐다. 지붕 위의 궁수조들이 화살을 퍼부었다. 화살은 검수조들의 공격 동선을 피하는 금위영 조총부대원들을 정확히 쓰러뜨렸다. 을수가 휘저어 놓은 곳으로 검수조들이 쓸어갔다. 조총이 주력이던 병사들은 환도에 미숙했다. 접전은 그들의 주 무기가 아니었다. 날아오는 화살과 휘저어 오는 칼에 속수무책으로 당했다.

하지만 병사들은 악착같이 버텼다. 자신들이 뚫리면 임금이다. 환도를 놓치면 팔을 뻗었고 팔이 잘리면 몸을 내밀었다. 임금의 친위대는 거침없이 흉수들의 칼 앞으로 몸을 던졌다. 두셋이 적 하나를 안고 몸으로 방패가 되면 다른 이들이 등을 찌르고 배를 갈랐다. 하지만 을수는 광포했다. 을수의 장검은 저 혼자 놀았다. 아무도 막아내지 못했다. 비명과 함성, 꺼져가는 숨소리를 폭력적인 뇌우가 뒤덮었다. 존현각 앞뜰에 피와 비가 뒤섞였다.

예기치 못한 폭우는 금위영들에게 재앙이 되었다. 검수조의 칼날을 피해 몸을 돌리면 궁수조의 화살이 날아와 박혔다. 그 사이 을수는 금위영들을 도륙하고 있었다. 전투가 아니라 학살이었다. 오십여 금위영 전원이 전멸당하기 직전이었다.

존현각의 지게문이 부서질 듯 열렸다. 애기살 하나가 빗속을 뚫고 총알처럼 날아갔다. 맞은 편 전각 지붕 위에서 활을 쏘고 있던 궁수조의 심장 하나를 관통했다. 어디서 날아온 화살인지도 알 수 없었다. 궁수조들이 화살이 날아온 방향을 더듬었다. 존현각 지게문 하나가 열려 있었다. 그 어둠 속에서, 누군가 각궁을 들고 있었다. 임금이었다.

지게문을 열어 젖히고 이산이 활을 쏘았다. 편전이었다. 통아에 애기살을 재어 지붕 위 궁수조들을 쏘았다. 한 발에 한 명씩 고꾸라졌다. 낭비되는 애기살은 없었다. 지붕 위 궁수조들은 일제히 임금 하나를 노리고 동개살을 쏘아 댔다. 이산은 당황하지 않았다. 섣불리 몸을 움직이지도 않았다. 얼굴 옆으로 화살이 날아들어도 피하지 않았다. 어둠 속에 서 있는 임금은 잘 보이지 않았고 노출된 자들은 어김없이 임금의 편전에 당했다.

이산은 존현각 월랑을 따라 지게문 하나하나 열어젖히며 궁수조들을 쏘았다. 마침내 마지막 궁수조까지 쓰러졌다. 이산은 이제 뜨락에서 싸우는 살수들을 향해 편전을 쏘았다. 존현각 마당은 검수조와 금위영의 시체로 즐비했다. 부상당한 자들은 신음할 기력도 없었다. 그 가운데 피투성이 을수만이 우뚝 서서 활을 든 이산을 보았다.

그 용모파기화의 임금, 월혜를 데려간 임금이 거기 있었다. 을수가 괴성을 지르고 이산에게로 뛰었다. 목숨만 겨우 붙어 있는 금위영들 전원이 을수를 막아섰다. 을수의 광포한 검결이 그들을 마구잡이로 베었다. 을수의 검에 마지막 금위영이 쓰러졌다.

이산이 을수를 향해 편전을 쏘았다. 을수가 이미 죽은 시신을 방패 삼아 막았다. 죽은 군사의 등에 이산의 화살이 꽂혔다.

그 인간 방패를 들고 을수가 다가왔다. 이산은 편전을 다시 재우지 않았다. 금위영들이 모두 죽었다. 검수조들도 대부분이 죽고 두셋이 신음을 흘리며 뒹굴고 있었다.

이산이 그들을 보았다. 죽은 신하들과 죽어 가는 흉수들을 보았다. 무절제하고 부질없는 피가 비를 타고 임금의 자리로 흘러 왔다. 이산은 다가오는 을수를 보며, 활을 내렸다.

갑수가 존현각을 향해 뛰어왔다.

존현각 처마 아래에서 마지막 숨을 내쉬고 있던 조총부대장의 시선에 저만치 뛰어오는 검은 물체가 보였다. 달빛도 잠긴 밤으로 뛰어오는 검은 인영은 구분되지 않았다. 분명히 존현각으로 뛰어오고 있었다. 부대장은 품속의 마상총을 꺼냈다. 심지에 불을 놓을 필요가 없는 차륜식 마상총.

마상총은 조총부대장의 부 무기였다. 사거리가 짧고 부정확했으며 날아드는 흉수들을 제압하기에도 역부족이었다. 환도를 들고 사방에서 날아드는 칼을 막아내기에도 급급했다. 검수조들과의 접전에서 마상총을 꺼내 들 시간도 없었다. 장전된 마상총은 온전히 조총부대장의 품속에 남아 있었다.

부대장이 존현각으로 뛰어오는 인영을 향해 마상총을 겨누었다. 마지막 힘을 다해 움직이는 동선을 쫓았다. 마상총이 격발되었다. 과연 맞았을까. 조준과 격발은 부대장의 마지막 숨을 거두어갔다. 뛰어오던 갑수가 멈춰 섰다. 자신의 배를 보았다. 피가 흘러나왔다. 저기 저 존현각 모퉁이 처마 아래, 마상총을 들고 쓰러져 있는 금위영 장교가 보였다. 갑수가 흘러나오는 자신의 배를 무심코 쓸었다. 손가락사이로 피가 울컥울컥 흘러나왔다. 멍하니 배를 부여잡고 갑수가 마상총을 향해 나아갔다. 이제는 정말, 뛸 수 없었다.

을수가 다가왔다.

장검을 늘어뜨리고 인간 방패를 들고 천천히 임금을 향해 다가왔다. 임금과 을수 사이를 가로막을 자는 아무도 없었다. 이산은 활을 버리고 운검을 빼 들었다. 이산의 운검이 비스듬히 사선으로 누운 채 말했다. 오라. 을수가 인간 방패를 버렸다. 괴성을 내지르며 이산을 향해 뛰기 시작했다. 존현각의 섬돌을 지나 월랑으로 날아든 을수의 검은 지게문 안의 임금을 향해 거센 파도처럼 덮쳐왔다.

을수와 이산의 일 합이 충돌했다.

을수의 검결은 찰나의 시간을 가로지르고 존현각을 무너뜨릴 기세로 덮쳐 왔다. 그 반동과 충격으로 이산이 넘어졌다. 단

일 합을 견뎌 낼 수 없었다.

검은 비가, 존현각 지붕을 세차게 때렸다.

검은 비가 존현각 지붕을 때렸다.

존현각의 기왓장 하나하나가 무수히 떨어지는 검은 비에 비명을 쏟았다.

순간 빗소리를 가르고, 그 기왓장 아래에서 격렬하고 광포한 파괴음이 들려왔다.

총소리였다.

현재 시각, 자시 이각(子時 二刻), 오후 11시 30분.

이 궁의 주인이 그곳에 있었다. 임금이 그 기왓장 아래 있었다.

을수의 일 획이 다시 날았다.

사선을 그으며 광포하게 허공을 베었다. 넘어졌다 일어난 이산의 방어는 또 한 번 실패했다. 이산의 운검이 맥없이 허공으로 떴다. 을수의 장검이 그 간격을 파고들었다. 이산이 필사적으로 물러나다 다시 중심을 잃고 넘어졌다. 을수의 검은 이미 사람의 검이 아니었다. 압도적인 파괴가 검신을 타고 흘렀다. 야차의 살의로 을수가 다가왔다. 을수의 다음 한 획은 임금을 베고 이 궁궐을 가를 것이다.

을수가 공중에서 떨어지는 임금의 운검을 잡았다. 양손에 자신의 장검과 임금의 운검을 들고 을수가 이산에게 다가왔다. 순간 존현각 뒤편에서 마상총을 들고 갑수가 뛰어 들어왔다. 양손에 칼을 든 흉수가 막 임금에게 다가서고 있었다. 갑수가 마상총을 그 흉수에게 겨누며 달려갔다. 흉수의 칼이 임금을 내지를 기세였다.

"안 돼!"

갑수의 마상총에서 총알이 발사되었다. 존현각 모퉁이에 쓰러져 있던 금위영 조총부대장의 마상총. 을수가 빠르게 임금을 지나쳐 마상총을 든 갑수를 향해 달렸다. 격발음과 함께 몸을 비틀어 회전했다.

총알은 을수의 어깨를 스쳐 지났다. 그와 동시에 회전한 을수의 장검이 갑수의 배에 박혔다. 을수의 검은 가볍게, 갑수의 배를 관통했다. 갑수의 마상총이 손에서 미끄러졌다. 갑수의 배에 자신의 장검을 박아 넣은 을수가 다른 손의 운검으로 쓰러져 있는 임금을 내려찍으려 했다. 갑수의 떨리는 손이 을수의 어깨를 잡았다. 일말의 감정도 없이 획일적이고 기계적인 을수의 얼굴을 보며 갑수가 힘겹게 말을 내뱉었다.

"안 돼……."

갑수를 힐긋 보던 을수가 다시 장검에 힘을 주었다. 우득 뼈 부러지는 소리와 함께 장검이 갑수의 배를 한 번 더 밀고 들어왔다. 갑수의 배를 관통한 장검의 손잡이에 들개 송곳니가 달려 있었다. 이백이십노미 을수가 산채 구덩이에 왔던 첫날, 칠십칠노미 갑수가 주었던 그 들개 송곳니.

갑수의 얼굴에 분별할 수 없는 미소가 떠올랐다. 일견 무의미하고 허망한 미소로 갑수가 을수를 보았다. 임금을 죽이려던 자는 을수가 맞았다. 광백의 구덩이에서 을수가 죽지 않고 살아 있었다. 구덩이를 떠나서도 한시도 잊지 못했던 동생, 그 불안했던 생명, 울보 겁쟁이 녀석이, 살아 있었다.

"을수야……."

갑수가 을수를 불렀다. 을수의 눈이 당혹감으로 일그러졌다. 자신의 칼에 맞은 자가 희미한 웃음으로 아득한 그 이름을 불렀다.

"을수…… 맞지 너…… 이백이십노미……."

자신을 을수라고 부를 사람은 이 세상에 단 한 명밖에 없었
다. 을수의 온몸에서 힘이 빠져나갔다.

"형……?"

하얗게 죽어가는 얼굴로 갑수가 미소 지었다.

"그래 인마…… 나…… 갑수…… 칠십칠노미……."

갑수가 맞았다. 자신의 검에 죽어 가는 갑수의 미소가 을수
의 심장을 관통했다.

"형……."

"전하는…… 하지 마…… 안 된다…… 을수야……."

을수는 변했다.

광백의 산채에서 갑수가 떠난 뒤 을수는 울음을 그치고, 맹
수가 되었다. 광백이 길러낸 소년 살수들 중에 가장 뛰어난 살
수가 되었다. 산채 구덩이를 졸업하고 얼마 뒤, 을수는 광백이
원하는 경쟁 살막의 모든 막주들의 목을 베었다. 조선 최고의
살수란 소문은 오래지 않아 을수를 따라다녔다.

을수는 이해할 수 없었다.

자신의 장검에 박혀 비틀거리며 서 있는 자는 갑수였다. 믿을 수가 없었다. 갑수를 이렇게 만난 것도, 갑수가 임금의 신하인 것도, 자신의 생명을 구하고 떠났던 갑수의 배를 자신이 찌른 것도 믿을 수가 없었다. 을수가 갑수의 배에 박혀 있는 자신의 장검을 보았다. 그 흔들리는 송곳니를 보았다. 형의 송곳니. 을수가 멍하니 중얼거렸다.

"뭐냐…… 이게……."

존현각 지게문 입구가 요란해지며 급박한 발소리가 들려왔다. 곧이어 왕대비전으로 갔던 홍국영과 금위영 호위무관들이 뛰어들었다. 마상총을 들고 뛰어든 홍국영은 갑수의 배를 찌른 살수와 쓰러져 있는 임금을 보았다. 금위영 호위들의 환도와 마상총이 분주하게 교차했다. 홍국영의 날카로운 경고음이 날아들었다.

"멈춰라!"

하지만 그 소리는 입구에 머문 채 을수에게 다가오지 않았다. 을수가 허망한 시선으로 바닥에 쓰러져 있는 목표물과 자신의 검에 관통된 갑수를 보았다.

"형…… 미안해……."

갑수가 을수의 어깨를 잡은 손에 힘을 주었다. 갑수는 죽어가고 있었다. 소멸하는 생명의 불씨가 마지막으로 힘을 냈다.

"을수야…… 전하는…… 전하는 제발…….."

을수의 눈에 눈물이 맺혔다. 우는 법을 잊어버렸던 을수가
다시, 울었다.

"형…… 정말…… 미안해……."

을수가 운검을 치켜들었다. 임금을 보았다. 월혜를 핍박하던
왕, 을수가 죽이기로 약속한 그 목표물, 월혜의 미래를 보장할
담보. 홍국영과 금위영이 달려오며 마상총을 쏘았다. 무수한 총
탄이 날아들었다. 갑수가 무작정 을수를 안고 돌아섰다. 동생을
안고, 갑수는 등으로 총탄을 받았다. 갑수의 피가 을수의 얼굴
에 튀었다. 갑수의 피가 임금의 곤룡포에 쏟아졌다.

갑수가 피눈물을 흘렸다. 둘 다 살리고 싶었다. 둘 다 살려야
했다. 갑수의 목에서는 더 이상 소리가 나오지 않았다. 을수에
게 말하고 싶었다. 저기 임금은 불쌍하고 가련한 사람이다, 이
렇게 죽어서는 아니 되는 사람. 임금에게 말하고 싶었다. 저기
을수는 내 동생…… 당신과 같은…… 불쌍하고 가련한……. 이
산이 고꾸라지는 갑수를 잡았다.

"상책……."

을수가 우두커니 서서 더운 눈물을 쏟았다. 을수의 시야가
흐려졌다. 쓰러지는 갑수가 잘 보이지 않았다. 금위영들이 을수
를 향해 마상총을 발사했다. 날아오는 총알과 함께 월혜의 환한

296

얼굴이 같이 왔다. 호박엿을 건네며 그 환하게 웃던 얼굴, 한 번도 잊히지 않던 그 생명의 미소가 또렷이 같이 왔다. 을수의 머리통이 터져 나갔다.

갑수는 임금의 침전으로 쳐들어온 흉수를 구하며 죽었다. 갑수의 동생이었다. 갑수가 그렇게 살리고 싶어 했던 그 동생이었다. 갑수는 이산을 구하고 죽었다. 흉수의 칼을 몸으로 받고 이산을 위해 죽었다. 나가서 다시는 돌아오지 말라고, 죽지 말고 살라 했건만, 갑수가 죽었다.

"상책!"

자신을 살리고 죽어 가는 갑수를 부르는 임금의 분노가, 그 무력함의 절규가 존현각을 때리고 경희궁 하늘을 때렸다. 비는 그제야 멈추었다.

온통 피투성이의 시신들이 널려 있었다.

상약의 신호와 함께 행랑에서 나온 내관들과 의녀들과 나인들이 잔뜩 겁먹은 채 존현각 앞뜰로 들어왔다. 홍국영을 따라 왕대비 구출 임무를 마치고 도착한 금위영 무관들이 이곳저곳에서 동료의 시신을 수습하고 있었다. 홍국영은 안타까움에 이를 악 물었다. 임금은 극비의 작전을 위해 최소한의 병력만 동원했다.

피로 물든 곤룡포를 입은 이산이 홍국영의 호위를 받으며 섬
돌로 내려왔다. 앞뜰을 채우고 있는 자들이 황급히 조아리며 임
금의 길을 텄다. 새 곤룡포를 들고 온 월혜도 조아렸다. 이산이
월혜를 알아보았으나 말이 없었다. 월혜에게 머물던 이산의 눈
길은 마당에 널브러진 오십여 금위영 조총부대의 시신으로 옮
겨갔다. 이산은 하늘을 올려다보았다. 비는 그쳤다. 먹구름은
물러가고 없었다.

하늘은 이산을 돕지 않았다.
하늘은 인간의 질서를 편벽되이 품지 않았다. 하늘은 임금
의 길에 수를 놓지 않았다. 하늘로 오르는 길은, 너희들의 손에
달려 있을 뿐이라고, 하늘은 외곬으로 굴었다.

이산은 시선을 내리고 발길을 돌렸다.
이산이 차비문으로 나갔다. 갑수의 시신이 금위영 무관들
의 손에 들려 나왔다. 갑수의 시신은 임금의 길을 따라 빠져나
갔다.
조아리고 있던 무리들이 임금이 나가자 시신 수습에 들어갔
다. 부상자는 없었다. 양쪽이 전멸이었다. 임금이 나가고 나자
강용휘와 최세복과 홍상범을 잡았다는 말들이 금위영 무관들

의 입에서 옮겨 다녔다.

월혜는 곤룡포를 들고 존현각 안으로 들어갔다. 옷걸이에 새옷을 걸어 놓고 물러갈 생각이었다. 임금이 원하실 때 갈아입으면 될 일이었다. 피비린내가 진동하는 곳을 한시라도 빨리 떠나고 싶었다. 왕대비전에서 돌아온 금위영 무관에게 복빙의 생환을 들었다. 이제 궁 밖을 빠져나가면 된다. 금천교에서 만나기로 약속했던 을수는 궁 밖 어딘가에서 기다리고 있을지도 몰랐다. 어쩌면 경강 청염장에서 월혜가 올 때까지 꼼짝도 않고 기다리고 있을지도 몰랐다.

존현각 안은 누군가의 피로 가득했다.

피비린내가 진동했다. 넘어진 책장과 책들과 하얀 종이들은 시뻘건 눈물을 흘리고 있었다. 소매로 코를 막고 안쪽의 옷걸이를 향해가던 월혜는 방바닥에 엎드려 죽어 있는 시신 하나를 보았다. 시신은 강용휘의 사랑채에 모여 있던 그 살수 중의 하나로 보였다.

곤룡포를 들고 피가 흥건한 바닥을 조심스레 지나던 월혜가 문득 멈춰 섰다. 갑자기 섬뜩한 기운이 월혜에게 왔다. 월혜가 시신을 돌아보았다. 누군가 살수의 얼굴을 저고리로 덮어 놓았다. 그 저고리 사이로 피가 흘러나와 있었다. 시신은 손과 장검의 손잡이를 흰 무명천으로 감은 채 엎어져 있었다. 장검의 손잡이에는 들개의 송곳니가 대롱거리고 있었다.

월혜가 그 송곳니를 보았다. 곤룡포가 월혜의 손에서 미끄러졌다. 바닥에 떨어진 임금의 곤룡포가 피에 젖었다. 월혜가 망연히 시신 옆으로 다가갔다. 염색 공방에서 보았던 그 송곳니, 그 장검, 그 무명천, 그 손이었다.

무릎이 떨려 왔다. 그 핏덩이 속에 주저앉았다. 을수였다. 월혜의 그 을수. 금천교에서 기다리기로 했던 그 을수, 경강 청염장 느티나무 아래 있어야 할 그 을수가 존현각 왕의 침전에 피투성이로 누워 있었다.

금위영 무관들이 커다란 자루를 들고 들어섰다. 을수의 시신을 담을 자루였다. 금위영들이 핏덩이 속에 주저앉아 있는 월혜를 의아하게 바라보다 을수를 양쪽에서 잡았다. 월혜가 발작적으로 그런 금위영들을 밀쳤다. 월혜가 을수의 시신을 부둥켜안았다.

"안돼요…… 하지 마요…… 안돼요…….."

무관들의 날카로운 시선이 월혜에게 박혔다. 월혜는 막무가내로 을수를 잡고 흔들어 대기 시작했다.

"이봐요…… 왜 여기 있어요? 이것 보세요! 왜 여기 있어요?

왜? 왜? 왜!"

존현각 뜨락으로 월혜의 날카로운 비명이 쏟아졌다. 모두들 그 소리에 손을 놓았다. 참혹한 비명은 존현각을 넘어 경희궁을 뒤흔들었다. 이산이 걸음을 멈췄다. 호위하던 홍국영도 금위영도 모두 멈췄다. 이산이 존현각을 돌아보았다.

존현각은 아직 비명을 멈추지 않았다. 아직 아무것도, 끝나지 않았다.

금위영 무관들이 부리나케 조아렸다.

자궁전을 지키던 금위영 호위무관들이었다. 왕대비전에서 구출된 혜경궁은 자궁전으로 돌아와 있었다. 그들 앞으로 나타난 사내는 임금이었다. 피 묻은 곤룡포에 끝 모를 피곤함으로 이산이 자궁전 앞에 모습을 드러냈다.

혜경궁은 아들의 곤룡포를 보았다. 온몸을 휘감은 그 붉은 선혈과 검은 악몽을 보았다. 파리한 기색으로 혜경궁이 말을 잃고 아들의 곤룡포를 보았다. 이산이 손을 뻗어 떨고 있는 어미의 손을 잡았다.

"어마마마."

아들의 목소리에 엷은 미소가 묻어 나왔다. 혜경궁은 아들의 착한 미소에 가눌 길 없는 서늘함을 보았다.

"주상⋯⋯."

이산은 얼굴을 밝게 하려 애썼다. 지치고 힘든 웃음이 힘겹게 이산의 얼굴에 떠올랐다.

"저는 다시 태어난다면 어느 민가에서⋯⋯ 아버지 어머니 모시고 오래⋯⋯ 아주 오래⋯⋯ 행복하게 살고 싶습니다."

이산의 말은 혜경궁의 심장을 베었다.

혜경궁의 눈이 붉어왔다.

"주상⋯⋯."

"왕은⋯⋯ 되고 싶지 않습니다."

아들의 손에 어미의 눈물이 떨어졌다. 어미는 아들의 손을 잡고 울기 시작했다. 그치지 않을 것 같은 눈물이 내내 떨어졌다.

"주상⋯⋯ 날 용서해 주세요⋯⋯ 날 용서해 주세요⋯⋯."

비가 지나갔다.

뇌우는 찰나로 덮쳐온 뒤 사라졌다. 그 흔적이 경희궁 숭정전 용마루 잡상에 남았다. 처마에 남았다. 조정에, 계단에, 월대에 남았다.

정전인 숭정전에서 빛이 새어 나왔다. 용상 팔걸이에 팔을 올리고 이마를 짚고 이산이 앉아 있었다. 피 묻은 곤룡포를 그대로 입은 채 이산은 지칠 대로 지친 기색이었다. 정전 넓은 전실에 임금 혼자 그렇게 용상에 있었다. 용상 아래 정전 바닥에는 경모궁에서 가져 온 그 철상자, 금등이 놓여 있었다.

이산은 석상처럼 꼼짝도 않고 금등을 바라보고 있었다. 숭정전 안으로 한 여인이 들어섰다. 왕대비 김씨였다. 왕대비의 얼굴은 긴장과 분노, 수치와 허망함으로 굳어 있었다. 금등 앞에 왕대비가 멈춰 서서 용상의 이산을 올려다보았다. 왕대비의 숨소리가 가늘게 흔들렸다. 이산의 눈이 금등을 가리켰다.

"읽어 보세요. 할바마마의 혈서입니다."

왕대비의 눈이 금등 안으로 향했다. 뚜껑이 열려 있는 금등 안에는 핏자국으로 거뭇하게 바래진 무명적삼 하나가 들어 있었다. 오래되고 낡은 무명적삼이었다. 왕세자 이선의 무명적삼, 뒤주 속에서 죽어 간 사도세자의 마지막 적삼이었다.

왕대비가 숨을 물었다. 바들바들 떨리는 손을 어찌하지 못했다. 소문으로만 돌던 그 금등과 적삼이 눈앞에 있었다. 노론의 흉계를 적시한 선왕 영조의 숨겨진 유지가 금등 안에 있다는 소문은 궁궐 안 내밀한 곳으로 돌아다녔다. 왕대비가 쓰러지듯 무릎 꿇고 앉아 금등 안의 적삼을 꺼내 들었다. 적삼에는 혈서가 쓰여 있었다. 그 혈서를 읽어 내려가는 왕대비의 눈동자가 격렬히 흔들렸다. 이산은 담담했다.

"아버지가 뒤주에서 돌아가신 날…… 할바마마는 아버지의 적삼에 그 혈서를 쓰셨습니다. 당신의 노론이 어떻게 당신의 아들을 죽음으로 몰고 갔는지…… 쓰셨습니다. 세상이 다시 세손을 뒤주에 몰아넣을 때…… 그 혈서가 세손을 지켜 주기 바라시면서…… 쓰셨습니다."

뒤주 속에서 죽어 가던 사도세자는 아들 이산을 위한 혈서를 썼다. 선왕 영조는 그 적삼을 보고 통곡했다. 그리고 아들의 그 적삼에 자신의 글을 보태어 썼다. 자신의 손가락을 깨물어 혈서를 썼다. 혈서가 담긴 적삼은 피눈물의 고백이자 애절한 부정(父情)이자 아들을 죽음으로 몰고 간 노론을 향한 준열한 경고였다. 궁궐을 피바다로 만들 수 있는 가공할 경고. 이산의 시선이 정전 문을 넘었다.

"우포장 구선복은 죄인을 들이라."

왕대비가 황망히 고개를 들었다. 정전 안으로 들어오는 장수는 구선복이었다. 왕대비의 전언에 호응하기로 한 그 어영대장 구선복. 그 뒤로 어영청 무관들이 고수애를 포박해 들어와 무릎 꿇렸다. 구선복이 임금에게 절을 올렸다.

왕대비가 구선복을 노려보았다. 그 눈에서 시뻘건 적의와 무너져 내리는 패배감이 소용돌이쳤다. 하지만 구선복은 개의치 않았다. 우포장의 칼을 차고 우포장의 걸음으로 구선복이 휘적휘적 물러났다. 고수애가 왕대비를 보며 눈물 흘렸다.

"마마……."

고수애가 모든 걸 실토했음이 틀림없었다. 왕대비도 눈물이 맺혔다. 참으려 입술을 깨물었지만 소용없었다. 임금을 향해 역변을 일으킨 역당의 수괴. 도망갈 곳도 숨을 곳도 없었다. 완벽한 패배였다. 이산이 용상에서 일어났다.

"어머니를 용서해 주세요."

왕대비가 눈물 젖은 얼굴로 이산을 보았다. 용서? 지금 누가 누구를 용서하란 말인가. 이산이 용상의 계단에서 내려왔다.

"할마마마를 용서하겠습니다."

소름이 돋았다. 왕대비는 눈물마저 굳어버렸다. 이산이 왕대비 앞에 다가와 섰다.

"할마마마…… 할마마마의 흉수들을 존현각으로 불러들이기 위해…… 제 소중한 신하들이…… 제 소중한 벗이 죽어 갔습니다."

이산이 왕대비 앞에 무릎을 꿇었다. 왕대비가 흠칫 물러났다.

"다 덮겠습니다. 할마마마를 죽이려던 어머니도…… 저를 죽이려던 할마마마도…… 노론을 죽이려던 저 금등도……."

"……."

."저 금등이 세상에 나가고…… 오늘 일이 세상에 나가면……
저는 어찌할 수 없습니다."

왕대비가 두려움으로 몸서리쳤다. 이산의 눈은 읽히지 않았
다. 무정한 시선으로 왕대비를 보았다. 그 무미건조한 평상심의
눈. 왕대비의 목소리가 갈라졌다.

"모조리…… 죽일 작정입니까?"

"네…… 임오년…… 아버지의 흉적들을 모조리 죽일 것입니
다. 할마마마의 가문도 모조리 죽일 것입니다."

왕대비가 부들부들 떨었다. 온몸을 떨었다. 떨지 않으려 이를
물고, 떨지 않으려 치마를 움켜잡아도 소용없었다. 이산의 차분
하고 담담한 목소리는 겹겹이 쌓인 통한을 품고 있었다. 가슴
속 수천 길 아래 묻어두었던 불덩이가 위태롭게 고개를 쳐들었
다. 그 폭력적이고 광포한 열기를 이산은 가까스로 내리누르고
있었다.

"그 위로 조상의 묘를 파헤쳐 부관참시하고…… 그 아래 구
족을 멸하고, 그 가문이 난 땅을 인간이 살 수 없는 땅으로 만
들 것이며, 그 종복과, 개돼지 잡풀조차도, 사지를 자르고 갈
라…… 태우고 쓸어버릴 것입니다."

이산의 눈에서 깊이와 크기를 가늠할 수 없는 불이 타올랐
다. 지옥불이었다. 왕대비는 세상 처음 만나는 두려움으로 아득

해졌다. 자신과 자신의 가문 일족 모두가 그 지옥불에 타들어 가는 것이 보였다.

"손을…… 쥐 보세요."

굳어버린 왕대비는 움직이질 못했다. 이산이 손을 내밀어 왕대비의 손을 잡았다. 왕대비가 손이 잡힌 채 경련을 일으켰다. 이산의 말이 귓가로 다가왔다.

"할마마마…… 선택하세요."

왕대비의 심장으로 수천 개의 창검이 밀고 들어왔다. 임금을 능욕하던 시간들이 날을 세우고 되돌아왔다.

"주상……."

"어떻게…… 하시겠습니까?"

마침내 참고 있던 왕대비의 울음이 터져 나왔다. 왕대비가 치마에 얼굴을 묻었다. 끅끅거리는 울음소리가 숭정전 안을 이리저리 부딪치며 돌아다녔다.

왕대비가 숭정전 월대로 나왔다.

숭정전 조정 넓은 뜨락은 일사불란한 횃불들로 가득했다. 창검과 장군기를 세우고 금위영과 어영청의 병사들이 도열해 있었다. 대열 앞으로 각 군영의 장수들이 우뚝했다. 홍국영과 구선복이 그 맨 앞 장군기 아래 서 있었다. 월대 아래에서 혜경궁과 복빙과 월혜가 왕대비를 지켜보았다.

왕대비는 월대를 지나 계단으로 내려왔다. 휘청거리는 걸음은 위태로웠지만 누구 하나 왕대비의 비틀거리는 걸음을 보전하려 하지 않았다. 중앙의 길로 왕대비가 걸었다. 갈지자의 걸음은 도열한 병사의 벽에 부딪혔다. 넋을 잃은 시선이 그 병사의 벽에 부딪혀 되돌아 나왔다. 조정을 가로질러 숭정문에 다다라 왕대비가 황망히 돌아보았다.

이산이 숭정전 그 용상에 아직도 앉아 있었다. 발길을 돌리려던 왕대비가 문득 숭정전 지붕 위로 시선을 들었다. 숭정전 용마루 위로 수천 개의 비늘을 가진 검은 신물(神物)이 웅크리고 있었다. 시뻘겋게 이글거리는 두 눈으로 왕대비를 쏘아보고 있었다.

용이었다. 분명, 교룡이었다.

종장

월악산은 깊고 조용했다.

짙은 안개가 산채를 휘감고 있었다. 그 안개를 뚫고 여기저기에서 창검과 조총으로 무장한 보병들이 소리 없이 모습을 드러냈다. 갑주로 무장한 금위영의 정예 병력들이었다. 그 뒤로 기병들이 나타났다. 편곤과 마상총을 차고 철두정갑을 입은 금위영 기병들이었다. 기병들이 갈라놓은 길의 가운데로 한 마리의 백마가 모습을 드러냈다. 임금 이산이었다. 임금이 운검을 차고, 군사를 몰아 광백의 산채를 향해 오고 있었다.

광백의 막사 문이 와락 열렸다.

융복을 입은 여인, 월혜가 검을 든 채 안을 노려보았다. 막사 안에는 앙상하게 마른 사내아이 하나가 기둥에 묶여 있었다. 인두를 든 광백이 막 낙인을 찍으려 하고 있었다. 문을 연 월혜를 광백이 물끄러미 바라보았다. 이제는 노쇠한 괴물이 그곳에 서서 월혜를 알아보았다. 광백이 누런 이를 드러냈다.

"니가 웬일이간?"

앙상하게 마른 아홉 살 여자아이가 울지 않으려 이를 악 물었다.

그 큰 눈에 눈물이 그득그득 고였지만 끝내 울음소리는 내지 않았다. 광백이 재갈을 물리고 인두를 들 때도 울음소리를 내지 않았다. 광백이 여자아이의 어깨에 '二九三' 세 글자를 새길 때 아이는 오줌을 지리며 까무러쳤다. 광백은 아이에게 새 이름을 주었다.

"따라해 보라, 이백구십삼노미⋯⋯."

이백구십삼노미는 구덩이에서 살아남았다. 하루가 가고 열흘이 가고 일 년이 가도 이백구심삼노미는 죽지 않았다. 광백은 이백구십삼노미가 구덩이에서 삼 년을 보내고 열두 살이 되었을 때 구덩이에서 꺼내 올렸다. 여자아이들이 오글오글 모여 있었다.

비단으로 온몸을 허옇게 휘두른 안국래가 말 위에 앉아 있었다. 온통 하얀색의 옷에 검고 큰 갓을 쓰고 있었다. 안국래가 여자아이들을 쭉 훑어보았다. 안국래의 손가락이 이백구십삼노미를 가리켰다. 이백구십삼노미는 안국래를 따라 도성으로 올라왔다. 안국래의 집에서 무섭게 생긴 무관 하나가 기다리고 있었다.

"이름은 생각해 뒀나?"

"월혜라고 부르기로 했습니다."

"궐로 데리고 가게. 다 얘기해 두었으니……."

"여부가 있겠습니까."

이백구십삼노미는 그렇게 강용휘의 양녀가 되었다. 양녀가 되고 한 달도 지나지 않아 궐에서 나인 생활을 시작했다. 나인 생활은 힘들지 않았다. 구덩이 생활에 비하면 낙원이나 마찬가지였다. 한 번씩 강용휘가 호위청 직숙실로 부르곤 했다. 그럴 때마다 안국래가 있었다. 안국래는 잊지 말라는 말만 했다.

"잊지 말아라. 너의 그 구덩이……."

처음으로 세답방 표신을 들고 궐 밖으로 외출한 날이었다. 홍염장에서 필요한 염료를 받아 챙겨 돌아오는 길에 낯선 자들이 월혜를 둘러쌌다. 앳된 얼굴의 십대 소년들은 무서운 살기로 창포검을 들이댔다. 월혜가 숨도 못 쉴 만큼 놀라고 있을 때 그들 배후로 흉측한 자가 나타났다. 월악산 산채의 광백이었다. 광백은 그 예의 누런 이를 드러내고 웃었다.

"애미나이래…… 허애댔구나야."

궐에 있는 동안 광백의 산채는 까맣게 잊고 있었다. 강용휘를 아버지라 부르며 나인 월혜로 살았다. 하지만 광백과 다시 만난 순간 월혜는, 그 산채 구덩이의 이백구십삼노미로 돌아가 버렸다.

월혜가 갑수의 옷에 쪽지를 넣었다.

역변이 있기 한 달 전, 외출 나온 월혜는 집에서 강용휘와 함께 안국래를 만났다. 그 자리에 고수애도 있었다. 거사 계획이 전달되고 궁 안에서 고수애의 연락책을 맡기로 했다. 역변이 있기 하루 전날, 강용휘에게 거사 날짜를 듣고 돌아오는 길에 광백이 다시 나타났다. 광백이 붉은 쪽지 하나를 월혜에게 건넸다.

"존현각 상책이래…… 알간?"

월혜는 임금의 무명적삼에 글을 썼다.

세답방 마루에서 월혜는 임금에게 올리는 글을 침복인 무명적삼 비단 안감에 적었다. 복빙을 구할 수 있는 유일한 방법이

었다. 거사의 전모와 시간과 관련자들을 꼼꼼히 적었다. 월혜가
그 무명적삼을 존현각에 놓고 나왔다. 옷걸이에 걸린 무명적삼
이 결국 모든 음모를 임금에게 털어놓았다.

두 기의 말이 산채 막사로 왔다.

이산과 홍국영을 태운 말이었다. 금위영 기병들의 호위를 받
으며 막사 앞으로 다가왔다. 이산이 말에서 내리자 금위영 무관
들이 환도를 빼 들고 막사 안으로 뛰어들었다. 광백을 에워싸고
임금의 길을 만들었다. 이산이 월혜와 함께 그 안으로 들어섰
다. 광백이 고개를 갸웃갸웃하더니 피시식 늙은 웃음을 터트
렸다.

"머이가? 왕이 예까지 완?"

이산이 산채 안을 둘러보았다. 온갖 고문 도구와 무기들, 아
이들의 고통과 비명이 즐비했다. 무관 하나가 정신을 잃고 바닥
에 쓰러져 있는 여자아이를 조심스럽게 안아 들었다. 여자아이
의 어깨에는 금방 생겨난 듯한 상처가 피와 인두 자국으로 범
벅되어 있었다. 기둥에 묶인 남자아이가 물끄러미 이산을 보았
다. 열 살 남짓한 아이의 눈에는 어떤 희망도 절망도 없었다.
그저 무기력한 시선으로 자신의 현실을 응시하고 있었다. 월혜
가 검을 들고 광백에게로 다가갔다. 멀거니 월혜를 보던 광백

이 똥개 부리듯 소릴 질렀다.

"왁!"

그 소리에 월혜가 굳어 버렸다. 꼼짝없이 서서 월혜가 파르
르 떨었다. 광백이 가래 소리를 뱉어내며 웃었다.

"길티. 에미나이 고거…… 으흐흐흐흐!"

이산이 월혜에게 손을 내밀었다. 월혜가 공포에 질린, 그 아
홉 살 붉은 눈으로 이산을 보았다. 이산이 따스한 눈빛으로 달
래듯 말했다.

"이리 다오."

월혜가 주저주저 검을 내밀었다. 이산이 그 검을 받았다. 광
백이 누런 이를 드러냈다.

"이거이 웃기지 않네? 나 하나 쥐긴다구 세상이 바끼갔어?"

이산이 광백 앞에 섰다. 금위영들은 물러서서 다가오지 않았
다. 이산이 차분히 말했다.

"바뀐다."

이산이 천천히 칼을 들었다. 광백은 여전히 누런 이를 드러
내고 웃었다. 인광을 빛내며 임금의 길을 조롱했다. 이산의 칼
이 사선으로 날아 광백을 갈랐다. 단호한 일 획이 광백의 목을
베었다. 검고 흉포한 피가 뿌려졌다. 광백의 머리가 여지없이
바닥으로 굴렀다. 이산이 떨고 있는 월혜의 손을 잡고 나직이

말했다. 울지 말아라. 세상은 분명 바뀐다.

온 정성을 다해, 하나씩 베어 간다면.

막사 뒤 구덩이에 병사들이 잔뜩 몰려들었다.

홍국영이 병사들을 전두지휘했다. 병사들이 구덩이마다 달라붙어 아이들을 끄집어내고 있었다. 더러 버려진 시체들이 올라왔다. 월혜가 손을 뻗어 줄사다리를 타고 오르는 아이의 손을 잡았다. 순간 월혜의 심장이 덜컥 주저앉았다. 어린 을수였다. 어깨에 '二二十' 자국이 선명한 어린 을수가 줄사다리를 타고 올라와 월혜의 손을 잡고 있었다.

월혜는 존현각에서 보았다. 을수의 얼굴을 덮은 저고리를 벗겨 내었을 때 그 참혹한 시신과 함께 그 어깨의 '二二十' 자국을 보았다. 광백의 산채 그 어느 구덩이에서 같은 시간을 보냈을, 그 인두 자국을 보았다.

이산이 우두커니 서 있었다.

구덩이에서 나온 아이들은 울지 않았다. 말을 하지 않았다. 인간의 감정이 증발된 얼굴로 아이들이 구덩이에서 나왔다. 병사들도 말이 없었다. 구덩이에서 아이들의 주검이 올라올 때마다 병사들은 입을 다물고 눈을 부라렸다.

병사들이 끌고 온 달구지에 죽은 아이들과 산 아이들을 나누어 실었다. 월혜와 함께 두 남자아이가 나란히 달구지 끝 난간에 탔다. 방금 막사에서 인두질을 당하려던 아이와 구덩이에서 건져낸 아이였다. 월혜가 보따리를 뒤져 아이들에게 호박엿을 꺼내 주었다. 아이들이 무감각하게 엿을 빨았다.

아이들과 월혜는 여전히 그 산채 구덩이 언저리에서, 가늠할 수 없는 상념으로 서 있는 임금을 보았다. 임금은 검고 깊은 구덩이를 하염없이 바라보고 있었다. 달구지들이 순서대로 움직이기 시작했다. 그제야 임금이 떠나는 그들에게로 시선을 돌렸다.

기댈 데 없이, 세상의 모든 외로움과 모든 어둠을 목격한 갑수와 을수의 그 투명하고 초점 없는 시선이 그들의 임금을 보았다.

이산이 울었다.

이산의 눈물은 구덩이를 채우고 월악산 산채를 넘어, 그들이 온 곳으로 되돌아 흘러 나갔다.

〈끝〉

316

역린 (2)

1판 1쇄 찍음 2014년 4월 28일
1판 1쇄 펴냄 2014년 5월 7일

지은이 | 최성현
발행인 | 김세희
책임 편집 | 김준혁, 장은진
펴낸곳 | 황금가지

출판등록 | 2009. 10. 8 (제2009-000273호)
주소 | 135-887 서울 강남구 신사동 506 강남출판문화센터 5층
전화 | 영업부 515-2000 **편집부** 3446-8774 **팩시밀리** 515-2007
홈페이지 | www.goldenbough.co.kr

© 최성현, 2014. Printed in Seoul, Korea

ISBN 978-89-6017-842-7 04810 (2권)
ISBN 978-89-6017-840-3 04810 (set)

㈜민음인은 민음사 출판 그룹의 자회사입니다.
황금가지는 ㈜민음인의 픽션 전문 출간 브랜드입니다.